FICÇÕES
FILOSÓFICAS

Roger Scruton

As memórias de Underground

TRADUÇÃO
Pedro Sette-Câmara

Copyright © 2014 by Beaufort Books
Copyright desta edição © 2019 É Realizações
Título original: *Notes from Underground*

EDITOR Edson Manoel de Oliveira Filho

PRODUÇÃO EDITORIAL É Realizações Editora

CAPA E PROJETO GRÁFICO Angelo Alevatto Bottino

DIAGRAMAÇÃO Nine Design | Mauricio Nisi Gonçalves

PREPARAÇÃO DE TEXTO Edna Adorno

REVISÃO Juliana de A. Rodrigues

IMAGEM DA CAPA Prague, Czech Republic. October 2016. Reflection of a walking man in the historic center of Prague. Credit: mgs

Reservados todos os direitos desta obra. Proibida toda e qualquer reprodução desta edição por qualquer meio ou forma, seja ela eletrônica ou mecânica, fotocópia, gravação ou qualquer outro meio de reprodução, sem permissão expressa do editor.

CIP-BRASIL. CATALOGAÇÃO NA PUBLICAÇÃO
SINDICATO NACIONAL DOS EDITORES DE LIVROS, RJ

S441M

SCRUTON, ROGER, 1944-
AS MEMÓRIAS DE UNDERGROUND / ROGER SCRUTON ; TRADUÇÃO PEDRO SETTE-CÂMARA. - 1. ED. - SÃO PAULO : É REALIZAÇÕES, 2019.
336 P. ; 21 CM. (FICÇÕES FILOSÓFICAS)

TRADUÇÃO DE: NOTES FROM UNDERGROUND
ISBN 978-85-8033-370-1

1. ROMANCE INGLÊS. I. SETTE-CÂMARA, PEDRO. II. TÍTULO. III. SÉRIE.

19-56510

CDD: 823
CDU: 82-31(410)

LEANDRA FELIX DA CRUZ - BIBLIOTECÁRIA - CRB-7/6135
15/04/2019 15/04/2019

É Realizações Editora, Livraria e Distribuidora Ltda.
Rua França Pinto, 498 · São Paulo SP · 04016-002
Telefone: (5511) 5572 5363
atendimento@erealizacoes.com.br · www.erealizacoes.com.br

Este livro foi impresso pela Gráfica Pancrom em abril de 2019.
Os tipos são da família Pensum. O papel do miolo é o Pólen Soft 80 g/m² e o da capa, cartão Ningbo C2 250 g/m².

*Nota
do autor*

ESTA HISTÓRIA PERMEIA a verdade, mas não é uma história verdadeira, e, com poucas exceções óbvias, os personagens nela envolvidos são ficções. Tentei evocar a atmosfera de Praga por volta de 1985; ao fazê-lo, tomei certas liberdades topográficas, ainda que as referências ocasionais às realidades culturais e políticas sejam, na maior parte dos casos, precisas. Ao ler palavras tchecas, basta saber que ě se pronuncia "ie"; que č, ř, š, ť e ž são versões brandas dessas consoantes; que os acentos alongam as vogais sobre as quais se postam; que ch é uma forma dura de h, como no inglês *loch*, ao passo que o c é um "ts" brando; e que a sílaba tônica de toda palavra é quase sempre a primeira. As pessoas são tratadas no vocativo, de modo que Betka vira Betko, *miláček* (querido) vira *miláčku*, etc. As iniciais ŠtB eram usadas para designar o *Státní bezpečnost*, o aparato de segurança do Estado, ou a polícia secreta.

    O poema na página 143 é minha tradução de Ivan Martin Jirous: "*Magorovy labutí písně*" (Os Cantos de Cisne de Magor), Praga, Torst, 2006, e agradeço aos editores a gentil permissão para usar o original. Gostaria de agradecer também a Barbara Day as informações, os *insights* e os incentivos constantes.

— ROGER SCRUTON
Malmesbury, 2012

Capítulo 1

A polícia já devia estar em nosso apartamento havia pelo menos uma hora quando cheguei. Mamãe estava de pé na cozinha, e um enorme policial impedia que ela passasse para o cômodo em que vivíamos. Estava tudo uma bagunça: as gavetas, abertas, as camas desfeitas e afastadas das paredes, nossas poucas posses empilhadas sobre a mesa ou empurradas para os cantos em montinhos. Outros dois policiais ocupavam o espaço onde vivíamos. Um vasculhava nossa biblioteca de *samizdat* com dedos lentos e bem abertos. O outro, que tomava notas num caderno de aparência muito oficial com capa de plástico preto, ergueu os olhos no momento em que entrei, e reconheci a autoridade com a barba perfeitamente raspada que tinha pegado minha identidade no ônibus. Ele tirou o documento do bolso, e me entregou torcendo o lábio sarcasticamente.

– Não precisamos mais disto –, disse.

Olhei para ele em silêncio, e em seguida para minha mãe.

– Contei a eles a verdade –, disse ela, fixando os olhos em mim. Os olhos de mamãe eram escuros, com um halo sombreado, e eram o traço mais chamativo de seu rosto magro.

– Sobre o quê?

– Sobre a máquina de escrever, o papel, as capas; que eu peguei tudo sem permissão.

Mamãe era mansa, uma mulher que jamais levantava a voz e que dificilmente cruzava o olhar com o de outra pessoa. Porém, seu tom inquieto, quase alegre, dizia-me mais do que todas as reclamações contra os infortúnios que ela proferira baixinho ao longo dos anos. Havia sido oferecida a ela a chance de sacrificar-se. E, ao agarrá-la, ela pagava sua dívida moral para com papai. Só que suas palavras e seus olhares me perpassaram como uma faca. Não tinha sido ela, mas eu, quem tinha preparado esse sacrifício: preparado nesses longos meses no *underground*, onde eu vivera com companheiros puramente imaginários, esquecendo a única pessoa real. Ela voltou-se para o policial de pele lisinha e acenou com a cabeça, como que indicando que o que quer que tivesse sido feito para perturbar a ordem moral a culpa era apenas dela. A roupa de lã e algodão amarelados remendada agarrava-se à sua forma esguia como a pele de um animal sujo: era parte dela, o resultado de anos de pobreza sem fim. O uniforme dele, limpo, verde-acinzentado, com quatro bolsos com botões de bronze acima de um cinto de couro marrom, envolvia-lhe o corpo como um estandarte. A elegante camisa verde com gravata, as botas de couro amarradas e os bolsos com botões de bronze eram as marcas de um poder que não tinha necessidade de prestar atenção nessa mulher frágil que trajava andrajos remendados e roupas passadas adiante de segunda mão. A visão daquilo me enchia de raiva e medo.

— E quem — disse o policial, pegando um dos volumes na mesa — é esse Camarada Underground que o Sr. Reichl estava lendo no ônibus?

— Como eu vou saber? — respondeu mamãe rapidamente. — Eles trazem os manuscritos, eu transformo em livros. Eles não dizem o nome.

— E, claro, eles pagam à senhora, Soudružko Reichlová. Roubar itens de propriedade socialista, operar um negócio sem licença, e talvez o Artigo 98, subversão da República em conluio com potências estrangeiras. A situação não parece nada boa.

Mamãe enrijeceu, simulando toda a dignidade que conseguia.

— Ninguém me paga; eu faço por amor — respondeu.

— Por amor! — repetiu o policial, rindo.

Ele acenou com a cabeça para o colega enorme, que, tirando as algemas do cinto, rapidamente as colocou nos pulsos de mamãe. Ela empalideceu e olhou para a frente, evitando os olhos deles.

— Vamos levá-la para ser interrogada — disse o policial de pele lisinha, dirigindo-se a mim. — Em Bartolomějská. Provavelmente precisaremos de você amanhã.

Eles juntaram nossa biblioteca num saco plástico e levaram os livros, a máquina de escrever, e mamãe também, para dentro do carro que já estava aguardando. Fiquei olhando nosso cômodo profanado, e uma espécie de vazio se abateu sobre mim, como se o eu, o si-próprio, o ser idêntico a mim, tivesse sido explodido subitamente e apenas pensamentos dispersos vagassem aqui e acolá na minha cabeça, como pedacinhos de papel ao vento. E um pequeno lamento voltava o tempo todo, o lamento porque o último volume de *Rumores* tinha sido perdido – o volume em que eu tinha rabiscado, ainda que tão de leve que só eu conseguia ler, minhas ideias para uma edição futura, oficial, absolutamente pública.

Capítulo 2

Como o autor de *Rumores*, eu era Soudruh Androš, e era assim que eu me via, às vezes quase esquecendo que eu era também Jan Reichl. Os autores de *samizdat*, os dissidentes de cabelos compridos, as bandas de *rock* não oficiais, os padres clandestinos, o lugar deles todos era abaixo da cidade, um lugar onde corria uma vida proibida. Descrevíamos o lugar com uma palavra inglesa, pois o inglês era um sinônimo de liberdade. Era o *underground*, assombrado pelos *underers*, os *androši*.

Eu era jovem na época. Estava na idade em que devia estar fazendo faculdade, só que meu pai tinha sacrificado meu direito a ela. Não que ele tenha feito alguma coisa heroica, até onde sabemos. Foi no começo dos anos 1970, o tempo da "normalização" que se seguiu à invasão soviética de nosso país, e as pessoas estavam procurando um jeito quieto e discreto de entender o que tínhamos perdido. Papai organizou um grupo de leitura em nossa cidadezinha, de cuja escola era o diretor, e alguns aposentados se reuniam toda semana para discutir os profetas banidos – Dostoiévski, Kafka, Camus –, refletindo sobre as palavras deles para tentar encontrar uma saída do labirinto. Eu tinha treze anos quando meu pai foi preso. Foi a última vez que o vi, e em meus sentimentos ele permanece como era então: não pai, mas *tati*, papai.

Houve barulheira no meio da noite: mamãe chorando, botas estrondeando na escadaria do bloco onde morávamos. Minha irmã Ivana e eu dormíamos na sala de estar, numa cama que era enrolada toda manhã e assim dar espaço para a mesa de trabalho. Conseguíamos enxergar pela porta de vidro o pequeno saguão, onde papai estava de pijama, pulsos algemados na frente do corpo, o rosto branco e petrificado. Ele foi considerado culpado de subversão em colaboração com uma potência estrangeira. Nunca soubemos de qual potência estrangeira estavam falando. A potência da literatura, talvez. Ou talvez seus grupos de leitura fossem o disfarce de algo mais sério, que eles preferiam não revelar. De qualquer modo, sua pena foi de cinco anos de trabalho forçado. Com três anos passados, disseram-nos que uma mina tinha desabado, enterrando doze inimigos do povo. Papai era um deles.

Àquela altura, tínhamos nos mudado para Praga. Descobriram um veio de carvão embaixo de nossa cidadezinha. Venderam a cidade a um estúdio de cinema de Hollywood para que servisse de cenário para filmes B sobre a Segunda Guerra Mundial. Apenas dois anos atrás, num cinema de Washington, assisti a um deles: *A Canção de Amor do Capitão Mendel* – sobre um capitão judeu do exército americano que parte numa missão particular para salvar uma família de judeus do último trem de Auschwitz. Na batalha final, dá para ver o domo bulboso da nossa igreja acima dos telhados, pedaços de ornamentos despencando, a Virgem em seu nicho subitamente desprendendo-se e voando como que para salvar a criança em seus braços, e depois o prédio inteiro escorrendo para baixo, numa nuvem de detritos. No fundo, o palácio barroco que era a escola de meu pai jorra para os lados como um fogo de artifício, disparando bocados de estuque à frente de longos braços de pó. Voltei ao cinema três vezes para ver o filme. Na terceira vez, levei alguns dos alunos de meu curso, "A Vida Cotidiana na Europa Comunista". Minha intenção era chamar a atenção deles para a cena da batalha e dizer: "Lembram-se da igreja, da estátua da Virgem, daquilo tudo indo para o espaço? Bem, aquilo era a minha cidade". Mas Jake disse que o filme era muito cafona; Meg perguntou o que a história tinha a ver com seu curso de Relações Internacionais; Alice achou o filme chato. Comprei pizza para eles e, enquanto conversavam animadamente, eu recordava em silêncio aqueles tempos de medo.

A destruição de nossa cidade não foi noticiada na imprensa. Tudo o que nos disseram foi que tínhamos sido realocados "por motivos econômicos". Familiares de um criminoso que éramos, tínhamos direito só a um espaço sem divisórias, com cozinha e banheiro, num bloco feito de painéis de concreto perto da estação de metrô Gottwald, que na época levava o nome do bandido que alçou o Partido Comunista ao poder em 1948. À mamãe foi dado um trabalho de faxineira numa fábrica de papel mais embaixo no vale: pagavam-lhe quase nada, mas, como a fábrica não produzia quase nada, não havia base para reclamação. Era isso, pelo que nos davam a entender, que era o socialismo. Minha irmã e eu fomos colocados na escola local, onde aprendemos alguma coisa de ciências e matemática. Porém, os professores foram informados de nosso parentesco com um criminoso, e tomavam o cuidado de nos evitar. Éramos desprezados também pelos colegas de classe, e, quando Ivana terminou o ensino secundário e foi trabalhar na fábrica de sapatos perto de Brandýs nad Orlicí, na região de Pardubice, minha vida de isolamento começou.

Mamãe tinha feito amizade com um subgerente da fábrica de papel e sido promovida à responsável sênior pela manutenção. Ela muitas vezes passava a noite com seu protetor. Eu não me ressentia, pois ela não merecia a vida sem alegria a que os acontecimentos a condenaram. Apesar do subgerente, em seus sentimentos ela permanecia fiel ao papai, num luto silencioso, tratando suas poucas posses com especial reverência. Entre essas posses havia uma coleção de LPs, que incluíam as óperas de Janáček em versões da Supraphon dos anos 1960, e alguns melancólicos quadros abstratos que papai pintara depois da guerra, quando era estudante. Havia também um baú com livros – não era grande para os padrões de bibliófilos, mas ocupava o lugar central em nosso estreito cômodo e à noite era usado como apoio para a prancha que nos servia de mesa de jantar. Tinham levado os manuscritos de papai, e um pacote de cartas; mas deixaram os livros, na esperança de que talvez uma nova fornada de criminosos fosse sair deles, e uma nova série de prisões.

No baú, encontrei os clássicos tchecos – Mácha, Neruda, Vrchlický, Němcová, Hašek – e abaixo os textos culpados que destruíram meu pai. Eu os lia com avidez, e era especialmente grato por papai nos ter ensinado a ler em inglês e em alemão, dedicando uma hora antes do jantar todo dia à tarefa. Havia *O Processo* e *O Castelo*, de Kafka, o primeiro numa antiga edição alemã com prefácio de Max Brod; havia *A Marcha de Radetzky*, de Joseph Roth, e *O Mundo de Ontem*, de Zweig, que descrevia o que perdemos quando o presidente Wilson decidiu desmembrar o Império Austro-Húngaro e libertar os tchecos e eslovacos de seus supostos opressores.

Zweig evocava um mundo encantado, ordenado para o conforto e para a alta cultura. Ele me dizia que eu morava num lugar em que tudo que era confiável e bom fora destruído duas vezes, como as peças de um pacífico jogo de xadrez lançadas ao chão por algum passante sádico. E escrevia sobre uma força espiritual que apodrecera as coisas por dentro: a religião do Progresso, que proibia a humanidade de ficar parada um único instante, tornando pecaminoso aproveitar o luminoso presente e todas as profundezas que nele brilham, como brilhavam para mim naquelas duas sinfonias de Mahler – 5 e 6 – que adquiriram um lugar especial na coleção de discos de papai. Porém, também me ocorria que papai adotara essa religião acreditando, depois da derrota dos nazistas, numa nova ordem das coisas, em que a eletricidade e a pintura abstrata, a poesia surrealista e as fazendas cooperativas, a educação e o concreto reforçado estavam todos misturados, como num selo comemorativo, para grudar em nosso país e remetê-lo para o futuro. E porque sonhara com esse futuro, em que todos os conflitos seriam resolvidos e todos os seres humanos teriam sua parte, que papai se tornou professor, tudo para ficar olhando com bondosa consternação a mão do sádico lançar mais uma vez as peças todas ao chão.

O baú continha também a obra completa de Dostoiévski em tcheco, da qual um título se destacava, como se fosse dirigido diretamente a mim: *Memórias do Subsolo*. Esse seria o livro que eu levaria comigo depois da escola, quando saía do metrô e chegava ao vale passando por um caminho estreito que dava para a ferrovia, depois ao riacho poluído chamado Botič e à Capela da Sagrada Família, abaixo dos degraus de Nusle.

A capela – uma caixinha com torre e cúpula – era coberta com tábuas, e suas janelas cercadas com arame farpado. Foi um detrito no oceano de espaços sem dono que os comunistas criaram. Alguns bordos cresciam acima dela, limitados pelos degraus e pela cerca arrebentada de arame farpado acima da ferrovia, na qual trens mergulhavam num túnel alguns metros abaixo. Aquele local era meu destino, porque ninguém mais o visitaria além de alguns esquilos, um ou outro estorninho, e Deus. Ali eu sentava, com tempo bom ou tempo ruim, na terra úmida embaixo das árvores, estudando o texto que prometia explicar não só o grandioso crime de papai, mas também a mim mesmo.

Passei muitas horas assim, ensaiando minha ansiada identidade de homem do subsolo. Porém, eu nunca conseguia lembrar nada do livro, exceto o título e seu estranho e mal-humorado tom de voz. Todo dia eu levava de volta para nosso cômodo apertado – onde mamãe dormia de um lado do baú, e eu de outro – um resumo das dez últimas páginas. E todo dia a lembrança delas ia embora, como se eu estivesse tentando encher uma piscina colina acima com um balde furado. Claro que a atmosfera permanecia, e com ela o conhecimento de que existe outra vida, uma vida abaixo do solo em que papai está enterrado, e onde as regras da luz do dia não valem. Eu sentia algo do extremismo da prosa de Dostoiévski – o ódio que condena todo sentimento como falso. Porém, qual era a alternativa? Eu era um adolescente solitário, num país solitário, onde as regras eram feitas para pessoas que não pagavam seu custo. Nosso mundo da luz do dia era um mundo de *slogans* nos quais ninguém acreditava, de proibições vagas e de celebrações sem alegria de nossa benigna escravidão. Era um mundo sem amizade, em que toda reunião era objeto de suspeita, e em que as pessoas falavam sussurrando por medo de que até a observação mais inocente pudesse acusar o falante de um crime.

Saí do ensino secundário e, ainda que não tivesse permissão para me formar, era obrigado por lei a ter um emprego. Candidatei-me a varredor no Conselho da Cidade, e me deram um trecho de uma rua em Smíchov: duzentos metros de pavimento quebrado atrás do Husovy sady, o jardim de Jan Hus, de onde eu tinha de tirar o lixo e levar para uma lata próxima, com rodinhas, e manter o espaço sem neve no inverno. Não era um trabalho difícil, e ninguém me incomodava enquanto eu ficava apoiado em minha lata imaginando o mundo lá fora. Porém, foi nessa época que comecei as viagens pelo *underground* que acabaram levando à prisão de mamãe.

Capítulo 3

O metrô de Praga era de construção recente, e os comunistas tinham orgulho dele. Era um símbolo de progresso numa cidade cuja beleza e antiguidade eram uma ofensa viva ao futuro proletário. Além disso, seu material circulante era feito na União Soviética e tinha o mesmo visual de era das máquinas dos diques, chaminés e pórticos impressos na nota de cem coroas, das quais eu recebia quatro de quinze em quinze dias num envelope de papel pardo assinado e carimbado pelo Sr. Krutský, o superintendente do distrito. Eu ia trabalhar de metrô, e depois, como meu trabalho terminava ao meio-dia, eu ia e voltava com o mesmo bilhete, mudando de trem e às vezes ficando no subsolo por duas horas cada vez, antes de pegar a Linha Vermelha na direção de Gottwald.

O silêncio do nosso mundo era mais intenso no subsolo. Até na hora do *rush*, quando os vagões ficavam cheios e as pessoas ficavam de pé, segurando-se nos apoios e fixando o olhar além das orelhas umas das outras, não havia ruído nenhum além do estrondo do trem e da voz robótica que nos dizia que as portas estavam fechando. Ninguém se cumprimentava, nem pedia licença; nenhum rosto sorria ou se afastava minimamente da máscara adotada por todos, que era o sinal instintivo de um vazio interior sem culpa, do qual nenhum pensamento proibido jamais poderia sair.

Alguns passageiros costumavam ler. Uns liam a seção de esportes ou de TV do *Rudé Právo* ou do *Mladá Fronta*; um ou outro, os semanários oficiais; outros, os romances permitidos, que saíam toda quinta em lindas edições de capa dura. Uma ou duas vezes cheguei a ver um texto estrangeiro, oculto em papel de embrulho e logo guardado quando olhos estranhos nele recaíam. E algumas pessoas idosas ocupavam-se com edições fuleiras dos clássicos, *Babička*, de Němcová, ou os contos de Jan Neruda de Malá Strana, *Contos do Lado Pequeno*, que descrevem a vida que um dia fluiu naquelas ruas ancestrais em volta do Castelo.

Levei alguns anos para ler todos os livros de papai. Depois de algum tempo, comecei a tomar notas. Eu escrevia frases, às vezes palavras isoladas que pareciam soar com força especial naquele silêncio subterrâneo. Havia uma frase dos diários de Kafka que me tocava particularmente: *O verdadeiro caminho*, dizia, *é uma corda bamba, estirada logo acima do chão*. Fiquei ruminando a frase por uma hora, perguntando-me o que ela me dizia. Meu próprio caminho era também uma corda bamba; porém, ela se estirava abaixo do chão, e os interlúdios de luz do dia não tinham nenhuma relação com os passos que eu dava. E outra frase: *O desejo por uma solidão irrefletida e temerária*. A solidão que eu via à minha volta era consciente, premeditada, e cheia de timidez. A ideia de uma solidão temerária me enchia de afeto, como se eu não estivesse sozinho em minha solidão, mas fosse abraçado por ela. E porque eu descobri essa frase num livro, livro que talvez tivesse sido publicado logo depois daquele congresso de 1967 do sindicato dos escritores, quando as coisas óbvias até demais sobre o país de Kafka estavam sendo ditas de modo óbvio até demais, livro que não foi publicado na época e logo seria impublicável de qualquer jeito, ela tinha para mim uma autoridade toda especial. Essas frases eram a prova da minha realidade interior, e nunca poderiam ser levadas embora.

A vida no subsolo é ordenada de seu próprio jeito. Há duas vozes: a voz interior do pensamento, que sempre muda em resposta à página à sua frente, e a voz pública que, mesmo dissociada de qualquer personalidade, anuncia a abertura e o fechamento das portas. Uma voz feminina monótona governava a Linha Verde, uma voz masculina monótona a Vermelha.

Ukončete výstup a nástup, dveře se zavírají.

– Parem de entrar e sair, as portas estão se fechando. – Mais tarde, depois das mudanças, quando a máscara vazia da subserviência foi trocada pelo sorriso vazio do comércio, a expressão "por favor" conseguiu entrar na mensagem: *Ukončete prosím výstup a nástup, dveře se zavírají.*

Fico impressionado com isso porque na pequenina expressão "por favor" está resumido tudo o que separa os dias que estou descrevendo dos dias em que escrevo.

Minhas jornadas no subsolo, naquela época de ocultamento, eram ordenadas por bruscos e breves latidos de comando. Eles eram a voz da luz do dia, dividindo e fragmentando nossos turnos no túmulo. Meus pensamentos assumiam uma nova urgência sempre que eles soavam: eles me lembravam que eu não pertencia ao mundo lá em cima, que eu rejeitara suas regras e objetivos, e que minha vida estava ali dentro de mim, protegida por minhas próprias estratégias pessoais de quaisquer que fossem as regras exigidas. De algum modo, eu estava mortificando aquela voz com minha recusa em dar crédito à sua autoridade. Todo o lúgubre sistema de comandos que falava por ela, e alcançava o perímetro do meu ser, foi reduzido a nada apenas pela força contrária do meu pensamento.

Mas em que eu estava pensando? Por um ano ou mais eu só sabia que estava pensando, e pensando muito, e que meus pensamentos me isolavam e me protegiam. Minha vida era uma vida de começos fechados, arrumadinhos, como um livro de prelúdios. Eu vivia nas catacumbas, adorando deuses estranhos, sendo um companheiro íntimo de mártires e de párias. Murmúrios distantes na escuridão sugeriam a presença de outros como eu, de pessoas que respiravam o mesmo ar exausto, e cujos pensamentos vagavam pela mesma trilha proibida. Claro que eu tinha uma visão da minha situação. Quando pensava em papai, eu era tomado por uma espécie de repulsa sufocante. Minha garganta ficava seca, como se eu tivesse engolido algo do pó que o tinha sufocado até a morte, e um peso se formava em meu estômago, tanto que às vezes eu me curvava e lutava contra a vontade de vomitar. O que eu sentia estava além da raiva, além do ressentimento. Era um sentimento existencial, como a náusea que Sartre descreve no romance que achei no baú, numa tradução inglesa cheia das marcas do lápis de papai. E, ao longo dos meses, meus pensamentos começaram a cristalizar-se.

Cheguei à conclusão de que o mundo da luz do dia não era um mundo de opressão exterior, que as coisas que ouvíamos na Radio Free Europe sobre nossa condição eram na verdade a propaganda mais superficial, e que o "império do mal" em cujas garras estávamos era um império que nós mesmos tínhamos criado. Dois anos depois de descobrir o livro de Dostoiévski, comecei a compreender seu alcance. A verdadeira escravidão, dizia ele, é uma doença da vontade, uma espécie de armadilha em que nós mesmos nos colocamos, criando expectativas que sabemos que não serão atendidas. Por exemplo, papai tinha a esperança de que, estabelecendo um grupo em nossa cidadezinha para ler aqueles clássicos nem tão proibidos assim, encontraria um jeito de sair do labirinto – esperança que ele sabia não fazer sentido, e que, portanto, o prendia como que num torno de autocontradição, enquanto o tempo todo ele esperava a batida fatal na porta. Por exemplo, havia o hábito que eu adquirira de escrever cartas ao ministro da Justiça exigindo meu direito constitucional à educação superior – cartas que nunca foram respondidas, e que nunca esperei serem respondidas, que, no entanto, serviram para perpetuar uma crença irracional em milagres. Por exemplo, havia a crença absurda de mamãe de que ela poderia, com o apoio do subgerente, obter permissão para viajar para a Iugoslávia, numa daquelas férias em que as pessoas sempre fugiam para o Ocidente – crença que fazia com que ela sempre olhasse desesperada sua magra poupança, que às vezes a fazia chorar amargas lágrimas de frustração, como se fosse só a falta de dinheiro que nos impedia de viajar.

As ilusões e os enganos que assombravam o mundo da luz do dia eram detidos no limiar do subsolo como que por encanto, lamentando e gemendo enquanto eu saía de alcance. Assim que as portas do trem se fechavam atrás de mim, eu começava meu estudo dos demais passageiros. Naquela época, em que o silêncio significava segurança, e o contato significava risco, cada pessoa parecia cercada por uma garrafa de vidro. Os olhos miravam por detrás das garrafas como se neles a visão tivesse expirado havia muito, e os traços até dos mais jovens exibiam as sombras que vêm da suspeita e do medo. Eu estava cercado por rostos que não exatamente evitavam os olhos alheios, mas sim se esforçavam ao máximo para negar que os outros eram reais e assim poder viver dentro da própria garrafa, como se estivessem sendo transportados através de um sonho, desconectados das coisas que vagamente se moviam no espaço além. Por causa disso eu podia estudar sem embaraço os tipos de meus compatriotas, homens e mulheres.

Naqueles dias, a roupa, a postura, o ritmo corporal e a personalidade mostravam, todos, as marcas da distribuição central. Nosso modo de vida era coletivizado, e destacar-se era um erro. À minha volta eu via os mesmos coletes mostarda de *nylon* e veludo cotelê; os mesmos sapatos plásticos de sola canelada que pareciam ter sido feitos com cola e sem costura, todos cobertos de pó, não engraxados. Eu via as mesmas bolsas de oleado e couro falso, com zíper quebrado e alças puídas. Os homens usavam calças azul-marinho mais claras nos joelhos, e suas mãos ásperas repousavam no colo, ressequidas e imóveis como batatas velhas.

Claro que havia gente, mulheres, sobretudo, que externava certa alegria. O resultado, porém, tinha aparência aleatória e absurda, o que aumentava a impressão geral de monotonia justamente pela tentativa de escapar dela: a mulher com coxas em forma de presunto em calças de azul berrante e pulôver de listras lilás e laranja, que parecia ter tirado a roupa de um baú de figurinos; a outra com bijuteria pendurada no pescoço e nas orelhas como frutas podres, balançando precariamente em saltos altos que a qualquer momento podiam desabar sob seu peso. Todas essas tentativas de diferença tinham o efeito contrário ao pretendido. Elas enfatizavam que, no meio daquela aleatoriedade, você só via a mesma expressão idêntica: olhos mirando o vazio, e lábios firmemente fechados como se evitassem alguma infecção onipresente. Nosso povo tinha resolvido coletivamente seu problema compartilhado, que era como manter a máscara no lugar enquanto mostrava que era só uma máscara. As pessoas colaboravam no grande engano para não ser enganadas.

Por outro lado – e essa era a parte intrigante –, cada pessoa exibia algum detalhe revelador, denunciando os acidentes que autoridade central nenhuma não fora ainda capaz de banir. Por isso eu podia separá-las em categorias, dar a cada uma delas uma vida particular, às vezes um círculo familiar, e talvez um registro de acordos e traições por meio dos quais elas abriram seu caminho. A mulher com o casaco verde desgastado, por exemplo, de cabelos grisalhos desgrenhados em torno das orelhas e olhos azuis bem separados que miravam sem olhar a porta do vagão. Seus lábios finos que se abriram uma ou duas vezes com raiva e paixão, ainda que agora estivessem fechados nos segredos e no pesar. Seu marido, o Professor, abandonou-a por uma mulher mais nova, membro do Partido como ele próprio, a quem ele ajudara na carreira universitária. Ela tentou a sorte com outros homens, depois se acomodou numa vida à margem das coisas, dando aula de russo no ginásio local, indo sozinha ao teatro e ao cinema, e às vezes deixando-se ficar diante de uma cerveja no Lucerna Music Bar. Ali ela lia os livros de versos escritos para gente metida a intelectual, que até eram publicados, com ilustrações *kitsch* de namorados de olhar apaixonado, na imprensa oficial: um verso que ia a qualquer lugar, movendo-se pela página numa brisa de papel branco, sempre fresco, ingênuo, e sem propósito, como flores na primavera sopradas de uma árvore. E, nesses versos, ela captava vislumbres de sua alma roubada. "Eu sou o que o poeta escreve", pensa ela. "Eu sou a inflamação feita pelas palavras quando elas entram em atrito com o mundo".

Ou o rapaz de jaqueta de couro sentado à minha frente, cujas mãos nervosas sobre o colo embaralhavam papéis e cuja boca flácida parecia mastigar alguma substância desagradável alojada entre os dentes. Ele queria ter feito doutorado, fora chamado para uma entrevista, e lhe disseram que ele tinha de contar o que faziam os vizinhos que usavam a mesma escada que sua família. Ele discutiu o assunto em sussurros com a irmã tímida, mas quando lhe disseram que se ele não fizesse o que estavam mandando sua família seria transferida para fora da cidade, para um dos conjuntos habitacionais de torres fora de Žižkov, ele cedeu. Disse a si mesmo que era por causa da irmã, que ela não podia sair da escola em Nové Město, a melhor de Praga. Porém, ele precisava do doutorado se quisesse viajar, e seria mesmo um preço tão alto assim submeter toda semana um relatório sobre os visitantes que por um momento ficavam diante da porta abaixo da sua? E ele não tinha sua própria visão peculiar e subterrânea deles, imaginando uma vida para cada um, e se perguntando que destino eles teriam quando chegasse a visita fatal? Por algum tempo ele se enganou assim. E depois veio o senso tedioso de alienação que, como um molho barato de restaurante, fazia toda experiência ter o mesmo sabor.

Pouco a pouco, as pessoas do subsolo respondiam a minha observação não observada, como sementes a brotar debaixo de uma lâmpada solar de laboratório. Eu entrava no metrô no fim do meu turno, por volta do meio-dia, para me sentar perto da porta, onde lia um dos livros de papai, cobrindo as marcas a lápis dele com as minhas próprias marcas. Entre meio-dia e duas, os trens ficavam relativamente vazios, e eu tinha a melhor oportunidade de aquecer aqueles rostos para que vivessem. De alguns me tornei íntimo, ouvindo suas confissões imaginárias e acrescentando meus próprios planos e confissões. De outros eu mantinha distância, inventando vidas blindadas contra a simpatia que repeliam minhas ofertas involuntárias de auxílio. Claro que os rostos mudavam continuamente, e às vezes eu só tinha um ou dois minutos para associar uma vida a eles. Porém, havia gente que sempre aparecia: que entrava sempre na mesma hora ou sempre no mesmo ponto e ia até um destino fixo. Com diversas dessas pessoas eu renovava todos os dias a conversa, especialmente com aquelas que de algum modo se destacavam na multidão – digamos, por uma Bíblia escondida em papel de embrulho, na qual só eu tinha reparado, ou por um par de luvas tricotadas nas quais eu discernia o registro de um afeto deveras íntimo.

Relacionamentos brotavam o tempo todo à minha volta, e eu era parte deles, assim como era parte das intrigas e rancores que fecharam aqueles rostos contra o mundo. E entre aqueles rostos resguardados eu procurava por toda parte aquele que poderia ter sido papai, caso sua vida tivesse permitido. Aquele com capa de chuva amarela e encardida segurando um chapeuzinho amarrotado entre os joelhos e olhando fixamente como que para um retrato oficial: será ele? Ou aquele de bengala e calças de veludo cotelê, cambaleando ligeiramente porque está levando um pacote grande envolto em papel pardo debaixo do braço livre, e que exibe em seu rosto redondo e macilento uma expressão de perplexidade inocente que lembra um desenho de Čapek: poderia ser isso que papai virou?

Observo um pouco esse homem, notando que ninguém lhe cede assento, e que todos olham através dele, como que embaraçados por sua presença. O pacote o tempo todo lhe escorrega da axila e precisa ser reerguido, às vezes pela mão que segura a bengala, o que deixa o corpo inteiro instável. Em dado momento ele cai para trás, nos joelhos de uma moça com um vestido de lã que parece caro, e ela o repele com nojo. Dentro do pacote imagino textos preciosos – contos de Tchekhov, poemas de Nezval e, sim, as *Memórias do Subsolo*, de Dostoiévski – que ele emprestara a algum outro membro de seu círculo de leitura e agora vai devolver ao baú em casa. Papai, porém, não teria enfrentado o mundo com olhar tão derrotado, não teria aceito, como essa pobre criatura aceita, ser chutado como um animal indefeso. E, pensando nisso, outra vez tenho aquela sensação de sufocamento, que faz com que eu me distancie de todo pensamento e mire o assoalho do vagão.

No subsolo havia tristeza e anseio; havia interesse e suspeita. Havia também sexo: sexo dirigido ferozmente para seu objetivo imaginado. Não me entendam mal. Não sou o tipo pervertido que fica agitado por causa de uma garota que não tem ideia de que está sendo observada, e que é tratada como mero pretexto para seus próprios jogos de fantasia. Eu saía com meninas depois da escola, roubava beijos e às vezes algo mais. Porém, aqueles encontros sussurrados à margem das coisas eram furtivos e incertos, como se a qualquer momento uma porta fosse se abrir e nos levassem acorrentados. O desejo era outra coisa, uma coisa que cresce na solidão. Eu queria que minhas mulheres vivessem na mesma solidão que eu. E eu queria convidá-las para esmurrar a parede daquela solidão, finalmente indo parar num lugar plenamente imaginário, e temerariamente compartilhado.

Por exemplo, havia uma garota de rosto viçoso que entrava na parada de Holešovice todo dia logo depois das duas e seguia na Linha Vermelha até Muzeum; ela usava um casaco folgado de veludo cotelê que lhe escondia os contornos do corpo e criava uma espécie de suavidade em volta dela. Suas mãos eram macias, bronzeadas, com longos dedos que mantinham abertas as páginas de um livro – usualmente um romance; e seus olhos claros e acinzentados às vezes se erguiam da página e se dirigiam ao mundo, como que procurando a pessoa que lhe explicasse as palavras que lia. E era esse o ponto importante: eram só aqueles olhos que ainda buscavam contato, olhos que não tinham sido borrifados com o verniz da ausência de visão, que podiam despertar desejo verdadeiro.

Depois de algum tempo consegui capturar seu olhar. Ela me fitou curiosa por vários segundos antes de voltar para seu livro. Quando ergueu de novo os olhos, foi na minha direção, e seu olhar ficou um momento no livro que eu segurava à minha frente, como se desejasse que eu soubesse que ao menos isto tínhamos em comum: vivíamos nos livros, e procurávamos nos livros as coisas que foram apagadas da luz do dia do mundo. Em Muzeum, ela se levantou rapidamente e saiu, desaparecendo na multidão. Mas no dia seguinte ela estava de novo no mesmo assento, e quando seus olhos encontraram os meus, as pálpebras bateram em reconhecimento antes que ela voltasse para o livro. E então, em Hlavní nádraží, só uma parada antes de seu destino habitual, ela de repente se virou no assento de modo que o casaco de veludo cotelê caiu aberto, revelando a linha macia de seus seios, e um corpo comprido, teso, em cujos contornos permiti que meus olhos se detivessem. Ela se levantou sem olhar em minha direção e saiu. A voz robótica anunciou que as portas iam se fechar, e as portas se escancararam dentro de mim.

Esse jogo continuou, com variações, até o ponto em que sabíamos minuciosamente qual trem pegar e em qual vagão entrar, tentando chegar sem ser notados ao lugar previsto. Nos demos conta simultaneamente de que o momento da consumação não podia mais ser adiado. Tínhamos nos posicionado um na frente do outro, nossos livros abertos em nossas mãos trêmulas. O casaco dela estava folgado, e os dois botões superiores da blusa estavam abertos. Eu conseguia ver a respiração ritmada de seu seio, e sentir a luz quente de seus olhos, que me observavam quando eu olhava para outro lugar, e que olhavam para outro lugar quando eu olhava. Ficamos assim, presos, como se existisse um torno nos unindo, até que chegamos à parada habitual dela, Muzeum. Para minha surpresa, ela não saiu, mas ficou sentada na mesma pose, evitando os olhos apenas para provocá-los, até minha própria parada em Gottwald. Foi ali que ela acusou a existência do espaço imaginário em que estávamos juntos, nus e excitados. Por um longo instante miramos fundo naquele estranho vazio metafísico que é a fonte e o alvo do desejo. Aqueles olhos acinzentados estavam translúcidos, e por sua tela esfumada vislumbrei o animal à caça que atava sua vontade à minha. Seus lábios separaram-se num beijo, e os dois corpos estremeceram em uníssono; num único instante nossos livros caíram do nosso colo para o assoalho do vagão, e a voz nos disse que as portas estavam fechando.

 Ela se abaixou rápido, pegou o livro e saiu de imediato. Um segundo depois o trem estava em movimento. No dia seguinte peguei a Linha Vermelha para Holešovice e cruzei a plataforma na hora habitual, pegando o trem de volta para a cidade. Não esperei que ela aparecesse, nem ela. O caso tinha acabado, e nunca mais a vi.

Capítulo 4

Foi mais ou menos na época daquele episódio que a vida em casa começou a mudar. Por meio do subgerente, mamãe obteve uma máquina de escrever, junto com um maço de fino papel azul e folhas de carbono que lhe permitiam fazer cópias, nove de cada vez. Toda noite, depois do jantar, ela limpava a mesa e começava a datilografar, normalmente de originais manuscritos que apareciam enquanto eu estava viajando pelo subsolo. O pequeno cômodo que dividíamos tornou-se uma editora de *samizdat*, para a qual mamãe escolheu o nome de *Edice Bez Moci* – a Editora sem Poder, por causa de um ensaio de Václav Havel, "O Poder dos sem Poder", que todos liam em edições contrabandeadas do Ocidente. Ela conseguia datilografar um livrinho de cem páginas A4 em uma semana e, quando terminava, grampeava as páginas em uma elegante capa de *papier mâché*, cujo cartonado era dado também pelo subgerente. Mamãe encontrava seus autores na porta dos fundos da fábrica de papel e os descrevia para mim: rapazes de cabelo comprido e barba em estilo Habsburgo, muitas vezes vestidos com exuberância, mas em andrajos, à moda dos dissidentes, com lenço solto e casaco comprido de veludo azul ou verde retirado dos armários dos mortos. Muitas vezes levavam cartas de recomendação de condenados políticos, ou de alunos e colegas do professor Patočka, o primeiro porta-voz da Carta 77, o qual, segundo me disseram, a polícia tinha assassinado oito anos antes.

Mamãe me falou disso num sussurro, sabendo que nunca era seguro falar alto demais num lugar que abrigava criminosos. Por que esse pequeno círculo de autores dissidentes tinha escolhido mamãe era algo que ela não explicava. Eles eram simplesmente parte da vida sem pretensões – a vida na derrota – que ela tomara para si. Porém, ela falava com orgulho de seus novos contatos, e do trabalho que realizava para eles. Ela tinha descoberto seu próprio caminho subterrâneo até o realmente real. Seus autores pegavam o produto pronto na porta dos fundos da fábrica de papel; porém, se ela gostasse do que tinha datilografado, guardava uma cópia para si, de modo que, em um ano, tínhamos uma biblioteca de trinta volumes de *samizdat* embaixo da cama dela; obras de filosofia, traduções de autores ocidentais e de dissidentes russos, e até um volume ou dois de ficção.

Papai nunca permitira televisão em casa, segundo ele uma *kreténská bedna*, uma caixa para idiotas. Contudo, quando nos mudamos para Praga ficamos cara a cara com nosso isolamento, e sucumbimos. Como todo mundo, acompanhávamos a série dominical *Hospital at the City's End*, de Jaroslav Dietl, que mostrava gente comum fazendo coisas comuns, como se o mundo de Karel Čapek ainda estivesse conosco, e aquelas peças de xadrez não tivessem sido lançadas para fora da mesa. Um dos primeiros atos da nova ocupação de mamãe foi empurrar a TV para um canto da sala, debaixo de uma pilha de papel A4 fininho sobre a qual ficava, como uma coroa, uma máquina grampeadora – outro presente da fábrica. A TV nos mandava desistir de nossa fútil resistência e fazer parte do mundo normal. E, ao voltarmos a tela para a parede e as costas para a tentação, sabíamos que estávamos fazendo isso por papai.

Mamãe àquela altura tinha abandonado as esperanças de tornar-se uma cidadã respeitável com uma casa decente e o direito de viajar. Agora ela era ativa, como nunca fora quando papai estava vivo – permitindo que as pessoas até viessem à nossa porta para pegar um dos volumes da nossa biblioteca nem tão secreta assim. Foi desse jeito que conheci Betka – mas ainda chego lá. Como mamãe, eu levava o subsolo toda noite para nosso pequeno cômodo. Enquanto ela datilografava, eu ficava sentado do outro lado de nossa mesa improvisada e escrevia as histórias que adivinhara naqueles olhos sem visão. E eu deixava as histórias para minha mãe ler. Um dia descobri que ela as tinha datilografado e encadernado: eu era o proprietário de nove cópias de *Pověsti – Rumores –*, de Soudruh Androš, o nome que eu havia escrito na folha de rosto. E pedi a ela que as mostrasse a seus amigos.

Foi um erro. Eu devia ter guardado aquelas histórias para mim, recusando a débil chance de fama que minha mãe me oferecia. Eu devia ter ficado no subsolo, em vez de permitir que meus sonhos escapassem tão facilmente para a luz do dia, e se tornassem "asas fritas cortadas dos tornozelos de Mercúrio", como escreveu Vladimír Holan. E houve outro erro, ainda que fosse um erro cuja significação eu viria a entender só muitíssimo depois. As quantidades de *samizdat* cresciam; quase todo mundo que se achava escritor podia escrever sua acusação definitiva contra o sistema nas nove cópias permitidas. E suas vendas seriam iguais às de Havel, Kundera, Patočka. Tal escritor ficava entre essas famosas não pessoas como um intruso de cabeça enfiada numa fotografia oficial. O mundo dos *samizdat* era um mundo igualitário, em que nenhuma distinção era feita com base no talento. Não havia comitê editorial, nem departamento de marketing, nenhuma equipe de peritos em publicidade a interferir no processo por meio do qual duas páginas manuscritas viravam cem páginas datilografadas, de modo que – no mundo futuro de mercados de livros e de competição aberta – nós, criminosos, éramos muitas vezes vistos com suspeita, como pessoas que reivindicavam o título de autor sem estabelecer um direito a ele. Até os mais próximos de nós farejavam o cheiro do fracasso, e nos serviam os magros restos da glória literária com olhos arregalados de piedade.

Mas outra vez me adianto. Na época, parecia que minha mãe finalmente me compensava pela perda dos estudos e se redimia pelos quatro anos que começaram quando agarrei às pressas o romance de Dostoiévksi na Capela da Sagrada Família, no pequeno bosque de bordos entre a ferrovia e os degraus de Nusle. Eu tinha sido promovido a uma forma superior de subsolo, em que pequenas velas de admiração iluminavam as catacumbas em caixas, e onde autores proibidos desfilavam nas sombras diante de seus fãs reservados. Eu estava prestes a chamar atenção, talvez prestes a ser amado. A notícia de Soudruh Androš já se espalhava pela cidade. Mamãe fez questão de emprestar as preciosas cópias de *Rumores* a seus autores, indicando que ela conhecia a identidade do Camarada Underground, mas preferia guardá-la para si. Foi por causa de *Rumores* que ganhei uma vida, e por causa de *Rumores* que ela perdeu uma.

Tudo começou na Linha Verde, entre Můstek e Leninova. Eram quatro horas de uma tarde de inverno e o trem estava lotado, de modo que, inicialmente, não reparei na menina com casaco de feltro branco, apoiada na divisória, semioculta pelo grandalhão de macacão cuja biografia criminosa eu escrevia na época. Em Malá Strana, o homem saltou, o que revelou o perfil dela, o rosto delicado emoldurado por cabelo castanho puxado para trás num coque, o longo pescoço branco erguendo-se como o de um cisne do macio colarinho branco de seu casaco, a carne como pétalas translúcidas em volta de seus olhos de prata.

O amor à primeira vista às vezes surge no mundo das pessoas normais; no subsolo, o amor só existe dessa maneira. Claro que um pequeno processo de checagem ocorre depois do *coup-de-foudre* inicial; será que ela lê livros, por exemplo, será que é artista, quanto cuidado tem na hora de vestir-se, e com que consciência de que o tédio é inescapável? Porém, todas essas perguntas foram respondidas de uma vez quando a garota de casaco branco se sentou à minha frente, tirou da bolsa um livro de poesia e um caderno, e seus dedos brancos sem esmalte se moveram pelas páginas como os de uma estudante – a página que ela lia e a página em que escrevia, com uma antiga caneta-tinteiro de corpo azul marmoreado, do tipo que havia muito sumira de nossas papelarias tão escassamente fornidas. A garota nunca erguia os olhos, e, quando saiu em Leninova, que era a última estação, fiz o que eu nunca antes tinha feito com nenhum dos meus personagens: segui-a até a rua.

Estava escuro no mundo acima, e um poste defeituoso bruxuleava sobre a multidão calada no ponto de ônibus. O casaco branco assinalava sua presença como um halo, e entrei na fila. O aroma arenoso da fumaça de carvão, mais um gosto do que um cheiro, maculava à tardinha de inverno. Na calçada havia ilhas cercadas de poças, e, para evitá-las, a fila no ponto fazia voltas e zigue-zagues elaborados. Não havia som além do bater e do ranger dos bondes em volta da Praça da Revolução de Outubro, e dos soluços ocasionais de um Trabant virando a esquina, numa nuvem de fumaça. Duas viaturas policiais estavam na piscina de escuridão perto do metrô, com os ocupantes imóveis e quase invisíveis. Apesar do frio, eu estava suando, e quando o ônibus se aproximou, uma onda de calor pareceu erguer-se à sua frente, fazendo com que eu me movesse na calçada e pisasse numa poça. A multidão atravancou-se para dentro do ônibus, e tive de lutar para entrar atrás dela enquanto as portas se fechavam nas minhas costas. Ela estava ao lado do motorista segurando a correia acima da cabeça, fazendo com que a manga do casaco branco descesse ao longo do braço. Tudo o que eu podia ver era o pulso fino e os dedos brancos que seguravam a correia. Ela usava uma pulseira de prata, mas nenhum anel. Havia luz no ônibus, mas para mim era como se estivesse na escuridão, excetuando o pulso e os dedos, brilhando acima das cabeças em silêncio como uma lâmpada de alabastro. Lembrei-me de um antigo livro de esculturas de Rodin que mamãe mantinha ao lado de sua cama no qual havia fotografias de mãos esculpidas – mãos cheias de oração e ternura, de um tipo que desaparecera do mundo havia muito tempo.

A mão caiu da correia como um pássaro morto do poleiro. Vi então que as pessoas no ônibus estavam mais rígidas que o normal, os rostos petrificados em expressões de inocência fabricada. Controles de segurança eram frequentes, e não me surpreendeu que os dois policiais estivessem interessados na garota de casaco branco. Afinal, eles eram homens como eu, ansiosos para exibir seu poder para uma fêmea atraente. Porém, em comparação com eles, eu não podia oferecer proteção nenhuma, e quando vi o rosto pálido dela mover-se com aquiescência enquanto eles viravam as páginas de seu caderno, senti uma pontada de futilidade e impotência.

O ônibus se aproximava de Divoká Šárka, o aglomerado de blocos de conjuntos habitacionais às margens de Praga, quando o policial chegou até mim. A essa altura havia apenas um punhado de passageiros. Eu estava sentado no fundo. A garota de branco também estava sentada, na frente do ônibus. Suas mãos estavam dobradas sobre o colo, seus olhos fixos na escuridão além da janela. Tentei não olhar para ela. Tentei não pensar em nada, na esperança de que os policiais me ignorassem. Então um deles virou-se na minha direção, e as palavras *občanský průkaz* – carteira de identidade – soaram naquele tom peculiar de desprezo que enunciava a distância intransponível entre o cidadão e aqueles que o controlavam. De início fingi que a ordem era dirigida a outra pessoa. Porém, o policial estava de pé na minha frente, com a mão estendida, o rosto perfeitamente barbeado enrugando-se numa carranca. Seus olhos cor de lodo eram planos, reluzentes e inexpressivos na superfície do rosto, como se tivessem sido pintados sobre ele. Tirei o livreto vermelho do bolso e entreguei-lhe, com a atenção fixa na garota que se levantava para sair. Quando o ônibus diminuiu a velocidade, o policial virou-se para o companheiro a fim de checar detalhes a meu respeito numa lista que o outro carregava.

Num instante o ônibus tinha parado, a garota saído, e eu estava na calçada. Com o canto do olho espiei os policiais me observando com silencioso interesse. Mas agora o ônibus ia em direção ao ponto final, e eu estava andando rapidamente por uma rua estreita do lado oposto à parada de ônibus, entre casas de aparência cara. Cruzei o que parecia uma ferrovia, cujos trilhos estavam semicobertos pela grama, e em seguida dobrei a esquina, chegando a uma rua de calçada de concreto quebrado em cujos lados se erguiam blocos de habitações baratas. Os prédios tinham aparência crua e inacabada, como um palco em que eu ensaiava minhas falas. Vi-me próximo de um portão antiquado de madeira que dava para um jardim solitário entre duas casas divididas em apartamentos nos quais brilhavam luzes tênues. Um poste lançava um brilho amarelado pelo jardim, mal iluminando uma casinha que ficava no fundo. Ela estava andando entre as árvores na direção da porta da casa. Seus passos eram leves, mas seguros, e ela deixava a bolsa balançar ao lado do corpo com o jeito relaxado de alguém que voltava para casa.

Havia latas de lixo altas ao lado de um dos blocos, e me escondi ali para observá-la. Tentei imaginar o lar que ela criou na casinha – talvez os avós cuidassem da pequena fazenda antes de ser confiscada, e as terras destinadas a conjuntos habitacionais. Talvez a mãe dela tivesse recebido permissão para ficar ali depois da morte dos avós, e talvez a garota tivesse passado todos os seus anos naquele lugar empoleirado acima da garganta de Wild Šárka. Imaginei-a no papel de Šárka, a lendária princesa que liderou um exército de mulheres na fútil tentativa de libertar sua terra natal. Em minha mente, eu ouvia trechos de ópera de Fibich: havia uma antiga performance de Brno que era um dos discos favoritos de papai. Eu me lembrava que ele cantava junto – a ária em que o príncipe Ctirad entra em comunhão consigo mesmo ao vagar pelos bosques encantados, prestes a encontrar a linda figura de Šárka presa a uma árvore. Nas lendas, os tchecos são capazes de feitos heroicos: e atrás desses grandes mitos escondemos nossas mentirinhas. Por que papai apareceu na minha consciência? Por que eu me metamorfoseei no príncipe Ctirad, como ele fazia naquelas tardes de sábado antes da catástrofe, quando desligaram a tomada de nossas ilusões e todas as luzes se apagaram? Por que o anseio acumulado da minha vida no subsolo de repente transbordou nesse ato de loucura em que – tendo deixado meu verdadeiro eu, o eu reduzido a um número numa carteira de identidade, nas mãos de um policial – eu fingia conquistar uma bela princesa que, de acordo com um conto de fadas idiota, precisava também me conquistar?

Ela tirou a chave do bolso e estava girando a fechadura quando soltei um grito. Não foi apenas a carteira de identidade que ficou: também a bolsa de lona que eu levava para o trabalho, a bolsa que continha minha própria cópia de *Rumores*, e junto com ela o livro de ensaios que mamãe acabara de produzir – ensaios de autores estrangeiros sobre o estado de nosso país profanado. Saí correndo rumo ao portão de madeira, sem ousar mostrar o rosto para a garota cuja paz eu tinha perturbado. Cheguei ao ponto final e descobri que o ônibus havia voltado para a cidade; eu só conseguia ver o brilho vermelho e laranja de suas luzes ladeira abaixo. Corri para além do pequeno lago de luz que cercava os prédios, descendo a rua escura em direção ao lugar em que as rotas dos ônibus se unem. Quando enfim mergulhei no subsolo no metrô Leninova, senti os monstros gementes daquele mundo superior rompendo a barreira e sentando-se à minha volta no trem.

Capítulo 5

Quando a empurraram para a escadaria e bateram à porta, sentei-me na cama desarrumada de mamãe e fiquei encarando o pedaço desbotado da parede onde uma foto de papai um dia esteve pendurada. Eles jogaram a foto num canto com as outras imagens, incluindo alguns quadros abstratos cinza-esverdeados que papai pintou na juventude. Eu devo ter ficado sentado ali por várias horas, observando os fiapos de pensamento que farfalhavam nas beiradas da minha mente. Fui despertado no dia seguinte pelo som da chuva no pátio abaixo e na janela da cozinha. Reparei no livro sobre as esculturas de Rodin que estava no chão, atirado que fora da mesinha ao lado da cama. Estava aberto num par de mãos intitulado *La Cathédrale*. Vi as mãos da garota de branco que seguravam a chave da porta da casinha. Quem esperava do outro lado? Será que ela erguia as mãos para o rosto de outro, e será que agora repousavam em outra pessoa? Ali dentro parecia frio e oco.

Levantei da cama e fui para a cozinha. Nosso apartamento ficava no sexto andar, dois andares abaixo do telhado, e a água de uma calha entupida jorrava pela janela. Pela corrente eu via a rua abaixo, uma faixa estreita entre blocos sem rosto. Um carro de polícia serpeava na lente de água corrente, como que dançando sobre uma tumba. Eu sabia que precisava ir até Gottwald para ligar para minha irmã do telefone público. Porém, a ideia do carro me seguindo lentamente enquanto eu andava pela chuva me deu uma sensação quase de vergonha. Nesse novo mundo, eu era uma vítima nua, minhas defesas tinham sido confiscadas. Por um instante quase me ressenti de mamãe, que tinha aberto a porta atrás da qual eles quase sempre estavam esperando. E depois voltei e sentei na cama.

Claro que fui eu que abri aquela porta, não mamãe. Durante os dias que se seguiram, eu a via com uma espécie de letargia. "Mamãe morreu hoje. Ou talvez ontem. Não sei". Eram essas as sinistras palavras que abriam a tradução de *O Estrangeiro*, de Camus, que eu tinha achado no baú de papai. E elas expressam meu estado de espírito durante os dias que se seguiram, enquanto eu rastejava com meu fardo de culpa, sem conseguir examiná-lo, e sem conseguir largá-lo.

Comi os restos na cozinha como um rato, sem me importar com a hora. Enfim, na luz cinza de uma manhã de dezembro, acordei com o toque da campainha. Eu estava deitado na cama de mamãe. Imagens de mãos cruzavam minha mente semidesperta: as mãos dela algemadas, mãos de Rodin, as mãos que seguravam a correia de plástico no ônibus para Divoká Šárka, as mãos de papai, também algemadas, mantidas à frente dele como amortecedores enquanto ele era rudemente empurrado porta afora. Olhei o despertador jogado de costas no meio do cômodo. Eram

08h30, uma hora e meia depois do horário em que eu devia aparecer no trabalho. Provavelmente eu já perdera um dia. Fui até a cozinha e olhei a rua: tinha parado de chover e o carro de polícia tinha ido embora. Por um segundo, acreditei que aquilo não estava acontecendo comigo; que a coisa chamada *eu* estava em outro lugar, e que o episódio inteiro era uma ficção da mente do Camarada Underground.

A campainha tocou de novo. Quem quer que fosse tinha vindo atrás de mamãe, e mamãe era uma não pessoa. Seria um erro conhecê-la. Melhor, portanto, permanecer oculto. Voltei para a cama dela e fiquei sentado tão silenciosamente quanto podia. Ouvi pés se arrastando do outro lado da porta e em seguida voltarem para as escadas. Porém, ali, eles pararam; e, num instante, mudaram de direção, aproximaram-se de nossa porta, e pararam do lado de fora. A campainha não tocou, mas senti a visita parada ali, respirando baixinho. Fui na ponta dos pés olhar pelo olho mágico, em cujo orifício distorcido percebi o rosto de uma moça de cabelo castanho e longo pescoço branco protegido por um lenço cor-de-rosa.

Abri a porta, e ali estava ela, a garota de Divoká Šárka, olhando-me com sinceros olhos de prata, sua larga testa pálida brilhando na luz que adentrava a escadaria desde nossa sala de estar. Suas pálpebras eram como madrepérola, como se os olhos brilhassem através delas. As bochechas eram rosadas e luziam sob o frio de dezembro, de modo que os lábios entre elas pareciam invulgarmente pálidos e macios. Seu rosto tinha uma seriedade infantil, ela não usava maquiagem, o cabelo castanho brilhava como uma coroa acima da sobrancelha. Suas mãos, com luvas, seguravam uma bolsa de lona, e ela usava um casaco folgado e calças de denim, o uniforme não oficial da classe dos estudantes. Estava com as pernas retas, olhando-me com a compostura de um pajem, como se aguardassem uma ordem.

– Trago algo para Paní Reichlová – disse ela. – Meu nome é...

Interrompi-a e apontei para o teto. Ela me encarou beliscando o nariz de modo que ruguinhas apareceram como dobras de seda branca ao longo das margens. Ela era tão bonita que eu estava com medo de falar. Não era ficção; estava acontecendo *comigo* – e porque eu tinha me perdido para ela, também tinha me ganhado. Pela primeira vez na vida, eu sabia quem eu era: não Soudruh Androš, nem mesmo Jan Reichl, mas o homem diante *dela*.

– Um momento – eu disse, e, indicando que ela deveria ficar na soleira, peguei uma folha de papel na mesinha ao lado da cama de mamãe. Escrevi: "Encontro você na Capela da Sagrada Família, abaixo dos Degraus de Nusle, em quinze minutos. Não é seguro conversar".

Ela pegou o papel e encarou-o. Depois, ergueu os olhos, fixou os meus por um instante, acenou com a cabeça e me devolveu o papel. Num instante ela desapareceu, e eu estava de pé na soleira da porta, com as pernas tremendo. Agora era de verdade, e com certeza eu cometeria um erro atrás do outro. No entanto, os erros eram uma prova da realidade, e agora nada menos do que a realidade me contentaria. Vergonhosamente, pus mamãe de lado, me esqueci de contar a Ivana o que tinha acontecido, esqueci meu trabalho e minha rotina. Mamãe se retirara para o horizonte do meu mundo. Enquanto eu descia em direção à colina, atravessando a ferrovia para chegar ao inchado Botič, eu só pensava na garota, e em todas as coisas que eu ia dizer a ela.

Ela estava entre os bordos, olhando através do arame farpado, na direção da ferrovia. Eu seguia imprudentemente adiante, tão alheio à segurança dela quanto fora à de mamãe. Ainda assim, uma vozinha de bom senso me mandou passar pela capela e subir os degraus antes de descê-los outra vez para falar com a garota. Não havia ninguém atrás de mim, ninguém nem mesmo à vista, tirando uma senhora com xale rasgado que levava um cachorro debaixo de um braço e com o outro arrastava a si própria degraus acima. Seu rosto tinha aquela cor de pedra cinza que era comum nos idosos da época, e senti um espasmo de pena, perguntando-me como ela vivia e se o cão era seu único companheiro. Ao lado dos degraus, erguendo-se entre árvores sem folhas, havia uma antiga casa de toras, do tipo que os mais ricos construíam na época do Renascimento Nacional, e parei um momento para observá-la. As persianas estavam baixadas, o jardim repleto de ervas daninhas, e faltavam telhas no telhado. Porém, veio-me a ideia de viver num lugar como aquele, de construir ali um lar para mim e para a garota de Divoká Šárka, onde passaríamos a juventude num isolamento estudioso, rindo atrás de persianas fechadas do mundo a que não pertencíamos. Fiquei tão absorto nesse pensamento que não reparei que havia alguém de pé ao meu lado.

– Acho que você não foi seguido – disse ela em voz branda e límpida como a de uma criança. – Presumo que você seja o filho de Paní Reichlová.

– Jan Reichl – disse. Parecia um pseudônimo. – E você?
– Alžběta – respondeu ela. – Alžběta Palková. Mas me chamam de Betka. Não Bětka, mas Betka. Alguém me passou um dos livros da sua mãe, e eu disse que ia devolver.

Ela acenava com a cabeça enquanto falava, como se buscasse concordância. Havia algo de ansioso em seu jeito que vencia minhas reticências. Não me ocorreu perguntar como ela obteve nosso endereço, ou por que veio ao nosso apartamento num momento em que nem eu nem minha mãe estaríamos em casa. Eu queria compartilhar minhas preocupações, e os olhos fixos e os gestos sem afetação dela eram como uma porta que dava para um jardim iluminado pelo sol. Enquanto eu lhe falava de mamãe, ela continuava a acenar com a cabeça, olhando meus olhos como se a história estivesse escrita neles. Não mencionei meu papel na prisão de mamãe, só o fato de que a polícia vasculhou o apartamento e descobriu seu crime. E então Betka tocou meu braço e apontou a capela, indicando que deveríamos ficar atrás dela, onde não seríamos vistos.

Ela tirou um volume de *samizdat* da bolsa. Era *Rumores*, de Soudruh Androš. Fiquei olhando em silêncio.

– A pessoa que pegou isso emprestado insistiu muito para que eu devolvesse imediatamente. Para dizer a verdade, quero guardar. É tão próximo do meu jeito de ver as coisas.

– Do seu jeito de ver as coisas?

– Bem... – Ela parou de repente e me olhou. – O que vamos fazer a respeito da sua mãe?

Eu tinha ficado sozinho com meus pensamentos por tanto tempo que mal conseguia apreender o sentido desse *nós*. Ela estava me incluindo em sua vida, ou me pedindo que eu a incluísse na minha? Somente o olhar simples me lembrava que não era eu que a preocupava, mas mamãe.

– O que você sugere? Um advogado, talvez?

– Está maluco? Da última vez que isso aconteceu com um amigo meu, prenderam até o advogado. É um crime defender pessoas que não cometeram crime nenhum.

Olhei-a atônito.

– Isso acontece muito com os seus amigos?

– Não, não muito. Comigo você está bem seguro. A menos...

– A menos que o quê?

Ela estava a um passo de distância de mim, de costas para a capela, com os olhos fixos nos degraus de Nusle.

– Está vendo aquela senhora? –, perguntou.

Voltei meus olhos na direção dela. A mulher com o cão agora estava descendo, segurando o próprio corpo de degrau em degrau, apertando o corrimão e murmurando.

– Assim como o poodle em *Fausto* – prosseguiu ela –, ele vem em muitas formas.

– Quem?

– Mefistófeles. O espírito que sempre nega.

A senhora tinha chegado ao fim dos degraus e estava saindo de vista. Na Praga daqueles dias, havia um vazio que se seguia na esteira de pessoas que eram observadas demais. O espectro da cidade as seguia no vazio, e em seu rastro você via um cemitério pilhado – prédios dilapidados, calçadas rachadas, fachadas caindo com a aparência de tumbas, e as tristes e descuidadas árvores que os mortos tinham plantado. Esse vazio me assombrava sempre que eu saía do subsolo. Porém, nunca antes eu o sentira como então senti, ao lado de uma mulher que exibia não só sua beleza e energia, mas também sua cultura, que se colocava acima desse vazio como uma mãe se coloca acima das preocupações de seu filho. Fui tomado pela convicção de que essa mulher que eu amei desde o primeiro instante em que a vi também tinha sido enviada para me salvar.

Ela tirou a luva da mão direita e aqueceu os dedos na boca. Eu queria pegar a mão dela e aquecê-la devidamente. Afundei ainda mais as mãos nos bolsos do casaco.

– Então o que devemos fazer? – perguntei.

– A única coisa que funciona é uma campanha – disse ela. – Na imprensa ocidental.

– E quem pode organizar isso?

– Ninguém que viva no *underground*.

– E onde é que *você* mora, Betka?

Betka me olhou, e fiquei fora de mim. Como eu poderia encontrar palavras para essa garota que não sussurrava, que não se escondia como os outros se escondem da testemunha oculta? Pensei em mamãe. Aquela mulher inocente, que merecia só o que a vida tinha de melhor e recebia só o que tinha de pior, agora estava sendo arrebentada na roda das perguntas deles. O espasmo de culpa que senti era como uma fumaça da turbina da minha empolgação, que dava voltas acima da capela e se perdia no vazio. As palavras em casa nunca eram diretas. O mundo além de nossas paredes era como uma ameaça; às vezes aludíamos a ele, mas nunca o descrevíamos como era. Nossas conversas eram uma espécie de silêncio embelezado, cada um de nós enterrado na ficção de outra vida, uma vida de temerária solidão. Tudo o que eu fazia sobre o solo era moldado pelo mesmo imperativo – esconder, retirar-se, apequenar minha dor o suficiente para que eu pudesse inseri-la na cavidade de um dente e mordê-la.

– Tenho vontade de dizer que vivo no mundo real – disse ela. – Mas eles o aboliram há muito tempo.

Murmurei algo, mas ela continuou a me olhar como que esperando por uma confissão. Ainda assim, as palavras não saíam.

– Acho que sei quem escreveu essas histórias – continuou. – Foi você, não foi?

– Talvez.

– Eu entendo você – continuou ela –, porque eu sonhei com você. E este livro está na margem do meu sonho.

Ela tinha tirado da bolsa o volume de *Rumores* e o estendido a mim.

– Fique com ele. É mais seguro deixá-lo com você.

Ela o colocou de volta com um sorriso

– Então aqui está você – disse ela –, de volta ao meu sonho.

– Gosto de estar dentro do seu sonho. Gosto muito.

– Milagres só acontecem nos sonhos. E não se pode depender de milagres. Deveríamos ir, aliás.

Ela acenou com a cabeça na direção dos degraus, que a senhora idosa outra vez subia, pressionando o cão mole na lateral do corpo. Ela foi embora.

– Siga-me – disse ela –, e não olhe para trás.

Segui-a a distância, meus olhos fixos na figura esguia que parecia derreter o espaço em que se movia. Ela subia dois degraus de cada vez e andava rápido pelas ruas de Vinohrady rumo ao centro da cidade. O tráfego era esparso e lento, como se tivesse perdido o sentido. As vitrines exibiam mercadorias que não podiam mais ser compradas, mas que estavam imortalizas em pirâmides artificiosas de caixas e latas. Os ruídos eram abruptos: o guincho das rodas dos bondes contra os trilhos, o bater surdo do estuque que caía das fachadas, a sirene ocasional de um carro de polícia. As pessoas se moviam em silêncio, os ombros encolhendo-se ao passar umas pelas outras, os olhos fixos no chão. Os prédios erguiam-se atrás de andaimes de madeira como idosos decrépitos apoiados em andadores. Betka era uma mulher viva na terra dos mortos, e um brilho a cercava enquanto ela se movia.

Ela parou na Praça Carlos, perto da Nova Câmara Municipal, de cujas janelas, em 1419, o líder hussita Jan Želivský lançou para a morte treze membros do conselho. A defenestração é uma tradição tcheca, a única que os comunistas mantiveram. O monumento a Želivský continua na praça, recordando-nos de nossas virtudes nacionais. Monumento nenhum comemora aqueles treze conselheiros. Alcancei Betka, que estava abaixo da efígie do herói, e ela seguiu andando ao meu lado.

– Eis o plano – disse ela. – Você segue a vida normalmente. Pede permissão para visitar sua mãe. Não entrega nada. E se faz conhecer.

– Conhecer por quem?

– Veja, Jan...

– Honza – corrigi.

– Veja, Honza, só existe um caminho para a segurança, e ele fica do lado do Ocidente. Não existe segurança no *underground*. Não existe segurança para a pessoa comum. Você precisa ficar conhecido nas embaixadas ocidentais.

Ser mencionado pela BBC e pela Radio Free Europe. Ser um movimento, como a Carta 77. Aí destruir você vai custar tão caro que eles talvez nem tentem.

– É assim que você vive?

Ela não me respondeu, mas continuou andando com passos rápidos e resolutos. Estávamos descendo rumo ao Vltava, em cuja margem do outro lado ficava a rua onde toda manhã eu me apoiava contra minha lata de lixo para imaginar a vida dos transeuntes. Sobre o rio havia uma névoa que mudava de um lado para outro como o cobertor de alguém de sono agitado. Um frio sol branco espiava através das nuvens, lançando sua luz nos muros do castelo, acima do qual a forma escura da catedral se estendia como um animal enorme que ali morrera, seus membros petrificados aferrados ao céu. Por muito tempo não falamos. Segui ao lado dela como que obedecendo a suas ordens, confiando que tinha adquirido uma destinação e que ela estava me levando a esse lugar.

Ela parou do lado de fora de uma loja em que letras simples e negritadas diziam Antikvariát acima de uma grande vitrine cheia de pó. Ela pegou meu braço e me conduziu porta adentro. Um homem de aparência cansada com óculos e barba em estilo Habsburgo ergueu os olhos detrás do balcão, onde retirava partituras musicais de um saco de papel pardo.

– *Dobrý den* – disse ela cantando. E ele respondeu:

– *Ahoj*, Betko – quase sem tirar a atenção do trabalho.

– Meu lugar favorito – disse ela, levando-me para o fundo da loja. As prateleiras de madeira estavam cheias de partituras, muitas delas encadernadas em couro. Os olhos de Betka iluminavam-se enquanto ela corria os dedos pelas lombadas, e a pele em volta de seus olhos adquiria mais uma vez aquela translucidez de madrepérola, como se uma luz tivesse sido ligada atrás.

— Veja o que éramos — disse ela — quando nosso país começou. Música em todas as casas, e veja com que elegância era impressa.

Ela pegou um volume da música para piano de Janáček — *Num Caminho Recoberto*. As notas pareciam tão fortes, tão definidas na página, como se nada pudesse varrê-las. No entanto, disse Betka, tudo isso era uma lembrança: poucos tocavam piano, pouquíssimos moravam em casa que tinha piano. E as últimas edições desta obra-prima contêm todos os erros de impressão do original, já que ninguém na imprensa oficial tem competência ou autoridade para corrigi-las. Ela me perguntou se eu sabia ler música.

— Não. Mas nós ouvíamos em casa. Essa era uma das obras favoritas de papai.

— Mesmo? — Ela ergueu os olhos para mim. — Você está usando o pretérito.

— Sim. Ele morreu.

Eu queria contar a história a ela. E naquele momento tive a vívida percepção de que eu nunca tinha contado a ninguém, que nunca tinha compartilhado a morte dele com ninguém além de mamãe e Ivana, ambas tão relutantes em falar disso quanto eu. Lentamente, ela colocou a partitura de volta ao lugar e disse:

— Eu costumava tocar isso na minha cidade. No piano do meu avô.

— Onde era sua cidade?

– Um lugarzinho perto de Brno. Vim aqui para estudar.
– Então você é estudante?
– Não, isso acabou dois anos atrás.
– Então você faz o que, Betka?

Ela examinava uma lombada de tecido cinza cuja folha de ouro tinha desbotado.

– Ah, umas coisas. E você, faz o quê?

Ela pegou outra partitura e enfiou o rosto nela: canções de Schubert, com o texto tcheco manuscrito acima do alemão em caracteres antiquados. Descrevi rapidamente meu trabalho; ela sorriu para si mesma, e mudou de assunto. Por algum tempo ela falou entusiasmada sobre a antiga cultura musical, de como as pessoas se reuniam nas casas para tocar e cantar, e de como ela ficava triste ao pensar que agora isso raramente acontecia. Ela própria aprendeu a tocar alaúde para ingressar num grupo barroco que às vezes tocava em casa de amigos. Tinha orgulho dessa parte de sua vida. Entre as pessoas movidas por aquela música antiga, disse, quem quer que fossem, e por mais maculadas que estivessem pelo sistema, não havia, em instante algum, nenhum segredo. Enquanto falava, ela vasculhou as estantes com mãos firmes e metódicas, separando os volumes que lhe interessavam, e enfim carregando uma pequena pilha até o balcão. Fiquei chocado com isso, já que livros usados eram posses cobiçadas, caras demais para gente como eu.

– Você pode mesmo pagar por isso tudo, Betka? – perguntei.

– Claro que não. Tenho um amigo que está montando uma biblioteca. Ele coleciona o que eu recomendo. Aqui, Petr – disse ela, entregando os livros. – Vou dizer ao Volém que você está guardando estes para ele.

– A esta altura ele deve ter tudo – disse o homem.
– Ele está chegando lá.
Voltando-se para mim, ela disse:
– Agora podemos ir. Primeiro vou eu, depois você. Encontre-me em dez minutos na Ilha Střelecký. Estarei sentada ali.

Ela nem esperou resposta, e desapareceu pela porta da loja. Quando a vi de novo, estava sentada calmamente num banco de madeira, os olhos mirando o rio, o rosto ao sol. Fiz força para entender como alguém podia estar tão consciente de estar sendo seguida, mas permanecer tão inteira e naturalmente calma. Era como se Betka criasse à sua volta um espaço próprio, um espaço onde as regras não valiam. Sentei-me ao lado desse espaço, no banco frio que transmitiu um choque a todo o meu corpo. E o rosto dela brilhava à luz do sol

– Você se importa se eu falar francamente, Honza?
– Como eu me importaria?
– Ah, as pessoas se importam. Elas preferem suspeitas sussurradas. Mas eu odeio isso. Eu quero viver. Você quer viver?
– Agora sim.

Ela me olhou diretamente. Era um olhar que com o tempo eu viria a conhecer bem: um olhar curioso, desarmante, olhos largos, imóveis, que me faziam render por completo ao que quer que ela propusesse. Tive então a chance de olhar dentro daqueles olhos que tanto me encantaram no metrô até Leninova. De certo ângulo eles tinham de fato um brilho prateado, perscrutando através dos cílios como a lua através das árvores. Porém, esse brilho era apenas o resumo grosseiro de sua mágica.

As pupilas eram cinza-esverdeadas com uma borda de azul real, e no centro havia um pequeno botão amarelo-alaranjado que mantinha a firmeza de todo o tecido. Em volta daquele pequeno sol revolvia um sistema solar tranquilo de vislumbres atraindo a maré do meu desejo.

– Então, Honza. É isto o que faremos. Você vai trabalhar normalmente. Vá até a delegacia em Bartolomějská, e seja escrupulosamente correto quando for questionado. Então vou apresentar você às pessoas que precisa conhecer. Vou lutar por você, do meu próprio jeito, mas primeiro eu preciso ensinar você a viver em cima do solo.

– Mas por que você faria isso? – perguntei.

– Por você.

– Você nem me conhece.

Ela sorriu, e tirou a cópia de *Rumores* da bolsa.

– Eu tenho esta janela, e você está aparecendo nela.

Andamos um pouco pela Ilha Střelecký. E quando, de tempos em tempos, eu pegava sua mão, ela não me olhava, mas sorria para si mesma e retribuía a ligeira pressão dos meus dedos. Eu lhe falei de papai, de Ivana, das minhas viagens pelo subsolo, e ela ouviu com atenção. Mas sobre si mesma ela era reticente, só admitia que vivia uma vida independente, cujos detalhes não eram do meu interesse. Tirou um caderno do bolso e arrancou uma folha. Nela escreveu o endereço de alguém chamado Rudolf Gotthart, dizendo-me que me apresentaria na sexta ao seminário semanal dessa pessoa, e que eu deveria estar lá às seis, antes de começar o seminário. Ela escreveu com esferográfica, e tive de segurar o desejo de perguntar por que ela não usou sua caneta-tinteiro. Ela nunca poderia saber que fui eu que a segui até Divoká Šárka, e que era meu o grito que ressoou das lixeiras perto de sua porta.

Então notei outra coisa. Ela não estava usando a pulseira que eu vira então em seu pulso. Uma ideia curiosa adentrou minha mente: de que ela tinha duas vidas bem separadas. Mal a ideia me ocorreu, tornou-se um punhal de ciúme. A garota que cultivava dissidentes, que estava explorando o mundo do *samizdat*, que de algum modo estranho se empolgava com a oportunidade de me recriar como herói e como mártir, era a versão de férias de um ser inteiramente distinto. Imaginei-a amante de algum membro cheio de lábia do Partido, que tinha o direito de viajar para o estrangeiro, que proporcionava uma linda casa às margens de Praga, e o dinheiro extra para ela se vestir em estilo burguês. Essa ideia doeu tanto que gemi em voz alta.

– Tudo bem? – perguntou ela.

– Betka, você não me contou nada sobre você.

– Você vai descobrir.

– Mas quando esse tipo de coisa acontece...

– Que tipo de coisa?

– Bem, você pode chamar de amor.

Ela contraiu o rosto como uma criança.

– Não vamos começar com isso. Eu assumo riscos, mas não esse.

– Mas por que assume os outros?

– Por que eu quero viver, como já disse.

– Mas por que fazer isso por mim?

Ela me olhou e riu. Seu riso era coeso e ondulante, como um gramado em declive ao sol.

– Eu estava me arrastando pelo subsolo e vejam só o que eu encontrei! Por que não trazer isso para a luz do dia, para vê-lo piscar?

– Não é muito lisonjeiro para mim.

– Muito lisonjeiro, na verdade, se você soubesse.

Sem nenhum aviso, ela me deu um beijo no rosto e se afastou para a escada de pedra que levava para a ponte que atravessava o rio. Ela parou onde os degraus viravam e olhou para trás na minha direção.

– Encontre-me amanhã, no Café Slavia, às três. Se eu estiver com alguém, me ignore. Se estiver sozinha, me cumprimente como amiga.

E com isso ela caminhou rápido para a ponte e dirigiu-se à cidade. Hesitei um instante, querendo segui-la. Então fui na direção oposta.

Capítulo 6

Apareci na oficina em uma das pequenas vielas onde Smíchov se encontra com a via marginal e onde todas as manhãs eu pegava minha vassoura, minha pá de lixo e meu uniforme laranja de varredor de rua com o Sr. Krutský. Ele ergueu a cara cor de pão e colocou as mãos grandes sobre a mesa, tentando em vão concentrar seus aquosos olhos cinza. Nunca em nenhuma das vezes em que interagi com o Sr. Krutský ele fixou o olhar em mim. Seus olhos sempre pareciam vagar de um lado para outro, como se ele temesse que uma porta fosse se abrir e uma mão se estender para sua garganta.

– A ŠtB esteve aqui ontem – disse ele –, perguntando por você. Isso é encrenca.

– Encrenca minha, não sua. E, de qualquer modo, o senhor não pode me demitir. Estou no fundo do poço. Daqui para baixo não tem nada.

– Mas onde é que você estava quando eles vieram?

– Eu tive dor de cabeça. Desculpe. Vou trabalhar até mais tarde.

— E agora eu preciso fazer relatórios sobre você — disse o Sr. Krutský, com um suspiro cansado.

— Foi o que disseram?

— Uma vez por semana. Vão vir pegar.

Dei de ombros.

— Não vai ser muito difícil. Eu escrevo para o senhor.

Tirei minha vassoura e minha pá de lixo da prateleira e meu uniforme do cabide e fui para Husovy sady. Passei o resto daquela manhã em estado de euforia. Dói confessar isso. Dói confessar que eu estava contente com a prisão de mamãe, contente com o infortúnio que recaíra sobre nós, contente por ser oficialmente uma não pessoa. Eu tinha saído do subsolo. Estava respirando ar de verdade, o ar que Betka respirava, e ia viver de outro jeito, num espaço que compartilhávamos. Lado a lado com Betka eu viveria na verdade. Mas que clichê! E que mentira! Mas chegarei a isso.

Telefonei a Ivana do telefone público em Můstek. Ela vivia com uma mulher cuja antiga casa em Brandýs tinha sido tomada pelo Partido em troca de alguns cômodos em um novo bloco de apartamentos. A velha estava desgastada o bastante para ser indiferente à história de sua nova inquilina. Porém, quando contei à minha irmã sobre a prisão de mamãe, ela fez *sshhh*, como que se recusando a ser envolvida num crime. Ao falar em sussurros, remoldei a história como uma lenda. Ivana estava tensa, sem fôlego, e embaraçada, relutante em ser levada além dos limites de seu mundo. Ela tinha optado por uma vida limpa dentro do sistema, e não queria ter mais nada a ver com o crime. Não me surpreendi quando ela desligou na minha cara.

Fui naquela tarde até a delegacia central, que ocupa um lado da Rua Bartolomějská: um viveiro de escritórios e celas atrás de fachadas antigas, furadas num ponto por uma janela de pequenas esquadrias quadradas, estendendo-se por cinco andares. Entrei pelo antigo prédio do quartel-general da Primeira República, que parece esculpido de uma única peça de arenito vermelho e áspero. Baixos-relevos formalizados de operários, mineiros e camponeses lembram o passante do que é necessário para uma vida inteira ocupada em evitar a prisão. Fiquei esperando numa sala suja com uma janela numa parede, atrás da qual aparecia um rosto oficial, raramente o mesmo rosto, e sempre com expressão vazia diante de meu pedido por notícias da Sra. Reichlová. Figuras uniformizadas moviam-se resolutamente entrando na sala e saindo, ignorando-me. Uma mulher entrou com um saco de compras coroado com flores. Passou por uma porta para o outro lado da janela, acenando com a cabeça ao passar.

Comecei a notar um zumbido estranho na sala, como se houvesse um inseto preso em algum lugar batendo as asas inutilmente. Depois de algum tempo pareceu que o zumbido vinha de dentro de mim. Senti uma urgência avassaladora de sentar-me, mas não havia cadeiras, só uma espécie de saliência em volta da parede na qual você podia brevemente alojar as coxas.

Apoiei-me o melhor que pude. Os rostos passavam flutuando, derretendo e depois endurecendo ao afastar-se. Talvez uma hora tenha se passado antes que um deles se fixasse em mim, e o zumbido se cristalizado em palavras. O fino rosto acinzentado do policial parecia ter sido afiado com lâmina, como que para cortar qualquer fingimento que se colocasse à sua frente. Ele falava em frases bruscas, simplificadas, como se fosse controlado por uma máquina que só permitisse opções limitadas.

– A Sra. Reichlová foi transferida para Ruzyně.

– Sou filho dela, tenho o direito de visitá-la.

As palavras ressoaram pela sala como se tivessem sido ditas por outra pessoa. Tudo que dizia respeito à mamãe tinha sido colocado atrás de uma tela, e eu só via as silhuetas projetadas contra ela.

– O Código Penal proíbe visitas durante a fase de interrogatório.

Ele me olhou com atenção por um instante, e depois acrescentou:

– Precisamos conversar com você também.

– Ela não tem direito a um advogado?

– Nomeamos um advogado que vai apresentar o caso à defesa.

Sem aguardar resposta, ele simplesmente virou-se sobre os calcanhares e marchou para a porta. Parou diante dela e lentamente virou-se.

– Fique aqui – disse ele.

Fiz como ele mandou. Não era eu que esperava, mas outro que tinha usurpado meu corpo. Eu estava bem longe, ainda me regozijando com Betka, quase sem pensar em mamãe. Quando o policial voltou, foi para me chamar para a porta onde ele estava. Vi-me prensado contra ele num elevador, cercado por seu cheiro de suor e sem poder evitar os intensos olhos verdes a me encarar, entre os quais um nariz de lâmina de faca descrevia cortes afiados em minha direção.

Ele não me empurrou, nem me guiou, mas de algum modo me destilou numa sala grande, onde fiquei sentado numa cadeira contra a parede enquanto ele se endireitava atrás de uma escrivaninha à minha frente. Outro policial, que entendi ser o principal interrogador, estava de pé no centro da sala, e começou a andar de um lado para outro. Era um homem de traços brandos, de cerca de quarenta anos, que se dirigia a mim com a preocupação que um diretor de escola teria com o meu futuro. Claro que pedi que me deixassem ser testemunha no julgamento de minha mãe, e o policial de traços afiados, que agora tomava notas, sorriu diante de meu pedido, sem registrá-lo. Respondi as perguntas deles dando de ombros, com evasivas, mal me preocupando com o que eu dizia. Porém, quando me perguntaram por que eu estava no ônibus para Divoká Šárka, e quem exatamente eu estava visitando ali, senti-me subitamente alarmado. Disse que nunca pretendi entrar naquele ônibus, que fui distraído pela presença da polícia, e que tinha saído na última parada sem pensar, em estado de sonambulismo. O policial de rosto afiado sorriu mais uma vez. E aí anotou minhas palavras.

– Claro – disse ele, sem erguer os olhos – que vamos descobrir no devido tempo quem você estava visitando.

Ele fechou o caderno e acendeu um cigarro. Um terceiro homem entrou de uma sala adjacente e começou a discutir o conserto de um Mercedes, e como conseguir as peças. Enquanto os três falavam, comecei a prestar atenção no ambiente. Estávamos numa sala com janelas altas. Dava para ver uma abertura semicircular na parede da Igreja de São Bartolomeu, que me olhava como o olho semiaberto de um homem que tinha sido surrado. Na parede à minha frente havia um pôster do rosto fino de Felix Dzerzhinsky, chefe da polícia secreta de Lênin, acima de seu famoso *slogan*: "Mãos limpas, cabeça fria, coração quente". Eu me lembrei de outra frase de Dzerzhinsky de um livro produzido por mamãe sobre a Revolução Russa: "Representamos em nós o terror organizado – isso precisa ser dito muito claramente". Porém, ali isso não era dito claramente. A única sugestão daquilo era outro cartaz que anunciava o que era proibido: "fumar, falar sem ser interpelado por um policial, colocar as mãos nos bolsos, consultar papéis, tomar notas".

Fiquei sentado numa cadeira simples numa fila de quatro. Os oficiais estavam de pé em volta da escrivaninha, que parecia estar ali desde a época da Primeira República. Em dado momento, o de feições afiadas saiu com seu caderno e começou a falar alto na sala ao lado. Fiquei olhando por algum tempo, depois deixei meus olhos vagar. Nada do que estava acontecendo parecia me dizer respeito. Pensei nas palavras de Betka. O que ela quis dizer com me trazer para a luz do dia e me ver piscar? O que ela estava planejando? Porque sem dúvida ela estava planejando alguma coisa. Eles ainda falavam entre si quando, sem efetivamente decidir nada, levantei e fui para a porta.

– O que você está fazendo? – gritou o interrogador.

– Pensei que minha presença não era mais necessária.

– Simplesmente espere aqui.

O interrogador foi para a sala ao lado e voltou algum tempo depois com duas folhas de papel nas quais perguntas e respostas tinham sido datilografadas.

– Leia – disse ele. – E depois de ler assine.

O áspero papel cinza parecia limalha nos meus dedos. Algumas das palavras tinham sido datilografadas por cima com "x"; outras eram fragmentos de jargão comunista que seria impossível que eu tivesse usado. Aparentemente eu negara todo conhecimento das crenças reacionárias e das ações contrarrevolucionárias de minha mãe, e as palavras – *zpátečnický* e *kontrarevoluční* – eram como peças de um antigo quebra-cabeça forçado nos lugares vazios de outro.

– E se eu não concordar?

– Assine, já disse.

Devo ter assinado; não lembro. Depois voltei para Gottwald. Não voltei para minha vida no subsolo. Eu tinha emergido das catacumbas para um tipo inteiramente novo de solidão, uma solidão mitigável que vinha da necessidade do que era real. Quando fui trabalhar no dia seguinte, vaguei pelas margens do rio por uma hora. Era um dia gélido de dezembro, e uma fina luz solar colocava coroas douradas em todas as casas. Lembro-me de uma delas, uma casa branca simples, que ainda conservava o estuque, com um andar de sótão cuja balaustrada era pontuada por ninfas de pedra. Lembro-me da casa por causa de um traço incomum, que era a figura de uma mulher inclinando-se da janela do sótão e baixando os olhos para o aterro do Smetana. As pessoas não se inclinavam muito para fora das janelas naqueles dias, e certamente não em lugares onde seria tão fácil vê-las. Ela era jovem, morena, com traços estranhamente assimétricos, como se um lado de seu rosto tivesse sido construído sem referência ao outro. Parecia estar me observando, e fiz algo impremeditado e imprudente: acenei para ela. Ela me olhou de volta com expressão perplexa, e em seguida fechou a janela. Recordada agora, a experiência tem a natureza de uma premonição. O mundo estava cheio de avisos, e eu adorava ignorá-los.

Betka estava sentada numa janela do Slavia, diante de uma das mesas de mármore que a modernidade levou embora. Eu devia ficar intimidado com aquele lugar frequentado por intelectuais e espiões. Ouvira dizer que um círculo de dissidentes formado em torno do poeta Jiří Kolář antes de ele emigrar em 1980 ainda costumava se encontrar em sua mesa favorita. E certamente o homem que estava fazendo as palavras cruzadas do *Mladá Fronta* e de cuja mesa se avistava o lugar inteiro era o policial residente. Surpreendeu-me que Betka estivesse sentada ali, calmamente imersa num livro, com um dedo na asa da xícara que ela tinha acabado de recolocar no pires.

O Slavia guardava um pouco da memória de seu passado, era o lugar em que os alegres crentes em nossa nação bebiam juntos enquanto a banda tocava *dumkas* e *polkas* no tablado. Os poucos garçons exauridos usavam os andrajos de antigos uniformes, com colarinho branco e gravata-borboleta preta; as mesas e as cadeiras mantinham a estampa *Jugendstil* dos últimos dias do Império Austro-Húngaro, e contra a parede do tablado, ao lado de um piano de armário, havia um baixo apoiado, como que cansado de seus labores. Alguns homens bem arrumados estavam sentados diante de uma mesa, olhando em silêncio sua taça de vinho. Duas mulheres sussurravam num canto, uma das quais brincava com um colar de pérolas falsas como se estivesse discutindo se era chegada a hora de ela estrangular a si mesma. O lugar era outro aviso, e Betka estava me convidando a ignorá-lo.

Ela tinha prendido o cabelo num coque, e a visão de seu pescoço nu despertou em mim um amor muito diferente de todos os que tinham assombrado minhas viagens ao subsolo. Eu queria fazê-la minha. Sentei-me, e ela ergueu os olhos com um sorriso. Pôs um pedaço de papel no livro, fechou-o e colocou-o no centro da mesa. Eram os *Ensaios Heréticos*, de Jan Patočka, publicados no Canadá por uma editora expatriada. Perguntei como ela adquiriu essa obra de uma famosa não pessoa, o primeiro porta-voz da Carta 77, que tinha sido interrogado até a morte, como me disseram, pela ŠtB e cuja prosa densa e carregada era um dos pesos abaixo da cama de mamãe.

– Desnecessário saber – respondeu. – Mas é ilegível.

– Ele escrevia daquele jeito porque estava lutando com a escuridão, protestei.

– A escuridão dele próprio.

Não me ocorrera que um famoso dissidente pudesse ser francamente criticado. Era parte da nossa impotência que as poucas pedras de toque não podiam ser mudadas de lugar. Betka movia-se num espaço iluminado próprio, em que nada era protegido, tudo era provisório.

Vi-me falando com ela como se estivesse voltando para casa depois de uma longa aventura, e me dei conta de que minhas conversas com Betka eram as primeiras conversas de verdade na minha vida. Falei de meus estudos incompletos e minhas viagens pelo subsolo. Falei de Dostoiévski e Kafka, e ela acenava com a cabeça incentivando-me, sem dizer quase nenhuma uma palavra. Como pareciam banais minhas confidências, mas como era especial o olhar com que ela as recebia. Havia uma espécie de assombro genuíno em seus traços, como se eu tivesse caído no mundo dela exatamente como ela tinha caído no meu. E quando terminei, ela segurou minha mão delicadamente por um instante e disse: – Jan –, como se me batizasse.

Perguntei sobre seus pais.

– São irrelevantes – respondeu. – Não são o tipo de gente que você gostaria de conhecer.

– Mas o que eles fazem?

Ela olhou as mãos, que estavam caídas, como se descartadas sobre a mesa.

– São divorciados. Papai cuida de uma empresa de exportação, mas nunca o vejo.

Membro do Partido, então. Dificilmente poderia ser de outro jeito, já que ela era tão rica e tão livre.

– E você? – perguntei. – Mora com um deles?

Ela me olhou por alguns instantes com expressão ambígua.

– Na verdade, não – disse ela. – Ao menos não com papai.

Ela ficou em silêncio por algum tempo, enquanto eu colocava minha mão na dela.

– Foi esse o erro da sua mãe – disse ela de repente. – Não ser conhecida. Uma pessoa comum, que se desviava das rotinas oficiais como Winston Smith em *1984*, sem contar nada disso a ninguém. Isto é, a ninguém que importa. Os criminosos públicos têm um halo elétrico e não podem ser tocados. Os criminosos privados são indefesos.

Pensei com pesar em papai e concordei com um gesto de cabeça.

– Mas como eles a descobriram?

A pergunta dela era como um espelho, no qual eu via meu próprio rosto assustado.

– Acho que encontraram um livro dela. Não seria difícil descobrir de onde veio o papel.

Ela me olhou com curiosidade, como se soubesse que havia mais do que eu poderia contar. Lentamente ela tirou a mão de debaixo da minha.

– Eles também podem prender você, claro – disse ela.
– Mas o que ganhariam com isso? Pense só, Honza. Deram uma oportunidade a você. Pode vir para a luz. E não há nada mais que possam tirar de você.

– Se não levarem você.

– Ah, eles não podem *me* levar.

Sem aviso, ela levantou e chamou o garçom. Antes que eu pudesse detê-la, pagou os cafés e já estava indo para a porta. Alcancei-a do lado de fora, mas ela se afastou de mim.

– Vá para aquele lado – disse ela –, e eu vou para este. Encontro você no Rudolf na sexta. Nos vemos na rua, do lado de fora, às 17h45. Quero apresentar você primeiro, antes de o seminário começar. Ok?

Com o tempo me acostumei com esse seu hábito de fazer as coisas terinarem abruptamente, como se ela encerrasse uma entrevista. Passei a pensar nisso como uma prova de sua realidade superior, que ela aparecia e desaparecia por portas cuja existência eu nem supunha e que se abriam sem aviso, quando minha mente estava em outro lugar.

Capítulo 7

Os dois dias seguintes foram os mais estranhos que já vivi. Eu estava sozinho em nosso minúsculo apartamento de Gottwald, e mesmo assim, pela primeira vez, não estava sozinho. Comi restos de comida do empório da esquina – pão preto e linguiça empoeirada – e tomei a cerveja que eu trouxe numa caneca do *hostinec* do fim da rua. Minhas pequenas refeições eram celebrações que em minha imaginação eu dividia com a garota que tinha me desenterrado. Eu mal pensava em mamãe: ela era como um ponto anestesiado da minha consciência do qual meus pensamentos quicavam para outro lugar, o lugar onde estava Betka. E era por isso que Betka me deixava tão atônito. Eis uma garota que não sussurrava, ao contrário de mamãe; que não me olhava de esguelha, que não parecia matreira, incerta, mas assombrada por alguma falha inconfessada enquanto experimentava seu repertório de palavras permitidas. Eis uma garota com jeito franco, olhares irônicos, gargalhadas ocasionais que eu me lembrava de ter visto numa semana de *westerns* inexplicavelmente exibidos no cinema ao lado da escola de papai. Aquele jeito agora se tornou tão familiar para mim, depois de catorze anos numa universidade americana, que eu já nem reparava. Àquela altura, eu só podia ficar impressionado. Sua autoconfiança incompreensível: como e de quem ela a teria adquirido? Seu sorriso fácil, sua simpatia tranquila: que sol de amor nela aquecera essas sementes?

A imagem dela preenchia meus pensamentos enquanto eu varria meu trechinho de rua, enquanto andava pela colina Petřín depois do trabalho. Nevava agora, e meus sapatos gastos ofereciam pouca proteção contra o frio. Porém, eu não me importava: meus dedos congelados me lembravam que eu andava sobre o solo, que eu emergira para um mundo mais frio e mais limpo. Eu via diante de mim os olhos dela bem separados, as altas maçãs do rosto eslavas com o suave brilho no ponto onde aparecia o osso, os lábios pálidos que se postavam adormecidos um contra o outro abaixo do nariz opala, o cabelo castanho preso num coque. Ela sempre me aparecia do jeito como eu a vira pela primeira vez, o delicado pescoço numa écharpe quase invisível de algodão rosa e um casaco de feltro branco de cujas mangas saíam mãos claras ocupadas com um caderno no qual sua vida interior era escrita. E quando, de tempos em tempos, eu colocava a imagem dela de volta na caixa da qual eu a tinha tirado, era dentro da casinha escondida entre blocos de conjuntos habitacionais em Divoká Šárka.

O apartamento de Rudolf ficava numa rua de casas do século XIX na colina de Letná. Um andaime de madeira fora fixado à fachada para proteger contra a queda do estuque, e Betka estava esperando por mim, apoiando-se contra um dos postes, agasalhada como uma criança que se protegia do frio. Ela sorriu de leve quando me aproximei, mas evitou minha tentativa de beijá-la e logo me levou para o frio vestíbulo cinza da casa. Ao lado da caixa de correio, ela se virou para mim.

– Eles podem saber que eu conheço você – disse. – Mas só isso.

E andou rápido na direção das escadas de pedra.

Eles sempre estavam presentes, observando-a. E sempre ela dava de ombros, recordando-me, como que por um senso de dever, os olhos não vistos que nos seguiam. Ela apertou uma campainha no segundo andar e a porta abriu imediatamente com um cumprimento sussurrado de um rosto não visto. Deixamos os sapatos no corredor e fomos silenciosamente colocados numa sala grande com estantes de livros que iam até as cornijas de rococó.

Rudolf era magro, calvo, hirsuto, com a mandíbula firme e quadrada armada em seu rosto como uma peça de maquinário de aço. Sua face parecia presa ao nariz como chapa de metal, e seus olhos acinzentados encaravam atentamente desde as sobrancelhas que pareciam brochas de cerdas de arame. Os movimentos eram bruscos, quase robóticos, e ele tinha ar provocativo, como se lutasse encurralado com sua última reserva de força. Betka me apresentou como filho de Paní Reichlová, e ficou evidente que o caso de mamãe já era bem conhecido no círculo de Rudolf. Ele queria ouvir exatamente o que tinha acontecido, como a ŠtB tinha descoberto o trabalho dela, e em que livros ela estava trabalhando. Respondi o melhor que pude. Porém, Rudolf não ouviu do modo como uma pessoa ouve outra. Em vez disso, ele juntou minhas palavras e pesou-as, como se lhes avaliasse o valor. E o tempo todo aqueles olhos observavam, sem piscar, sem se mexer, anormalmente alertas, como que instruídos por um homúnculo no fundo do crânio de Rudolf.

Entre as poucas pessoas que eu tinha conhecido, Rudolf era sem exceção a mais desconcertante, e diante do olhar dele eu me sentia um impostor, como se eu estivesse fazendo um uso injustificado e presunçoso da aflição de mamãe para obter uma equivalência de heroísmo que de jeito nenhum eu merecia. Tudo que eu disse a ele sobre mamãe, sobre minhas leituras, até sobre papai, de algum modo parecia falso e inautêntico. E ele ouvia como se também para ele parecesse assim, como se ele já tivesse ouvido aquilo tudo antes, e como se eu estivesse copiando um texto padrão papagaiado por todos os seus visitantes. Olhando em volta, em sua sala repleta de livros, senti desespero por minha falta de estudos, até certo ressentimento, pensando que teria valido a pena perder o que quer que Rudolf perdera para obter o conhecimento pelo qual ele fora punido.

Ele me disse que eu podia entrar para seu seminário, e que eles estavam lendo os *Dois Estudos de Masaryk*, de Patočka. Era um dos livros em que mamãe tinha trabalhado e que foram levados de debaixo da cama dela. Perguntei como obter uma cópia. Ele respondeu que não era necessário, que as páginas relevantes seriam lidas em voz alta. E acrescentou que haveria seminários especiais de tempos em tempos com visitantes do Ocidente que nos informariam sobre os estudos mais recentes e nos ajudariam a lembrar.

– A lembrar de quê? – perguntei.

Ele me olhou com firmeza por algum tempo.

– Lembrar do que somos.

Ele disse aquilo como se fosse um *slogan*, algo a ser repetido em momentos de dúvida, quando seu pequeno bando de seguidores pudesse ficar tentado a desistir dele. Voltei os olhos para Betka, mas ela estava perdida nas prateleiras de livros. Rudolf e ela ignoravam um ao outro, e ela era claramente uma presença familiar na vida dele. Reparei que ela tinha tirado a espessa jaqueta marrom e o cachecol de lã que a agasalhavam e os jogado numa das poltronas de couro de Rudolf, como se ali fosse o lugar deles. Fiquei perturbado com a ideia, que de certo modo sugeria que a vida que eu estava construindo não tinha fundações seguras. Porém, eu tinha de construí-la: não havia outro caminho.

Rudolf agora estava me dando uma aula, dizendo que, em 1848, quando as autoridades austríacas combateram o renascimento nacional, apenas dois professores foram demitidos da universidade, e mesmo na época isso causou enorme escândalo, ao passo que agora... Foi-me dado a entender que todo mundo que era alguém na vida intelectual foi expulso do sistema, e que a "pólis paralela" a que Rudolf pertencia era o verdadeiro local de refúgio, o templo onde os deuses ancestrais mantinham a vigília por nossa alma coletiva. Além disso, como ele deu a entender, só por ter ido parar desse jeito na margem da resistência, desprovido de todas as armas e sem os instrumentos do sucesso mundano, você mostrava seu direito superior à vida intelectual. Ele varria o ar enquanto falava, abrangendo com o gesto livros, mobília, alguns quadros tristes, e a enigmática Betka, e enfatizando o abismo intransponível entre a esperança contida naquele ambiente atravancado e o nada sem fim do lado de fora.

Do outro lado da janela a neve caía com força, e flocos se agarravam à janela, brilhando em ouro e prata por causa do poste abaixo. Eu vi que o caminho para o qual Rudolf apontava era obrigatório, e que era um caminho sem volta. Ele me aconselhou a sempre levar o equipamento, como sabonete e escova de dentes, de que eu precisaria na cadeia.

– Eles podem nos deter por quarenta e oito horas – disse –, e às vezes eles acham que essa é a coisa certa a fazer.

Voltei-me para Betka, que agora estava sentada numa das poltronas.

– Isso aconteceu com você? – perguntei, e ela sacudiu a cabeça, como que se livrando da pergunta.

– Alžběta é nosso anjo da guarda – disse Rudolf. – Estamos seguros quando ela está aqui.

Algum tempo depois, os visitantes – *moji žáci*, meus alunos, na descrição de Rudolf – começaram a chegar. Alguém tinha deixado a porta entreaberta, por isso eles foram entrando em silêncio, tirando os sapatos e deixando o casaco numa pilha perto da porta, sussurrando seus cumprimentos como que se a reunião fosse para uma perigosa aventura. Alguns eram jovens, os garotos com cabelo comprido e roupa esfarrapada, como estrelas *pop* ocidentais, as meninas muito bem-vestidas, uma ou duas com uma cruz numa corrente dourada ou prateada. Uns eram de meia-idade – intelectuais de barba e colete, matronas em longa saia de lã, um casal idoso que entrou de mãos dadas cambaleando levemente, e alguns homens malvestidos, de gestos evasivos e rosto sem expressão que pareciam ter sido recrutados contra a vontade e trazidos das ruas. Um homem alto de certa idade, de traços finamente talhados e um tufo de cabelos brancos, curvou-se abaixo do dintel ao entrar, olhando com reverência de um lado para outro como um nobre outrora orgulhoso que perdera tudo e agora era o devedor daqueles que costumavam servi-lo. Fiquei sabendo que era o poeta Z. D., famoso em sua época, mas privado do direito de publicar havia muito tempo. Outros rostos eram também conhecidos, ainda que eu não conseguisse associar um nome a eles. Um em particular se destacava: um homem de cerca de trinta e cinco anos, roupa engordurada de mecânico, uma cruz de madeira num fio de couro em volta do pescoço, lentos olhos castanhos e rosto pálido que pareciam permeados por uma estranha maciez. Ele se sentou no chão ao lado de Betka e sorriu para ela; retribuindo seu sorriso, ela se inclinou para a frente e acariciou seu braço.

Essa foi minha primeira experiência de uma reunião social, e fiquei maravilhado. Eu já tivera amizades imaginárias e inventara casos amorosos; porém, amor e amizade verdadeiros são aprendidos pelo exemplo, e – tirando papai, que me traíra, e mamãe, que eu traíra – os exemplos nunca apareceram no meu caminho. Havia Ivana, claro; mas, observando aquela sala, com inconformistas e criminosos, imaginei o desdém com que ela instintivamente se protegeria de entrar. Ali, espalhados no carpete como rescaldos de guerra, estavam os vestígios da nossa verdadeira sociedade: pessoas que tinham declarado sua solidariedade, e cuja necessidade umas das outras era revelada na ternura com que teciam seus cumprimentos sussurrados oriundos de filamentos de ar. Fui tomado por um desejo ardente de ser parte do que estava vendo, e tomei meu lugar no chão ao lado de Betka, com o coração batendo de emoção. Ela, no entanto, parecia tão fria, tão calma, como se aquela reunião fosse uma forma de vida entre muitas, e nada de especial para ela. Ela olhava as pessoas que a cumprimentavam como se estivesse num lugar seguro, como se fosse, na expressão de Rudolf, seu anjo da guarda.

Rudolf assumiu sua posição atrás da escrivaninha, na qual ficava uma grande luminária de vidro fosco sustentada por uma ninfa nua de bronze. Ele se levantou, apoiando-se de leve na escrivaninha, e começou a falar, suas mãos brancas circulando no ar, seus lábios movendo-se de um lado para outro, como se imprimisse as palavras, palavras sombrias e sérias, já que todos os sorrisos tinham sido sugados delas. Vi que a posição de Rudolf em seu mundo era tão alta quanto aquela que se podia obter na vida oficial do lado de fora. Ali estava a autoridade, visível, tangível, o poder dos sem poder num tronco hirsuto. Quaisquer privações que ele tivesse sofrido eram o preço de uma liberdade muito maior, que era a liberdade de comandar os pensamentos e os sentimentos de uma plateia, e de tornar-se um guia para eles.

Olhei os livros guardados lado a lado, do chão ao teto, alguns encadernados em couro dentro de estojos esmaltados, outros com uma bela capa de pano da Primeira República, lombadas gravadas com letras simplificadas, cujos tamanhos irregulares e cores experimentais eram os sinais exteriores da mesma liberdade que falava através de Rudolf – uma liberdade que vivia em palavras, que era exalada como uma brisa quando você abria a capa de um livro. Rudolf estava lendo um trecho do livro em sua escrivaninha, os *Dois Estudos sobre Masaryk*, de que mamãe tinha conseguido distribuir algumas cópias, mas a de Rudolf era uma bela edição de uma editora expatriada. O trecho falava das guerras do século XX, da noite imprudente em que se paga o preço da ausência de sentido do cotidiano.

As drásticas palavras de Patočka, que misturavam pormenores filosóficos com menções assustadoras a uma destruição que a tudo abrangeria, eram como encantamentos que exortavam os fantasmas de nosso país arruinado para dentro da sala. E à minha volta eu sentia o fôlego contido, os olhares atentos para o nada que nos unia numa conspiração de distanciamento. Na noite de uma nova espécie, Rudolf lia, para a qual o soldado vai sem propósito, está a realidade do sacrifício e, no sacrifício, uma consciência da liberdade. Minha própria realidade como alma, cuja natureza é o cuidado, é mostrada a mim; no momento do sacrifício vem uma insinuação do sentido que a luz do dia esbranquiçara. No momento em que saio da prisão do cotidiano, e lá, na vida em seu ápice, vivencio a única forma de pólis que hoje podemos atingir, a "solidariedade dos aniquilados".

Escrevo estas palavras agora num subúrbio de Washington, olhando para uma rua calma onde mães passam com carrinhos e cadeiras de rodas, e alguns idosos levam o cachorro para passear. E as palavras são como detritos de um sonho, trazidas pela luz cansada do alvorecer. É só com certo esforço que recordo o som dela em tcheco. Porém, quando Rudolf as pronunciou naquela noite vinte anos atrás, um tremor percorreu a sala. Aquela *solidarita otřesených* era uma presença entre nós, e senti-a em meu braço como a mão de um vizinho num momento de medo compartilhado. Nenhuma tragédia, nenhuma performance ritual, nenhum encontro de guerreiros na véspera da batalha poderia ter carga maior de sentimento do que aquela sala. Estávamos reunidos naquele chão em estado de completa união. Estávamos lado a lado, compartilhando a vida, a esperança e o perigo em nosso próprio espaço ameaçado. Os rostos à nossa volta se concentravam em Nada com olhares intensos e perscrutadores. Tive a impressão de que esse Nada só queria a batida fatal na porta para que um grande sorriso de aceitação nos varresse o rosto como um jorro de luz do sol. Betka, porém, parecia conter-se, e permiti que meus olhos se detivessem naquele rosto calmo e composto, atônitos com sua beleza.

Quando Rudolf terminou a leitura, olhou em volta com uma espécie de triunfo, enfatizando com seus intensos olhos e sua postura rígida que havíamos sido levados para outro reino, onde o único objetivo era a verdade. Ele aludiu a escritores que eu desconhecia por completo, a livros que eu jamais poderia ter lido, a um mundo de razão e sentimentos que se postava diante de mim como uma piscina na qual eu queria pular e ser purgado de meu isolamento. E ele ilustrava tudo com pensamentos próprios, conectando os argumentos mais abstrusos a nossa rotina diária de egoísmo.

– Todas as coisas que são exigidas de nós –, disse ele –, como fazer fila para itens essenciais, mexer pauzinhos, fazer relatórios sobre nossos amigos e colegas, desfilar no Dia do Trabalho, são muito mais fáceis de fazer por motivos egoístas do que por motivos nobres. Quem ficaria numa fila por duas horas apenas para que uma criança na África fosse salva da fome? Quem trairia seus colegas para preparar seu próprio martírio como seu líder? Porém, fazemos essas coisas por uma fatia de pão – nada mais fácil.

Ele prosseguiu comparando-nos com as pessoas do mundo antigo, cuja cidade tinha sido destruída, e elas arrastadas para a escravidão. Não resta nenhum motivo para nos manter no caminho da honra e da justiça. Roubamos uns dos outros, até mesmo o que amamos. Viramos catadores. E quando um de nós mostra que não precisa ser assim, que ele, pelo menos, está preparado para fazer um sacrifício, há subitamente alegria e luz, e por um breve instante nos lembramos de quem éramos. E então voltamos para o cativeiro, porque não temos nada mais.

Eram pensamentos simples. Rudolf, porém, conectava-os a tanta filosofia e cultura que me vi trêmulo de desejo pelo caminho de verdade e sacrifício que ele descreveu. Ele prendeu minha atenção assim como a mão da eternidade segura a maçã do tempo, e eu observei o fino pó da humanidade ser soprado por aquela maçã e depois espanado. Minha vida no subsolo, percebi, tinha sido outra forma de egoísmo e de fragmentação. Eu vinha evitando até o medo que deveria estar sentindo, o medo que eu percebia à minha volta e que, caso eu tivesse aberto meu coração a ele, teria salvado minha mãe de seu destino. Esse medo era real; eu o ouvi na voz de Ivana ao telefone, quando ela fechou a porta para a vida que tínhamos compartilhado. Eu o vi no rosto de mamãe quando ela foi levada. Era a substância que permeava tudo, da qual *Rumores* tinha se cristalizado, a matéria de que meus amigos e amantes do subsolo tinham sido compostos. No entanto eu o evitara até agora, permitindo a mim mesmo me apaixonar pela garota ao meu lado exatamente porque ela não mostrava nenhum sinal dele. A nova vida exigia que eu reconhecesse o medo e abrisse meu coração para ele. E, ao combater esse medo em mim, eu o estaria combatendo no mundo à minha volta.

Rudolf parou de falar e a discussão começou. Eu olhava ansioso, impressionado por estar numa reunião em que perguntas eram feitas como se fossem propriedade comum, em que o conhecimento era assumido, não exibido. Em dado momento, Helena, esposa de Rudolf, entrou carregando uma bandeja de *chlebíčky*; era uma mulher pequena, de rosto suave e enrugado como um damasco seco. Sorria timidamente para os convidados enquanto pegavam os pequenos círculos de pão, sobre os quais um pedaço de queijo e outro de picles tinham sido equilibrados como um chapéu.

Nunca, desde a morte de papai, recebemos visitas no apartamento. Eu associava a hospitalidade com as reuniões dos *apparatchicks*, cada qual com seu casaco de couro caro e sua amante rechonchuda envolta em pele. A hospitalidade pertencia ao mundo inabordável *deles*, onde significava não bondade ou compaixão, mas a insolência do privilégio. Porém, à minha frente estava a vívida refutação disso: pessoas sem poder oferecendo e dando presentes. Uma nova dimensão do ser se esboçava diante de mim num quadro dramático, que me convidava a mudar de vida. Alguém perto de mim falava de um poema que terminava exatamente com essas palavras – *musíš změnit svůj život*, precisas mudar de vida. O poema era de Rilke, cujas *Elegias de Duíno* tinham chegado ao baú de papai, e a discussão sobre elas se espalhou como riso pela reunião. Sorri para Rudolf, depois para Betka. Eu não me importava de o pão estar seco, nem de o queijo estar duro e azedo, com textura de unha do pé. Era assim que vivíamos. Eu estava num raio de sol, e tinha perdido toda a consciência da tempestade em volta.

Acho difícil recapturar agora a experiência, porque aquela paisagem onírica foi varrida. Aqui, na capital dos Estados Unidos, onde o fruto maduro da abundância pende de toda árvore, onde os dias terminam em festas, aonde os amigos vão e vêm com fácil hilaridade, e onde o medo é um produto especializado, a ser comprado e vendido em vídeos ou baixado da internet, como posso evocar um mundo em que as palavras eram guardadas intimamente como segredos, e onde a amizade podia ser furtiva como o pecado? Tudo o que posso dizer é que saí do seminário como se andasse nas nuvens. Ao descer as escadas, Betka me pediu que a encontrasse no dia seguinte na Ilha Střelecký. Na rua ela me tocou de leve, olhou-me nos olhos e disse:

– Você vai por ali. Imediatamente virando-se na direção oposta. Aquele toque foi uma promessa, uma garantia de que a vida já tinha mudado para nós, e de que não precisávamos exibir nada. Caminhei até o rio, imaginando-a no ônibus para Divoká Šárka, elegantemente apoiada na janela, exibindo pálpebras de papel de seda enquanto mantinha os olhos baixos, voltados para o livro. E atrás daqueles olhos, do modo como eu os imaginava, estava a lembrança de mim.

Capítulo 8

Não peguei o metrô. Preferi andar até Gottwald. A neve estava se assentando nas ruas e o silêncio era rompido apenas pelo guincho ocasional de um bonde. Andei, com sapatos úmidos e o coração leve, até Malá Strana, entre a colina e o rio. Essa parte da nossa cidade não tinha nada de nossa: criada por italianos para nossos senhores Habsburgos, fora cuidadosamente lançada sobre nosso solo com uma cobertura do país das fadas em cima de uma torta velha e amassada. A Igreja de São Nicolau levou 150 anos para ser construída, e deveria ser um testemunho da ordem jesuíta enquanto proprietária espiritual da terra abaixo dela e do solo em volta. Apenas dois anos depois de a igreja ser completada, a ordem e a reivindicação de posse foram ambas dissolvidas. Porém, nas plataformas erguidas por essas ambições mortas, ainda estavam as fachadas gastas, reluzindo com suas joias de neve, parecendo teias tecidas pelo orvalho. Eu olhava tudo com um deslumbramento novo, como se esse lugar que não pertencia a ninguém pertencesse sob outro aspecto a mim.

Cada prédio parecia abraçar seu vizinho, beiral tocando beiral, traçado tocando traçado, telhado tocando telhado. As linhas das molduras e as dos ornamentos das janelas eram os locais favoritos da neve; as cornijas e as fiadas pareciam correr para os lados, juntar-se como correntes agitadas, e perder-se em parapeitos alheios. Torreões e frontões penetravam o cobertor branco, e o muro em ruínas de um palácio, apoiado por andaimes, parecia o rosto de um moribundo a sugar desesperadamente os flocos de neve em sua sede. As torres terminadas em cunha de portões e de pontes, as flechas dos domos bulbosos, as estátuas gesticulantes nos parapeitos, quase ininterrompidas no redemoinho arquitetônico, como frágeis bailarinas num mar crescente de estuque – essa superfluidez de forma e detalhe era colocada em drástico relevo pela neve e pela decadência. As coisas pareciam estar de pé apenas por milagre, cada prédio apoiado contra o vizinho, reduzido a uma concha descascada. Um sopro e a armação inteira desabaria, e eu sentia as ruas silenciosas vibrando de cada lado do meu corpo enquanto meus sapatos molhados abriam caminho pela neve suja.

Cruzei o rio na Ilha Střelecký e abri caminho na direção de Nusle. Tudo me aparecia como se revelado pela primeira vez, como se eu viesse de alguma terra distante e visse a verdade que estava oculta daqueles que viviam no cemitério descuidado que era a minha cidade. Em determinado momento, passei por um Centro de Agitação, o lugar onde alguma sucursal local do Partido ensaiava seus decretos imutáveis. Por trás dos vidros que nunca tinham sido limpos, numa janela cujo pó nunca tinha sido removido, um quadro inclinado com cartazes proclamava a causa socialista: soldados americanos com cara de nazista enfiavam a baioneta em bebês vietnamitas, capitalistas gordos de charuto protuberante pisavam na cabeça de trabalhadores indefesos, e mísseis enormes, decorados com as estrelas e listras da bandeira americana, voavam em bandos regimentais sobre as cidades encolhidas da Europa. Fotografias empoeiradas mostravam cansados potentados comunistas em terno cinza de alpaca assinando com mão gorda e velha as folhas de papel dispostas diante deles em escrivaninhas modernistas, enquanto Marx e Lênin, de dentro de seu corpo porcino, observavam o futuro. Avisos estavam presos a uma cortiça atrás da janela: mais *slogans*, escritos com mão velha e trêmula, compostos na mesma sintaxe impessoal, e com a mesma vagueza impenetrável: "Partido, avante para o Futuro Socialista!!", "Vida longa à nossa Amizade com o Povo Soviético!!". Estranho, refleti, que uma pessoa idosa e frágil tenha se dado ao trabalho de copiar essas palavras vazias, gravar aspas de cada lado das frases, e colocá-las nesse empoeirado relicário. Senti o *páthos* o Centro de Agitação: o *páthos* e uma agitação que diminuíra até a paralisia. A mensagem do Centro era que você não deve esperar, planejar, ou se esforçar, que tudo tinha sido fixado eternamente, e que nada restava para nenhuma das futuras gerações além de acrescentar sua assinatura ao decreto sem sentido do Progresso. Olhando por aquela janela suja, vi algo para o que só fui encontrar palavras aqui, nos Estados Unidos, num poema de T. S. Eliot, outro exilado da modernidade: vi "medo num punhado de pó". Eu vivera com aquele medo à minha volta, e agora eu o combatia, não em meu nome, mas no da minha cidade, do meu país, dos meus amigos. Mal parecia importar naquele momento que eu não tivesse amigos, nem visse que eu estava caminhando para a solidão. Mas chegarei a isso.

Foi na ferrovia abaixo da ponte Nusle que eu soube que estava sendo seguido. A barreira estava abaixada no cruzamento, e precisei esperar que um trem carregando algumas formas amontoadas estrondasse pela escuridão na direção do rio. Pelo canto do olho, reparei na figura que saía da vista rapidamente, escondendo-se na soleira de uma porta. Atravessei a ferrovia e me escondi por um instante nos arbustos que ladeavam o caminho. Vi-o hesitar e voltar. Então, quando comecei a andar, minhas pegadas ecoaram baixinho abaixo de mim enquanto ele retomava sua perseguição. Não vi seu rosto, e sua forma estava oculta debaixo de um pesado casaco preto. Porém, havia algo íntimo em seu jeito de mover-se, como se ele já me conhecesse.

Havia um carro de polícia estacionado na frente de nosso bloco. Não me virei, mas percebi por seus passos que meu companheiro tinha subitamente se desviado, como um pardal que visse um falcão. Esse pensamento me perturbou, já que sugeria que seus motivos eram pessoais. E quem, além de Betka, poderia ter interesse pessoal por mim?

A madeira tinha sido despedaçada nas dobradiças da porta, que pendia da tranca, inclinada. Dei um passo pelos escombros e apertei o botão de luz, mas nada aconteceu. A luz fraca do corredor do prédio se apagou, e por um instante tateei na escuridão entre vidro quebrado e mobília revirada, até encontrar a luminária torcida de metal que mamãe deixava sobre a mesa ao lado de sua cama. Apertei o botãozinho em sua base, e senti uma súbita pontada de tristeza, recordando a presença dela naquele cômodo, e sua mão se estendendo para esse botão, que era a última coisa que acontecia toda noite em casa, quando ela punha de lado seu livro e se acomodava para dormir. Ela tocava aquele botãozinho para envolver as dificuldades do dia num pacote de escuridão, e recordei seu jeito de dispor nossa penúria em formas arrumadas e compactas, de modo que os problemas de nossa vida ficassem tanto controlados quanto guardados. Quando a luminária se acendeu, mostrando os restos esmagados de seu domínio, com os estilhaços de vidro da luz do teto espalhados pelas cadeiras viradas e pelas estantes derrubadas em cascatas de gesso, não pude conter as lágrimas.

Logo depois, porém, comecei a olhar o desastre de outro jeito – um jeito que mostrava que não era um desastre de jeito nenhum, mas um desafio. Minha vida no subsolo só tinha sido possível porque tudo o mais era previsível. Ainda que vivêssemos na pobreza e não alimentássemos esperanças mundanas, tínhamos nossa rotina. A comida aparecia na mesa; os salários eram pagos; os livros de papai estavam à mão, e mamãe toda noite se ocupava na máquina de escrever. Eu tinha liberdade para inventar meu mundo, e era isso que eu tinha feito, deixando que mamãe pagasse o custo. Agora, porém, as ficções tinham sido varridas de lado e outra paisagem se descortinava. *Precisas mudar de vida*. Sim, e eu podia; por causa de Betka, eu podia viver na verdade. Foi com esse pensamento que atravessei a louça quebrada e fui até a janela da cozinha, e para provocar olhei para a rua.

Os policiais já tinham dado partida no carro, mas sem dúvida depois de reportar meu retorno. Não fazia sentido reclamar de um crime com aqueles que o cometeram, então eu não tinha escolha além de voltar para minha vida mudada, restaurando nosso apartamentinho da melhor maneira que pudesse e me preparando para um programa duradouro de intimidação. Empurrei a porta de volta para o lugar e limpei os destroços. Na manhã seguinte, como era sábado, dediquei-me aos reparos, usando a antiga caixa de ferramentas de papai que guardávamos num armário na cozinha. Serrei uma das cadeiras quebradas e usei os pedaços para firmar a porta arrebentada nas dobradiças. Tirei o lustre quebrado e conectei uma lâmpada diretamente aos fios com fita isolante. E prendi as prateleiras de um jeito que os buracos no gesso onde os suportes foram arrebentados ficaram escondidos. Recoloquei na parede os quadros de papai e guardei num canto os livros que tinham sido jogados no chão. Fiz o lugar parecer um lar, ao qual mamãe poderia voltar um dia, e que Betka, também, poderia visitar. Um sentimento estranho de apreensão tomou conta de mim quando pensei em Betka sentada ali na cama de mamãe. E logo fechei a porta do apartamento e fui para a cidade.

A neve tinha se assentado em lugares espalhados e não havia tráfego nas ruas. Uma fria luz solar amarela caía sobre o castelo, que brilhava sobre a névoa do rio como uma miragem. Tudo era belo e cheio de esperança, e a visão de Betka, sentada em meio à neve imaculada na Ilha Střelecký, com a cabeça envolta por um cachecol de lã, as mãos enluvadas segurando um livro, abriu uma porta em minha alma pela qual entrava a luz. Ela ergueu os olhos e mirou-me com um sorriso, sem se mexer, nem falar, mas me atraindo nos fachos de seus olhos, até que estávamos cara a cara. Então ela se levantou de um pulo, beijou-me no rosto, guardou o livro no bolso e disse: – Honzo! Vamos lá!.

– Lá onde?

– Você vai ver.

Ela pegou meu braço, levando-me para os degraus, que descreviam uma espiral criando uma pequena alcova com um assento curvo de pedra. Ela parou um instante, olhou-me em silêncio e, em seguida, com um suspiro, levou-me pela ponte até Smíchov. Estava calada, tremendo e pressionada contra mim como se tivesse medo de alguma coisa. Andamos pelo Újezd até um antigo arco entre fachadas de estuque, onde um painel de metal se abria numa porta de garagem de madeira. O painel bateu ao fechar-se atrás de nós, excluindo o mundo. À nossa frente estava um longo pátio. De um lado havia prédios de aparência funcional, como armazéns, um dos quais soprava fumaça de um cano que perfurava as telhas. Do outro, janelas francesas, elegantemente emolduradas com estuque, davam para o pátio, e no meio delas uma porta se abria para antigos degraus de madeira. Subimos um andar. Outras duas portas ladeavam um patamar de laje.

Betka tirou uma chave de ferro do bolso e fomos para uma sala com uma escrivaninha antiga, uma cama, algumas prateleiras cheias de livros e papéis, e uma divisória fosca que levava a uma cozinha. Numa parede, acima da cama, havia uma pintura a óleo – uma natureza-morta de frutas à maneira de Cézanne, cujas pinturas eu conhecia de um dos livros de mamãe. Acima da escrivaninha havia uma janela pela qual eu conseguia ver o telhado do prédio à frente. Contra a parede, o estojo de um grande instrumento musical. Estava quente na sala, e tudo dentro dela era organizado, harmonioso, disposto com uma espécie de competência visual que eu não conseguia explicar, porque o bom gosto estava ausente em nossa casa. Betka tirou o casaco e pendurou-o cuidadosamente num armário antigo que ficava contra a parede atrás da porta.

– Mas onde estamos, Betka?
– É aqui que eu moro, seu bobo.
– Mas eu achei... – Parei no meio da frase.
– O que você achou?
– Ah, eu imaginava você morando, sabe, em alguma casa de família, lá nos limites da cidade.

Ela se virou para mim com o rosto sério.

– A pessoa que você imaginou, Honza, não é a que você está vendo. Olhe para mim.

Olhei para ela com os olhos fixos nos meus, suas mãos tremendo, ela começou a tirar a roupa. A pele macia, seus seios tesos e firmes, com uma espécie de translucidez de groselha, a pele trêmula do pescoço enquanto ela prendia os olhos em mim, isso tudo excitava tanto desejo e tanta ternura que eu também comecei a tremer.

– E então? – disse ela.

A palavra dita baixinho, meio pergunta, meio ordem, ainda ressoa em minha memória. *Takže?*, digo para mim mesmo enquanto olho as folhas de outono sopradas aqui e ali na rua abaixo da minha janela, a cinco mil quilômetros e vinte e três anos depois. E ouço novamente a doce e triste angústia de *Uma Folha Levada*, de Janáček – a peça que Betka colocou para tocar quando se levantou da cama onde tínhamos deitado.

À tarde, andamos pelo jardim de Strahov. A neve, que derretera ao sol, congelava de novo no fim do curto dia. Era como andar num lugar virgem, o chão estalando abaixo de nós como se estivesse recebendo sua primeira impressão humana. Figura nenhuma se movia nas sombras, e a névoa do rio trazia o horizonte para mais perto de nós, de modo que nos movíamos num espaço nosso. Perguntei novamente o que ela fazia e como vivia.

– Ah – respondeu ela. – Às vezes trabalho à noite. Num hospital infantil em Hradčany.

– E o que você faz lá?

– Coisas médicas. Tenho diploma de enfermagem.

– Mas também estuda?

– É meu *hobby* – respondeu –, a cultura não oficial. Um dia vou escrever um livro a respeito.

– Então eu sou um *hobby* seu?

– Ah, Honzo – disse ela, pegando minha mão. – Você é um erro meu. Um grande erro.

– Como assim?

Ela não respondeu, mas me fez parar e pressionou seu rosto frio contra o meu. Parecia-me que suas bochechas estavam molhadas. Porém, quando me afastei para olhá-la, ela escondeu o rosto e continuou andando.

Contei o que tinha acontecido na noite anterior: as pegadas atrás de mim, a porta do apartamento arrebentada, e o caos lá dentro. Ela ouviu em silêncio, às vezes sacudindo a cabeça, e em determinado momento batendo o pé, como que com raiva.

– Eu me pergunto por que ele seguiu você – disse ela enfim. Tínhamos saído do jardim e estávamos andando ao pôr do sol por Malá Strana. Vivíamos num mundo de enigmas. Cada pessoa era um segredo para a outra, e também para si, e isso não me perturbava; pelo contrário, andar ao lado de um mistério aumentava meu amor. De todos os lados havia segredos: prédios silenciosos, portas que se fechavam em silêncio, luzes que brilhavam tênues atrás de cortinas furtivamente puxadas.

Estou escrevendo sobre uma experiência que desapareceu do mundo, e estou escrevendo nos Estados Unidos. A cidade americana nunca dorme como Praga dormia em seu silêncio mortuário. A noite inteira em Washington, o barulho, a luz e o movimento continuam; a cidade americana dispensa seus residentes e funciona como uma máquina. Ela foi programada para trabalhar, para falar, para cantar, e para fazer tumultos por si própria, quase sem companhia humana; entrar numa cidade como esta é ser sugado por ela, é ser levado por um ritmo mais incansável que um monólogo e mais exaustivo que uma dança.

Porém, era possível colocar-se nas praças e nas ruas de Praga e ouvir os barulhos discretos de uma cidade parando: um ferrolho sendo erguido, uma chave virando a fechadura; uma janela se abrindo; as cortinas farfalhando com uma brisa súbita; os ruídos feitos por estranhos quando se recolhem, divididos por finas partições, e se derretem num silêncio evasivo. Aquelas pessoas lado a lado naquela cidade antiga provavelmente nunca falavam umas com as outras de dia, ou só falavam do jeito cuidadoso que o Partido exigia. À noite, porém, lado a lado na domesticidade e no sono, elas pareciam inconscientemente reconhecer sua necessidade, e consertar de maneiras secretas o elo social que a máquina estilhaçava todos os dias. Betka e eu ficamos uma hora ou mais numa rua ao lado da igreja maltesa, ouvindo esses ruídos, colados um ao outro, cada um de nós perdido em segredos e sonhos. E, quando chegamos à estação Malostranká do metrô, e ela ergueu o rosto para me dizer que me deixaria ali, vi em seus olhos não apenas ansiedade, mas também desejo, e aquele desejo era por mim.

Capítulo 9

Durante aquelas semanas que levavam do inverno à primavera, tudo mudou para mim. Eu andava nas ruas e parques como se meu lugar fosse ali, com os olhos e a mente agora abertos para o mundo. Eu não inventava a vida dos passantes, mas permitia que eles vivessem com seus segredos. Eu conhecia o medo e o ressentimento deles, e me condoía. Ao viajar pelo subsolo, eu não sentia prazer nenhum em explorar aqueles rostos cansados, nem nenhuma necessidade de prolongar minha jornada diária. Eu aparecia para trabalhar como antes, e ajudava o Sr. Krutský a escrever seus relatórios. Porém, fazia isso com o coração leve, como se logo eu fosse me livrar de todos esses problemas sublunares, levado à órbita entre cujas estrelas Rudolf e Betka circulavam.

Toda sexta eu ia ao seminário, tomava notas e fazia perguntas. Rudolf tinha lido *Rumores*, e quando Betka explicou quem era o autor, ele passou a me tratar com consideração especial. Fui admitido ao privilegiado grupo de "pupilos" que podiam pegar livros emprestados de sua biblioteca, deixando uma assinatura num caderno que ficava amarrado a uma prateleira perto da porta. Tive permissão para visitá-lo na hora seguinte à *oběd* – a refeição que divide em dois o dia tcheco –, hora esta que ele reservava para seus visitantes especiais. Eu ia lá toda quarta com minhas perguntas e minhas tentativas de ensaios. Devorei a literatura do crepúsculo austríaco: Rilke, Musil, Roth e Von Hofmannsthal. Mergulhei nos filósofos: Husserl, Heidegger, Sartre e o reverenciado Patočka, tentando extrair deles, ainda que sem muito sucesso, as mensagens que me poderiam guiar com mais firmeza para a órbita que era a de Rudolf. Li obras de história, estudei a controvérsia entre Palacký e Pekař sobre o sentido da história tcheca, naquela época em que nossa alma coletiva pairava acima de nós como uma visão nas nuvens. Li Zdeněk Kalista, que passou muitos anos na prisão depois da guerra e cujos textos não eram mais publicados em nosso país. Seus ensaios póstumos, reunidos no volume *O Rosto do Barroco*, que descreviam a arte dupla que eleva o tempo até a eternidade e convoca a eternidade de volta para o tempo, tinham acabado de ser publicados na Alemanha por uma editora expatriada. Rudolf obteve uma cópia e generosamente me emprestou, junto com sua posse mais preciosa, uma revista *samizdat* – *Střední Evropa*, Europa Central – dedicada a explorar a história e a cultura de nosso país e a mostrar que não somos aquilo que o Sr. Chamberlain disse que éramos na época do Tratado de Munique, um país distante do qual os britânicos nada sabem, mas sim o próprio coração da Europa.

Fiquei impressionado com o que li, porque apesar de ter desdenhado das aulas de história oficial na escola, eu não conhecia nenhuma alternativa. Pensar na cidade barroca não como incrustação estrangeira, um verniz borrifado de um frasco de perfume estrangeiro em nossa teimosia tcheca, mas como a essência daquilo que somos, pensar nessa frágil torta de estuque em ruínas como a forma realizada de significados eternos, pensar em nosso renascimento folclórico nacional como apenas uma manifestação de uma consciência europeia central que tem raízes tanto na Alemanha quanto nos territórios colonizados por húngaros e eslavos – pensar que essas coisas causaram um abalo ainda maior porque elas me lembravam, com culpa, meu pai. Apesar de todo o ódio que ele sentia do que os comunistas tinham feito, papai acreditava no mito oficial da Batalha da Montanha Branca. Ele acreditava que tínhamos sido escravizados em 1620 por uma cultura aristocrática decadente, e que não tínhamos sido completamente libertados do jugo alemão até a derrota dos nazistas em 1945. E essas crenças antiquadas, que eu descobria ser mera propaganda, dotavam a imagem de papai de certa pungência, pois eram prova, a seu modo, de sua inocência. Compartilhei o que pensava com Betka, que ouviu minhas histórias sobre papai com uma bondade que era algo mais que bondade de amante. Em todas as suas palavras dirigidas a mim ela tentava libertar-me das trevas, abrir meus olhos para coisas melhores e mais limpas. E, com o tempo, entendi a que ela se referia quando disse que via como eu piscava.

 Comecei a explorar minha cidade visitando o Museu Nacional, a Galeria do Castelo e as poucas igrejas abertas estudando mapas e aprendendo nomes de palácio e as histórias das grandes famílias – Lobkowics, Sternberg,

Wallenstein, Schwarzenberg – que neles viveram. E comecei a identificar-me com outro Rudolf, o imperador Rudolf II, que reinou de 1576 a 1611 e em vão tentou conciliar as paixões religiosas que logo nos arrastariam para a Batalha da Montanha Branca e assim colocariam uma civilização no lugar de outra. A Praga de Rudolf II era um lugar de tensão religiosa; mas era um lar para a arte, para a ciência e para o mecenato que as sustentava; era um lugar onde alquimistas e químicos mantinham sua intranquila rivalidade; onde a filosofia e a magia, onde a religião e a feitiçaria se alimentavam das extravagâncias uma da outra. Algo daquela época ainda vivia na cidade, infiltrando-se em nossas catacumbas por séculos de repúdio, chegando mesmo a contornar, por alguns capilares ocultos, a barreira de concreto chamada Progresso. O império de Rudolf foi roubado dele; e seu remédio foi o mesmo que tínhamos descoberto, a vida intelectual. E o mundo de encantos que ele presidia ainda estava conosco, passado adiante como o elixir que prometera a vida eterna a Elena Makropoulos, do qual ela se afastou, enfim, quando entendeu que é a qualidade e não a quantidade da vida que importa.

 Durante essa empolgação toda, eu sentia a presença observadora de Betka em minha vida. Como ela era, de seu jeito misterioso, parte de mim, eu sentia que não podia ser prejudicado. O que quer que eles fizessem, o que quer que desse errado para mim, para Rudolf, para mamãe – e estávamos todos sob enorme ameaça, não havia dúvida –, seria redimido pelo amor de Betka. Que *isso* tivesse acontecido *comigo* era o bastante. Quando ela permitia, eu visitava o apartamentinho em Smíchov e adentrava no mundo encantado que compartilhávamos. Digo "quando ela permitia" porque Betka vivia, como uma aranha, numa teia de imperativos tecida por ela própria. Todos os nossos encontros começavam e terminavam com uma ordem ou uma permissão, e eu nunca poderia presumir, ao fim de um dia, que cabia a mim iniciar o dia seguinte. Ela estava no controle de tudo. No entanto, quando eu me aproximava dela, ela me recebia como seu erro, *moje chyba*, como se todo aquele regime de comandos tivesse sido estilhaçado, e ela tivesse desistido de consertá-lo.

Ela esperava por mim – não com impaciência, porque a impaciência não fazia o estilo dela, mas com um apetite aguçado pela vida. De algum modo eu a tinha resgatado de uma rotina que ela não poderia confessar. Ela abria a porta e imediatamente se afastava dela, com um pé ligeiramente para o lado como uma bailarina, estendendo a mão atrás de mim para fechar a porta antes de me fazer dançar para seus braços. Ela repetia as palavras, *moje chyba*, acrescentando alguma explicação delicada como *dech podsvětí* – sopro do submundo, que não era uma explicação de jeito nenhum, mas um meio de evitá-la. Essa delicadeza era algo que eu amava: uma vez admitido em sua presença, eu podia ser eu mesmo por inteiro, e nada no jeito dela me condenava. O riso bondoso, os belos olhares e as expressões verbais, todos aparentemente direcionados para os cantos do apartamento, como se estivessem me absorvendo obliquamente, de modo que eu ficava às margens de tudo o que ela via, de seu modo escrupuloso de arrumar a escrivaninha ou a cama, colocando-se tão perfeitamente em destaque que muitas vezes meu desejo por ela não podia ser contido além dos primeiros cumprimentos – tudo isso me afastava tanto da antiga sensação de isolamento que eu vivia aquelas horas no apartamento dela como se estivesse retornando triunfante de uma provação cuja recompensa eram ela e sua beleza.

Ficávamos deitados na cama tardes inteiras. De tempos em tempos Betka se levantava para fazer chá na pequena cozinha escondida atrás da divisória fosca nos fundos, e eu de vez em quando lia os livros que pegava nas prateleiras – edições de editoras expatriadas, algumas cópias desajeitadamente encadernadas de *samizdat* e obras filosóficas em alemão e em inglês. Ela me mostrava que era possível falar sem medo de tudo, elogiar e condenar com total liberdade, explorar com palavras tudo o que era trancado e proibido na realidade – como aquelas moscas que dançam na crista de águas em movimento e nunca se molham. E sempre havia música: os pungentes quartetos de Janáček, as canções e sonatas de Schubert, e também a música de Betka, à qual ela dedicava grande parte de seu tempo.

Desde a morte de papai, a única música que eu ouvia era a de sua coleção de discos – gravações dos clássicos em LPs da Supraphon, com Smetana, Dvořák, Fibich, e Janáček acrescentado como um excesso pecaminoso – pecaminoso por ser um gosto muito pessoal de papai, uma destilação de seus sonhos. Os discos aguçavam meu isolamento. Os mestres tchecos em particular falavam de outro mundo, de um mundo natural, em que os seres humanos se erguiam do solo como plantas e, ao morrer, deixavam seus vestígios fossilizados. A arte e a música de nosso renascimento nacional falavam da volta ao lar e do amor materno, porque havia mais anseio por essas coisas naquela época, quando estavam sendo moldadas não como decepções, mas como promessas. Porém, não havia consolo nessa música: era impossível conectar-se àquele mundo desaparecido, assim como agora era impossível desaparecer. O rapaz do *Diário do Desaparecido*, de Janáček, gozava de uma liberdade que não tínhamos, a liberdade de andar pelo mundo sem ser observado. Você não podia desaparecer: só podia se esconder, como eu me escondera sob o solo. E então, quando fui subitamente trazido para a luz por Betka, apreciei toda aquela música velha de outro jeito, não como se fosse minha, mas de papai.

A música era o primeiro amor de Betka, o único de seus amores que ela inocentemente exibia para mim. E sua música estava curiosamente entremeada com sua vida, de um modo que eu não imaginava possível. O instrumento inclinado em seu estojo preto de marroquim contra a parede era uma teorba, uma espécie de alaúde baixo, e Betka descrevia o conjunto a que pertencia com doçura peculiar, como se estivesse desembrulhando um objeto precioso. Para ela, a música do século XVI, da Praga de Rudolf II e da Inglaterra de Elizabeth, tinha uma pureza que limpava seu espírito enquanto ela tocava. Ela também cantava canções morávias, e suas próprias pungentes melodias, acompanhando a si mesma na teorba com acordes simples. Sua voz era fina e límpida, e parecia soar em algum lugar dentro de mim como uma memória da infância. Ela prometeu me levar a um de seus recitais privados, e apresentar-me ao líder de seu pequeno conjunto, o próprio Vilém, cujo nome eu já conhecia, para quem ela juntava música, o qual, como um dia ela me confidenciou, ainda que com hesitação peculiar, como se estivesse confessando algo ilícito, era o verdadeiro dono do apartamento onde nos encontrávamos.

– Então vocês são amantes! – gritei, na hora em que a lâmina tocou meu coração.

– Tolo!

– Então?

– Você nunca ouviu falar de amizade?

E ela virou a cara, e só falou comigo depois que pedi que me perdoasse. Passou-me pela cabeça que nunca tinha pedido perdão a ninguém a vida inteira, e fiquei perturbado por isso. Depois ela me beijou e mudou de assunto.

Falava comigo devagar, como se falasse a uma criança. Certa vez disse: "Você não pode apressar as palavras, do contrário elas caem e quebram". Seu linguajar era correto, quase antiquado, como se o tivesse aprendido dos livros e não de pessoas. E é verdade que, ao mesmo tempo que ela era cercada de pessoas, de muito mais pessoas que eu julgava possível conhecer sem despertar suspeitas, todas apareciam às margens de sua vida, como se contidas por uma barreira invisível, onde ficavam esperando, como pacientes numa cirurgia ou litigantes num tribunal. E eram pessoas fora do comum, também, cada qual com uma chave de algum cômodo interno do castelo de Kafka. Uma delas é importante naquilo que se segue, e devo descrevê-la agora.

Pavel Havránek era um padre ordenado da Igreja Católica banido pelo Departamento de Assuntos Religiosos do Ministério da Cultura por causa de um artigo escrito por ele e publicado no estrangeiro sobre a Pacem in Terris, a organização de padres desleais e comprometidos por meio da qual o Partido controlava a Igreja Católica. A Pacem in Terris tinha sido proscrita pelo Vaticano em 1982, três anos antes dos acontecimentos que descrevo. Era padre Pavel que tinha sentado ao lado de Betka em minha primeira visita ao seminário de Rudolf. Ele vestia a roupa manchada de seu trabalho como mecânico e usava a cruz de sua vocação. Ele ia toda semana, e Betka sorria e acariciava seu braço, mas sem fazer esforço nenhum para nos apresentar. Foi na minha terceira visita ao seminário, quando por algum motivo Betka saiu mais cedo, indicando com um olhar silencioso que eu não deveria ir atrás dela, que conversei com padre Pavel. Eu estava saindo do apartamento de Rudolf e indo para o metrô Vltavská quando ele apareceu ao meu lado e começou a falar. Falava baixinho e devagar, com sotaque morávio.

– Rudolf me contou que Soudruh Androš é você – disse ele. Respondi com um aceno de cabeça.

– O livro foi muito importante para mim. Foi como uma porta do submundo, onde estão os corpos em silêncio. Me deu muita esperança.

– Por que esperança?

Para mim, em retrospecto, minhas histórias nasciam do desespero, ainda que fosse um desespero que agora eu tivesse miraculosamente descartado.

– Veja, eles não estão mortos, só adormecidos. E todos são purificados pela dor.

Fiquei intrigado com suas palavras, e, como passássemos na frente de um bar, sugeri que entrássemos. Fomos para um canto escuro, dois copos altos de cerveja na mesa entre nós, e nenhuma outra companhia além dos três operários no balcão que de vez em quando rompiam o silêncio com gritos altos sobre futebol.

– Existe algo muito cristão na sua visão – disse padre Pavel. – Então você foi criado na fé?

– Não – respondi. – Nossa família era moderna. Não tínhamos fé. Só dúvidas.

– Mas a dúvida pode ser fé. Você bate em portas, e enfim alguém abre. Para sua surpresa, você já conhece o rosto.

Suas palavras tocaram algo em mim, e lhe pedi que explicasse. Ele se inclinou para trás e me estudou por um instante. Uma mecha de cabelo escuro caía sobre sua sobrancelha, e ele a pôs de lado com a mão, que era grande, áspera e enegrecida de graxa. Os olhos castanhos fitavam-me com olhar calmo e constante. As tensas dobras inferiores das faces estendiam-se pelas bordas da boca como as bordas de um capacete, e o nariz era forte, levemente arqueado, com uma ranhura que dividia o olhar. Eu já tinha visto rostos como aquele talhados em tília num livro sobre retábulos na prateleira sobre a cama de mamãe. Padre Pavel tomava fôlego antes de falar, como uma criança que repetia algo de memória.

– Minha família também era moderna. Meu pai era membro do Partido, gerente de uma fazenda coletiva perto de Olomouc, e era importante no comitê local; minha mãe foi criada como crente comunista numa família de camponeses. Tiveram um ataque quando me converti, mas isso foi em 1968, na época do "socialismo com rosto humano", e eles não podiam me impedir de entrar no seminário. Hoje rezo por eles todos os dias.

– Então eles morreram?

– Não: você pode rezar também pelos vivos. Mas, para eles, morto estou eu, porque mudei de vida. Aprendi a aceitar o vazio sem me atirar nele como eles fizeram.

– Mas não é difícil para você ser padre hoje, quando ninguém mais crê?

– Você acha realmente que ninguém mais crê?

Hesitei. Os olhos dele pareciam chegar dentro de mim, lançando sua luz em regiões não reconhecidas da minha alma.

– Bem, *eu* não acredito. Nem consigo.

– Nisso você está errado. O dom é oferecido a todos. Eu li seus contos, e eles são como uma pergunta, sempre repetida. Simone Weil escreve que quando gritamos por uma resposta e ela não nos é dada, é aí que tocamos o silêncio de Deus. Encontro esse silêncio nos seus contos. E conheço esse silêncio na minha vida.

– Mas e se Deus não existir?

– Deus se retirou do mundo: isso sabemos, e nós tchecos talvez saibamos disso mais vividamente do que outros. Nosso mundo contém uma ausência, e precisamos amar essa ausência, pois esse é o modo de amar a Deus.

– Mas como se ama uma ausência?

Ele me olhou com indescritível doçura, como se eu tivesse tocado naquilo que era mais precioso em sua vida.

– Eu fui chamado para esse amor, e no começo não o encontrei. Nos meus primeiros anos como padre eu me sentia impotente para ajudar. As pessoas me procuravam como um refúgio do sistema, colocando os problemas na minha porta, pedindo provas de outro mundo, melhor do que este. E eu não tinha prova nenhuma. Enquanto refúgio do sistema eu era também parte do sistema, uma versão melhorada da escravidão que elas conheciam. Eu pensava o tempo todo no meu fracasso em ser o que elas queriam, que era uma alternativa. E se você passa os dias obcecado com a sua impotência, então cada coisa boa e bonita parece um insulto. Foi só quando fui banido da igreja oficial que compreendi o que me era pedido. Fui abandonado entre os abandonados, e tinha de amá-los pelo que eles não tinham. Muito de repente, minha vida como padre estava repleta de alegria. Meu rebanho ainda me procurava, pois tinha visto o pé de cabra debaixo da batina de meu sucessor. Porém, as pessoas não vinham atrás de refúgio. Vinham em busca de oração, de quietude, da vida da imaginação de que o Evangelho fala de maneira tão bela. Eu ajoelhava ao lado delas e juntos nos tornávamos nada, porque em nosso nada encontraríamos o amor de Deus. Será que isso soa estranho para você?

Não soava nem um pouco estranho. As palavras de padre Pavel vinham de um lugar que eu nunca conhecera, e no qual subitamente eu estava ansioso para entrar. Seu sotaque líquido soava em meus ouvidos como um riacho puro numa ravina escura, vindo de alguma região subterrânea não contaminada pelo veneno no ar acima. Os suaves olhos castanhos, movendo-se lentamente de um lado para o outro enquanto ele falava, pareciam absorver o ambiente com um olhar que era ao mesmo tempo bênção e perdão. E sua roupa esfarrapada de algodão, manchada de óleo e graxa da oficina, era como os andrajos de um peregrino, puídos numa jornada que se entendia de um templo a outro pela extensão inteira de uma vida.

Ele continuou falando comigo nesse sentido por uma hora ou mais, parando em um ou outro momento para afastar a mecha de cabelo negro lhe que caía na sobrancelha, e parando para me olhar um instante, antes de retomar a narrativa. Perguntei como era viver secretamente a vida ordenada.

– Ah, não há segredo nenhum – respondeu, estendendo a cruz no pescoço. – Estou aqui para quem precisar de mim, e não tenho nada a esconder. Já me deixaram na prisão por algum tempo, então agora eles podem presumir que meu caso está encerrado.

Naquele momento, porém, um dos operários que estavam apoiados no balcão com os companheiros virou-se em nossa direção, e padre Pavel baixou a voz.

– Se você quiser saber como é – continuou –, venha até a oficina depois do expediente, e eu mostro.

Ele me deu o endereço da oficina, que ficava perto do cemitério de Olšanský, e combinamos de nos encontrar na terça-feira seguinte. Peguei o metrô até Gottwald em estado de enorme excitação. Ter conhecido, em poucas semanas, três pessoas como Betka, Rudolf e padre Pavel, e ter adquirido numa sequência desconcertante a capacidade de amar, a necessidade de amizade, uma consciência do mistério em que vivíamos, e um vislumbre da chave que destrancaria aquele mistério – tudo isso me enchia a cabeça, e me fazia esperar impacientemente pelo dia seguinte, sábado, quando Betka e eu passaríamos a tarde juntos.

Na prateleira acima da cama de mamãe, onde ela guardava sua pequena coleção de livros de arte e que eu consertara do melhor jeito que pude, havia uma antiga Bíblia Kralice que eu nunca a tinha visto ler. Tarde naquela noite de sexta, chegando a nosso minúsculo apartamento vandalizado, peguei-a. Estava cheia de marcas de lápis – sublinhados, múltiplos pontos de exclamação, notas nas margens – com uma letra que era obviamente a dela. Na folha de guarda estava escrito: "Para Helena Košková, de seus pais, Páscoa de 1952". Košková era o sobrenome de solteira de mamãe, e esse livro, que lhe fora dado quando ela tinha dez anos, no apogeu do terror comunista, e no qual havia uma referência a um festival proibido, me disse muita coisa. Eu sabia que ela tinha sido criada na igreja protestante; porém, eu presumia que sua fé era apenas superficial, e que ela, como papai, tinha aceitado o agnosticismo como a melhor maneira de resolver a vida – certamente a melhor maneira de criar filhos. Ao ler suas notas apertadas nas margens, porém, entendi que estava observando outra personalidade, que ela ocultara não por vergonha, mas porque sabia que revelar coisas não trazia nada de bom. Suas marcas a lápis agora me falavam de sentimentos que ficaram trancados dentro dela, e de cem sacrifícios calados. Eu vi que devia torná-la parte da nova vida que viria a ser minha, e assim pagar minha dívida por tudo o que ela sofrera, por causa de papai, e por minha causa. Porque ela, também, vislumbrara essa "vida na verdade" e tentado, em algum período já distante, segui-la.

Algumas de suas notas nas margens aludiam a um "ele" que não era nomeado. De início supus que fosse Cristo. O versículo 8 da primeira epístola de João diz: "Se dissermos que não temos pecado, enganamo-nos a nós mesmos, e não há verdade em nós". Ela tinha sublinhado duas vezes a última frase: *"a pravda v nás není"*. E escrito ao lado: "mas *há nele"*. E as palavras de Cristo a Tomé no Evangelho de São João, tão famosas que eu mesmo, até naqueles dias de ateísmo oficial, ouvira pronunciadas "Eu sou o Caminho, a Verdade, e a Vida" – foram sublinhadas três vezes, com a palavra "verdade" ligada à margem, onde ela escreveu: "Sua verdade *está nele* – deixe-o acreditar!!" Então entendi que ela não estava se referindo a Cristo e fechei o livro, entristecido; pois eu tinha desvelado seu amor por papai, ainda quente e sangrando no lugar onde ela o escondera. E hoje é para mim especialmente significativo que ela tenha escondido seu amor num livro.

Capítulo 10

A oficina de padre Pavel ficava numa viela em meio a prédios indistintos de concreto. Consistia em um pátio que era também um amontoado de ferro-velho e numa área protegida nos fundos, onde dois ou três veículos aguardavam conserto, veículos oficiais com Hlavní Město Praha – a cidade capital de Praga – gravado nas portas. Atrás delas ficava uma oficina com uma fileira de janelas em esquadrias de madeira. Padre Pavel era a única pessoa ali quando chamei, e o encontrei de pé ao lado de uma picape Avia azul que tinha sido espremida na entrada, apesar de um eixo traseiro quebrado. Ele estava limpando as mãos num pano e mirando o veículo quebrado com expressão gentil, como se sentisse pena. Foi só quando o cumprimentei que ele percebeu a minha presença.

– Jan, obrigado – disse ele. – Estou muito contente que veio.

– Mas como eu poderia deixar de vir?

Ele tirou o cabelo dos olhos e me olhou.

– Eu falei de coisas íntimas, e essas coisas doem.

Descartei a preocupação dele com um gesto de mão.

Andamos pelo cemitério de Olšanský, onde um dia as orgulhosas famílias da nossa nação estavam enterradas, mas não descansando. As portas de seus ornados sepulcros tinham sido arrancadas das dobradiças, as sepulturas abertas, e pedaços de mármore se espalhavam pelo chão.

– O comunismo não para nunca – disse o padre Pavel –, pois até entre os mortos a roda do Progresso gira. – Ele parecia uma criança que descreve as coisas como se as visse pela primeira vez. Uma pequena pilha de falanges e metacarpos tinha sido jogada, sem os anéis, ao lado da tumba saqueada da família Bradatý. – Porém, um anel permanece – disse padre Pavel –, que é o anel da verdade. – E fez um sinal sobre os ossos que presumi ser uma bênção.

Ele me levou pelas ruas de Žižkov, onde prédios residenciais em ruínas, espremidos um ao lado do outro durante o século XIX, apoiavam-se atrás dos andaimes. Numa pequena viela, uma longa parede de tijolos perfurada por janelas de molduras brancas levava a um arco de pedra, sob o qual uma pesada porta de madeira ia e voltava ao som dos rangidos das dobradiças. Esta, contou-me padre Pavel, era a Igreja de Santa Isabel, Svatá Alžběta, cujo nome era para mim o mais doce do calendário romano, mas cuja história eu desconhecia. No interior escuro, discerni fileiras de cadeiras surradas, um facistol e um altar simples de madeira. Acima do altar havia uma grande pintura oitocentista em tons pastel, emoldurada em madeira e afixada na parede com parafusos. Ela mostrava Santa Isabel, mãe de João Batista, dando as boas-vindas à Virgem Maria no jardim de sua casa.

Padre Pavel explicou que a igreja não tinha pároco, e ficou aberta por negligência quando os planos de usá-la como berçário não deram em nada. Era aqui que padre Pavel celebrava a missa e se encontrava com membros de sua antiga congregação. Enquanto ele me levava por aquele interior escuro, e de certo modo purificado, com suas lâmpadas fracas penduradas em ripas e o cheiro penitencial de pó, umidade e velas apagadas, eu sentia a força da presença de padre Pavel, como se eu caminhasse com um ser espiritual cujos pés tocassem a terra com mais leveza do que os meus jamais tocariam. Quando ele voltava os olhos para algo, e fazia aquele gesto agora familiar de afastar sua mecha indócil, por mais insignificante que fosse esse algo – uma cadeira, um pedaço de pano áspero para se ajoelhar, uma xícara rachada de porcelana que servia de cálice –, era como que virado do avesso num espaço imaginário, desaparecendo das hostes das coisas caídas e reaparecendo entre as salvas. A religião, para padre Pavel, não envolvia nenhuma fuga do natural para o sobrenatural, nenhum repúdio deste mundo em nome de outro cuja irrealidade o tornava mais maleável a nossos desejos. Em sua perspectiva, o natural e o sobrenatural eram a mesma coisa: o mundo ficava transparente, com a luz da eternidade brilhando do outro lado.

Debaixo de uma das cadeiras havia uma bolsa de lona pendurada onde não dava para ver, e padre Pavel estendeu a mão até ela, extraindo um pequeno maço de folhas copiadas em papel carbono.

– Lembre-se desta cadeira – disse ele. – Você sempre vai encontrar a última edição aqui. Mas, por favor, coloque-a de volta.

Ele me entregou a revista grosseiramente grampeada – *Informace o církvi*, informações sobre a igreja. Ela descrevia as atividades dos padres proibidos, anunciava os horários das missas e os chamados à oração, e explicava o Evangelho em termos ingênuos que me lembravam as palavras com que Jan Hus descrevera a piedosa senhora que acrescentou seus gravetos às chamas que o martirizaram: *sancta simplicitas*. Será que eu estava errado por abrigar esses pensamentos céticos, tão vulgares a seu modo quanto um editorial do *Rudé Právo*? Não sei: religião era uma coisa nova para mim, e eu descobrira um guia pouco usual, que parecia mudar tudo o que tocava em sua versão eterna. Ao virar as páginas ásperas, encontrei uma lista de pessoas que precisavam de nossas preces, e ali estava o nome de mamãe: Helena Reichlová, acusada segundo o artigo 98 do código criminal, aguardava julgamento em Praga.

– Então você sabia de mamãe?

– Claro, todos sabíamos. E se quiser falar dela, não existe lugar melhor do que este.

Olhei-o um instante enquanto ele tirava o cabelo da testa e fixava os olhos em mim. Claro que eu deveria falar com ele, e sem dúvida ele me levou até ali com esse propósito. Eu precisava confessar-me, redimir-me, reconciliar-me, e que lugar melhor do que a Igreja de Santa Alžběta, com padre Pavel como meu confessor? Porém, algo em mim dizia não. Eu estava recuperando minha mãe em pedacinhos do poço da culpa, e o que o padre Pavel queria era mostrá-la inteira. Ele me diria como remontá-la, não do jeito que ela era no mundo das mentiras, mas como ela seria e será no mundo da verdade, o mundo que mamãe mesma estava tentando evocar naquelas tristes anotações em sua Bíblia. Porém, adiei o momento. Falei-lhe que já tinha conversado sobre esse assunto com Alžběta Palková, que estava me dando conselhos muito úteis.

Ele me olhou por um instante, e então disse:

– Ah, Betka. Sim, ela sabe dessas coisas.

E imediatamente mudou de assunto, descrevendo o tempo em que esteve na prisão, a dificuldade de celebrar missa, e como, para a eucaristia, tinha sido necessário implorar algumas poucas passas ao cozinheiro, mergulhá-las na água e oferecer mínimos golinhos da mistura opaca aos comungantes. A missa tinha lugar num canto da oficina onde os prisioneiros passavam os dias fazendo palhetas de madeira. Ele descreveu como era erguer a taça rachada em mãos inchadas com farpas, pronunciar as palavras santas e em seguida ministrar para as formas recurvadas dos demais criminosos.

– No entanto, veja, os milagres eram a nossa dieta de todos os dias, e naquele lugar nós sabíamos que estávamos bebendo o sangue de nosso Redentor.

A Igreja errara, disse padre Pavel, ao condenar Jan Hus por oferecer o sacramento nas duas espécies – *sub utraque specie* –, e a perseguição aos utraquistas deveria ser para sempre lembrada como um crime. O vinho sacramental, disse, era o direito de todo pecador que se preparava para ele: "pois o Cordeiro foi imolado desde a fundação do mundo". Mesmo naquele espaço consagrado, aquelas palavras (que depois descobri no Apocalipse) soavam extravagantes. Elas seriam ouvidas na rua lá fora apenas como os murmúrios de um louco.

Vivendo hoje num país de maníacos religiosos, aferro-me a meu ceticismo tcheco como uma divisa de sanidade. Mas a mensagem de padre Pavel ecoou em mim. Ele descrevia o sobrenatural como uma presença cotidiana, entremeada no plano das coisas como o forro de um casaco. A religião cristã, dizia, não é refutada pelo sofrimento, mas usa o sofrimento para entender o mundo. E ele acrescentava um pensamento que me surpreendia, não porque fosse contrário ao que eu sabia, mas porque se encaixava exatamente na minha experiência. Deus, disse ele, só podia estar presente entre nós se primeiro se despojasse de poder. Entrar neste mundo investido do poder que o criou seria ameaçar todos nós de destruição. Por isso, Deus entra em segredo. Ele é o verdadeiro impotente, cujo papel é sofrer e perdoar. Esse é o sentido do sacrifício, em que o corpo e o sangue do Redentor são compartilhados entre seus assassinos.

Esses pensamentos me deixavam atônito, não porque me levavam a adotar a fé do padre Pavel, mas porque envolviam tudo o que tinha acontecido comigo – papai, mamãe, minha vida no subsolo, e Betka também – numa única ideia, a própria ideia que mamãe escolheu para o nome de sua editora. E era isso que eu mais apreciava no padre Pavel – que sua religião não era uma fuga do sofrimento, mas um modo de aceitá-lo. O paraíso dos supermercados dos meus novos vizinhos, que estende um véu sobre o sofrimento e, portanto, nenhum sentido extrai dele nem de nada mais, me remete àqueles dias belos e terríveis, quando nossa querida cidade se revirava no sono, e seus sonhos eram os sonhos de um Deus crucificado.

Enquanto saíamos da igrejinha, perguntei a padre Pavel se ele tinha sofrido muito na prisão.

– Ah, não – disse ele. – Aquela época foi feliz. Quando você perde seu poder mundano, ganha um poder de outro tipo. Aqueles que só têm poder mundano são os verdadeiramente impotentes.

Dei de ombros ao ouvir isso, mas, enquanto nos afastávamos da igreja e nos aproximávamos da Estação Central, onde pegaríamos o trem, padre Pavel falou de sua época na prisão. Sua conversa era serena e se movia com passadas largas e calmas por cima dos cumes das montanhas, tocando em fé, sacrifício e liberdade, jamais mencionando essas coisas grandiosas pelo nome, mas simplesmente erguendo meus olhos para elas, assim como são erguidas pela alvorada. Saí dessa conversa atônito, e toda noite eu lia a Bíblia de mamãe, tentando reconstruir a pessoa que escrevera em suas margens.

Tirando os Salmos e o Livro dos Provérbios, mamãe tinha deixado em paz o Antigo Testamento, e eu não a culpava. As genealogias, os sítios, os massacres, os genocídios imperdoáveis, os ossos e mais ossos empilhados lembravam-me de nosso antigo cemitério judaico, uma bolota comprimida de memória cuja única mensagem era a morte. Meus olhos não conseguiam permanecer muito tempo naquelas páginas.

Claro, nossos judeus sofreram terrivelmente, muito mais do que o resto de nós. Mas que credibilidade isso trazia àqueles capítulos que negavam a vida, nos quais selvagens se aniquilavam uns aos outros em nome de um Deus que parecia não estar interessado em nada além de vingar-se de sua criação? O que isso tinha a ver com as esperanças de mamãe ou com o Deus impotente do padre Pavel? Toda noite, porém, nas Epístolas ou nos Evangelhos eu encontrava algum trecho marcado que abria um pouco mais da alma de mamãe para mim, e trazia uma espécie de conforto. E quando esbarrei nestas palavras de São Paulo, sublinhadas e comentadas com um enfático "sim!", senti que mamãe percorreu o mesmo caminho que eu estava percorrendo, e talvez tenha visto, como eu mesmo, que ele sempre levava de volta para o presente: "Não atentais para as coisas que se veem, mas para as que se não veem; porque as que se veem são temporais, e as que se não veem são eternas".

Muitas vezes eu visitava padre Pavel no fim de seu expediente para levá-lo ao Hospoda na Vandru, onde ele era recebido pelo piedoso gerente, um homem alto, com suíças e barba cuidadosamente aparadas. Nos olhos cinza-aguado do gerente nadava uma espécie de temerosa compaixão no momento em que ele cumprimentava a pessoa que, como percebi, devia ser seu sacerdote. Os pensamentos de padre Pavel sempre começavam com algum paradoxo, e com frequência ele citava a observação de Kierkegaard de que um pensador sem um paradoxo é como um namorado sem sentimento: uma mediocridade insignificante. Porém, acrescentava ele, precisamos amar aquilo que não existe: nada mais é digno do amor. Ele frequentemente se referia à ausência de Deus: o mundo, como ele dizia, está vazio de Deus, e isso *é* Deus. O propósito desses paradoxos não era atar-me com nós intelectuais, mas convencer-me a ver o mundo de outro jeito, ou melhor, ver até o outro lado, onde brilhava a luz da eternidade. Eu tinha de praticar aquilo que ele chamava de "ginástica da atenção", sempre separando as coisas das circunstâncias para superar sua aleatoriedade. A árvore, a tigela, a escrivaninha; o carro, o livro, a janela – tudo pede, disse, para ser salvo, para ser libertado do fluxo de meros acontecimentos e elevado à dignidade do ser. Ele me confidenciou que esse era seu exercício espiritual, e que por meio dele tinha afastado de sua alma todo o ressentimento contra o que *eles* tinham feito – não apenas a ele, mas ao nosso país, àqueles bosques e campos que sorriem na música de Dvořák, àquelas guirlandas de flores silvestres tecidas em palavras por Erben, às antigas lendas do que somos, que não são de jeito nenhum lendas, mas ideais a nos guiar.

– A pureza – disse ele uma vez – é o poder de contemplar a conspurcação. Nosso mundo precisa ser redimido de suas circunstâncias pedaço por pedaço, lugar por lugar, época por época. Cabe a nós tirar as coisas do excremento, e polir as manchas do mau uso.

Essas palavras pareciam descrever meu novo modo de vida, e senti gratidão por elas, assim como senti gratidão pelas caminhadas e pelas vezes em que bebemos juntos. Padre Pavel me apresentou à literatura espiritual que lhe tinha dado força durante suas provações – de Santa Teresa d'Ávila e São João da Cruz, assim como Pascal, Kierkegaard e Simone Weil. Era uma observação de Pascal que ele aplicava à minha situação: "Não terias me procurado se já não tivesses me achado". E ele me pedia que refletisse sobre essas palavras, que o guiaram em tempos de trevas.

Ele trazia até a garagem os livros que gostaria que eu lesse envoltos em papel áspero, e me deixava levá-los desde que eu devolvesse na mesma hora os últimos que ele me havia emprestado. Apreciava muito nossas conversas, que lhe ofereciam a rara oportunidade de passar adiante seu conhecimento e sua experiência a um jovem cuja mente não tinha sido poluída por aquilo que é chamado de educação. Claro que seu conhecimento era unilateral e incompleto, já que ele guardara apenas aqueles fragmentos necessários para sobreviver nas regiões ameaçadas que percorria. Era, porém, um conhecimento repleto de beleza, enfeitado com ornamentos tirados das margens do caminho enquanto ele fazia sua peregrinação.

Ele conhecia cada igreja, cada palácio, cada jardim de nossa cidade, e andando com ele eu sentia o véu da negação sendo removido das coisas pelas quais passávamos. Eu só conhecia a cidade como uma espécie de ficção, o cenário de um drama que terminara havia muito, um lugar de onde as pessoas fugiam para o subsolo e só eram observáveis enquanto abraçavam os muros de suas catacumbas privadas. Na verdade, porém, como padre Pavel me ensinou, Praga era o centro espiritual da Europa e a única cidade que se salvou daquelas guerras sacrificiais evocadas por Patočka; ela não era uma remanescência, mas um lugar onde a religião, a cultura, o estilo e as maneiras triunfaram sobre a desordem inata da humanidade. Entramos nas igrejas e permanecemos lado e lado maravilhados com os combativos pregadores e aspirantes a santos que desceram à nossa cidade vindos de regiões desde então obscurecidas pela névoa crescente da apreensão. Andamos pelos jardins abaixo do mosteiro de Strahov e atrás do palácio de Lobkowicz, que abrigava a Embaixada da Alemanha Ocidental, e ficamos conhecendo todos os caminhos da colina Petřín, e os cantos não visitados, e os misteriosos becos sem saída que eram as margens da verdadeira história.

Um desses becos sem saída abrange a fachada oeste da Igreja de São Tomé em Malá Strana. Ficamos ali numa tarde úmida, padre Pavel segurando um guarda-chuva bem acima da minha cabeça e traçando com o dedo estendido as protuberâncias na fachada de Dientzenhofer. Havia um leve tremor em sua voz enquanto ele falava. Eu não deveria ver essa igreja como uma mistura cremosa de estuque, uma tentativa imaginosa de construir um sonho nas nuvens. Eu deveria vê-la como uma visita de uma esfera em que as formas imaginadas pelas pessoas são transfiguradas em suas réplicas eternas. Aquelas cornijas inchadas, os frontões quebrados, os rolos espiralados não são um verniz católico borrifado pelo Sr. Dientzenhofer sobre pedra protestante. São representações na eternidade da tentativa de construir o aqui e agora. Para fazer uma casa, dizia padre Pavel, precisamos nos assentar entre as coisas eternas, portanto precisamos trazer o eterno para a terra. Aqueles ornamentos que se projetam em torno das pilastras, como se as atraísse para uma dança, não são feitos de estuque ou de pedra, mas de luz, e à sombra de suas paralelas talhadas há sempre anjos descansando, mesmo num dia como hoje, em que a luz está fraca, e as sombras abatidas. Nessas fachadas encontramos o sentido de nossa cidade dupla: todo prédio veste um rosto, e do alhures da salvação baixa os olhos para nós.

As palavras de padre Pavel encantavam nossa cidade, mas só por proibir o tempo presente. Sua visão não tinha tensão, como a lógica, a matemática ou a teologia. A força que assombrava nossas ruas teria sido inimaginável ao Sr. Dientzenhover, e as adoráveis invocações que eu lia em Zdeněk Kalista eram de uma cidade que desde então fora capturada e esvaziada pelo medo.

Perguntei a padre Pavel onde ele morava, e ele respondeu que um dia me levaria lá. Como Betka, ele não queria ser inteiramente conhecido, nem por aqueles em quem confiava. Eu respeitei isso, porque transmitia uma experiência de mundo que tinha a autenticidade do sofrimento.

Havia outra razão para eu ficar contente com essas caminhadas pela nossa cidade, além dos pungentes vislumbres que elas traziam. Como Betka muitas vezes hesitava em ser vista comigo, eu não podia andar plácida e tranquilamente com ela na terra da verdade.

Capítulo 11

No sábado depois daquele primeiro encontro com o padre Pavel, visitei o apartamentinho de Betka, como havíamos combinado. Eu estava pensando em mamãe, e na religião que ela lançou como uma corda salva-vidas num mar de mentiras na tentativa de salvar papai, mas em vez disso conduziu seu corpo a um emaranhado de madeira flutuante. Eu não me desesperava com o caso de mamãe; ao lado de Betka, eu certamente avançaria contra *eles*. E quando ela abria a porta com aquele volteio de bailarina, luzia os olhos para mim e me levava silenciosamente para a cama, minha resolução se fortalecia e se firmava.

Os dias agora eram mais longos, e ainda estava claro no pequeno pátio quando começamos a conversar. Despejei em cima dela todo meu novo interesse no mundo sobre o solo – na história e na cultura de nossa pátria, na arquitetura de nossa cidade, no sentido oculto daquela literatura do crepúsculo austríaco que eu escavara no baú de papai, que era o que tínhamos dele na falta de um túmulo. Ela me corrigia às vezes, com cuidadosas observações didáticas que tanto revelavam quanto ocultavam suas reservas de conhecimento. E, com palavras ditas baixinho, dando-me a mão mentalmente, ela trouxe a conversa de volta para mamãe.

Com Betka eu era assim: andava ao lado dela numa paisagem repleta de flores. E, abaixo das flores, ocultos pela abundância delas, havia abismos que eu só via quando eles se abriam debaixo dos meus pés, e ela estendia a mão para me proteger. Ela, que me levava, também podia me salvar, e era assim agora, quando ela mencionou mamãe. Inclinei-me para a frente na escrivaninha e deixei a cabeça cair nas mãos. Por meus dedos afastados consegui captar o puro olhar de interrogação daqueles olhos constantes, e o brilho de uma vida jovem daquele corpo nu. Eu ficava subjugado pelo senso do mistério – o fato inexplicável de estar ali, naquele minúsculo apartamento que não pertencia a ninguém, abaixo da intensa luz da verdade, enquanto em algum lugar sob o solo, o triste e tímido autor de *Rumores* empurrava sua culpa fútil por trilhos que não levavam a lugar nenhum.

Betka me falou de alguém que ela conhecia na Embaixada americana, Bob Heilbronn, encarregado de relações com a imprensa. Ele garantiria que o caso de mamãe se tornaria uma *cause célèbre* no Ocidente, elevando seu *status* de pessoa comum que de uma hora para a outra se tornou uma dissidente ousada. O tom de Betka era irônico. Ela nunca deixava de me lembrar que o mundo das pessoas marginais tinha suas recompensas e encantos; que havia maneiras de jogar as cartas da dissidência que traziam mais benefícios que custos. Claro, havia heróis de verdade como Havel, Kantůrková, Vaculík, pessoas que tinham perdido a arena em que poderiam ter brilhado como figuras públicas. Porém, essas pessoas pertenciam ao passado heroico, e agora tínhamos de lidar com os restos, os escritores fracassados, os filósofos fracassados, os artistas, jornalistas, compositores e atores fracassados, que, ao vestir o manto da dissidência, trajavam a roupa emprestada dos heróis. As pessoas de verdade precisavam ser cuidadosamente distinguidas das falsas, dizia ela, e a diferença entre elas é tão grande quanto a que existe entre um verso que muda o mundo e palavras rabiscadas numa folha de papel.

Aceitei suas reflexões cínicas. Afinal, ela tinha vinte e seis anos, quatro a mais do que eu, e vinha transitando nesses círculos perigosos por tempo bastante para estar ciente das armadilhas. Mesmo assim, eu não tinha certeza de que ela estava realmente convencida do curso de ação que recomendava, nem que aquela pessoa da Embaixada americana era alguém para ser mais evitado que procurado.

– Como é que você conhece gente assim? – perguntei.

– Como é que eu conheço alguém como você?

– Isso não responde minha pergunta.

– A sua pergunta não é pergunta que se faça – disse ela, e com um rápido movimento rolou para fora da cama e veio até mim. E quando ela se sentava assim no meu colo, seus braços em volta do meu pescoço, seu corpo nu pressionado contra mim e seus beijos explorando meu pescoço como se ela fosse uma gatinha brincando, eu aceitava tudo o que ela dizia como uma revelação. Em algum momento eu entenderia essa revelação, mesmo que seu propósito fosse agora obscuro para mim.

Dois dias depois ela me disse que o Sr. Heilbronn me encontraria na tarde seguinte. Eu deveria ir ao Jardim Vrtbovská em Malá Strana, e sentar-me num banco de pedra no final do segundo lance de escadas às 14h30. Ele viria sentar-se ao meu lado.

O Jardim Vrtbovská é tudo o que resta do grande palácio barroco construído no começo do século XVIII para o conde Jan Josef de Vrtba. É composto de terraços na encosta da colina unidos por elegantes lances de escadas, e enfeitado com as estátuas cheias de energia de Matyáš Braun. Um terraço sobrepõe-se a outro como vozes na música, ascendendo a uma pequena gruta da qual se pode ver, além dos telhados de Malá Strana, a Igreja de São Nicolau, cuja cúpula e torre, verdes de azinhavre, dominam a linha do horizonte. Nos meus dias no subsolo, nunca me ocorreria visitar um lugar como esse, preso em nossa enlutada cidade como um pensamento entre aspas enfáticas. Porém, presumi que Betka o escolheu deliberadamente, a fim de me lembrar que eu podia viver nos termos decididos por mim mesmo. Esse jardim era bom; o Sr. Heilbronn era bom; e eu estar ali num frio assento de pedra num frio dia de março era bom, desde que eu fizesse como ela, e sempre ficasse de olho na saída.

O homem que veio sentar-se ao meu lado era baixo, tinha cabelos escuros e sobrancelhas negras cerradas atrás de óculos de aro grosso que se projetavam acima da maçã do rosto recuada. Nada mostrava que ele era americano além de uma elegante gravata rosa feita de alguma coisa sedosa visível atrás de seu paletó forrado com pele. Ele se sentou um instante sem falar, olhando direto à frente, e pousou uma de cada lado as mãos enluvadas. Então falou em inglês, baixinho:

– Pode ter certeza de que não fui seguido – disse ele, e sei que este lugar é efetivamente seguro.

– Obrigado – disse. – Mas talvez precisemos nos explicar.

Era minha primeira tentativa de falar inglês, e as palavras vinham devagar.

– A história é a seguinte – respondeu ele. – Estou escrevendo um livro sobre jardins barrocos; tive a sorte de esbarrar em alguém que fala inglês e está me orientando.

– Mas eu não conheço nada aqui.

– Então já achou seu dever de casa – disse ele. – Para o caso de precisar.

Ele falava de modo abrupto, como se expelisse cada sentença inteiramente formada e parasse em sua esteira. Isso me fez enxergá-lo como uma pessoa solitária, que não tinha vida particular. Perguntei de onde ele conhecia Betka.

– Liz? Conheci na Embaixada. Ela veio com um grupo tocar música antiga no jardim. É uma garota impressionante. Fala bem inglês. Conhece todo mundo. Pelo menos, todo mundo que *eu* preciso conhecer. Você, por exemplo.

– Por que eu?

– Ela me disse que você explicaria por quê.

– E o senhor confia nela? – perguntei. Ele sorriu ironicamente.

– Na minha profissão não é permitido confiar. Certamente não aqui. Mas fazemos distinções.

Fiquei imaginando até que ponto ele a conhecia e por quais meios se comunicavam. E será que eu tinha o direito de falar da garota que eu amava a esse agente das forças imperialistas e sionistas, que é sem dúvida o modo como ele seria descrito num editorial do *Rudé Právo* quando o caso de mamãe fosse divulgado no exterior? A imagem que eu fazia de mim era um pé na beira do precipício, com Betka me segurando; e, abaixo de mim, no fundo, outra Betka acenando. Fui varrido por uma onda de medo, e precisei de um momento antes de conseguir falar.

Contei ao Sr. Heilbronn o que eu sabia. Mamãe estava sendo mantida na prisão de Ruzyně e seria julgada nas próximas semanas segundo os parágrafos 98 e 100 do código criminal: subversão da República em colaboração com potências estrangeiras, junto com incitação e comércio ilegal. Apresentei-lhe os fatos do caso, enfatizando que eu não tinha permissão de visitá-la, e que o advogado de defesa fora nomeado por seus acusadores de uma lista dos defensores em quem se podia confiar e não perturbariam o veredito.

Enquanto eu falava, o Sr. Heilbronn fazia vários sons de assobio, como se nunca antes em sua vida tivesse tido experiência com injustiças. A punição preparada para mamãe me dizia respeito; porém, suas intervenções bruscas, em que mencionou Jan Masaryk, Miláda Horáková e todos os outros condenados à morte pelo criminoso que dava nome à nossa estação de metrô, faziam-me contorcer de vergonha, como se eu estivesse atuando com falso heroísmo para obter algum ganho pessoal. Eu queria minimizar os fatos, até mesmo acusar mamãe de seus próprios erros – por exemplo, tirar a máquina de escrever da fábrica e guardar cópias das coisas que produzia. Eu queria "normalizar" o crime, retirá-lo do grande jogo de boxe imaginário em que o Sr. Heilbronn estava empenhado, lutando pelos direitos humanos contra a máquina repressora comunista.

– Vamos caminhar – disse ele, de repente. Levantou-se e começou a descer os degraus até o terraço embaixo. Ele andava com passos mecânicos, girando a cabeça para os lados como se fosse a torre de um tanque. Tentei imaginar como seria sua vida interior, os motivos que o levaram àquela estranha carreira às margens da diplomacia. Porém, nada saía dele além de jargão. Era uma máquina em conflito com outra. Recitou as provisões dos Acordos de Helsinque, provou de cem maneiras diferentes que mamãe estava protegida por tratados internacionais e pela lei não escrita dos direitos humanos, e em geral recriou aquela pobre mulher derrotada como uma cidadã americana que tinha por acaso se metido na terra de ninguém entre as máquinas de guerra. Enquanto falava, fixei meu olhar na estátua de Minerva esculpida por Braun. O sereno rosto de pedra cinza falava de um lugar onde conflitos eram assunto dos deuses e a alma dos homens não tinha ideologia. Talvez eu fosse entrar nesse lugar pela porta aberta por Betka e postar-me diante dos tronos dos imortais liberto das querelas das máquinas.

Em determinado momento eu o interrompi.

– Veja bem – disse – o caso de minha mãe não tem nada a ver com direitos humanos.

Eu quis dizer que tinha a ver com o nosso país, com a coisa amada e imaginada que gerou a coleção de discos de papai, com os livros debaixo da prancha sobre a qual mamãe e eu comíamos, com o pequeno paraíso de estátuas que cercavam o Sr. Heilbronn as quais ele parecia não notar, com a cidade dupla que nos sufocava. Essas coisas preciosas não eram abstrações, como tratados e direitos, mas realidades, reimaginadas ao longo de séculos, e amadas com constância. E era mamãe, não seus acusadores, quem as representava. Pensamentos como esse correram por minha mente num momento confuso de protesto; porém, eu era jovem, tímido, despreparado, e não conseguia achar palavras para enunciá-los.

O Sr. Heillbronn girou os óculos na minha direção.

– Confie em mim. Isso tem a ver com direitos humanos.

Paramos num beco que levava do jardim para a rua. O Sr. Heilbronn mergulhou uma mão enluvada no bolso e tirou um cartãozinho de visitas em que constava, além do lendário Robert Heilbronn, Ph.D, historiador da arte, um endereço de Londres. Ao aceitá-lo, reparei numa figura de casaco de couro que surgiu de um loureiro e passou por nós, com seus olhos escuros fixos numa longínqua visão de anjos. Indiquei a figura que se afastava e, como Betka, disse:

– Você vai por ali, e eu por aqui.

Deixei-o parado com expressão perplexa, como se ele estivesse despertando de um sonho.

Capítulo 12

Ao longo das semanas que se seguiram me acostumei com a figura de jaqueta de couro que sempre passava por mim e nunca me olhava. As orelhas de asa de caneca e os olhos fixos dificilmente o deixavam adequado à sua vocação, mas por que desperdiçar o precioso dom da invisibilidade num caso sem sentido como o meu? O fato é que Heilbronn fez o que era esperado, e Helena Reichlová logo ganhava importância mundial. Uma noite, fiquei com padre Pavel nos fundos de sua oficina ouvindo um programa sobre mamãe na Radio Free Europe, em que ela era retratada como algo vasto, puro, significativo, uma criatura que se sacrificava lutando pela libertação de seu país. Nossa mãe, a figura tímida, exaurida, enlutada, que fazia panquecas em nossa minúscula cozinha, lavava roupa na pia, e passava essa roupa na mesma tábua em que comíamos e trabalhávamos. Nossa mãe, que fizera uma coisa heroica apenas, até onde eu sabia, em sua vida inteira, que era condenar-se à prisão para proteger o subgerente de uma fábrica de papel falida, um homem que eu nunca vira, e cujos vestígios na vida de mamãe eram tão tênues que mal podiam ser observados. O rosto enrugado e os olhos cercados por sombras preto-azuladas, os lábios contraídos e o pescoço frágil, as longas e finas mãos sempre a trabalhar, e a roupa velha e remendada que ela raramente mudava e que servia como uma espécie de camuflagem de amarelo-mostarda e marrom – tudo isso para mim eram sinais de que o lugar dela era não com os heróis, mas em nosso dia a dia, nosso *každodennost*. O programa de rádio me deixou furioso. Eu queria telefonar para dizer que essa mulher não era Joana d'Arc, nem a princesa Libuše, mas só mais um produto de rotina do sistema, um produto misturado com outro produto de rotina – o dissidente, o intelectual que descobriu o jeito de disfarçar seu fracasso como sucesso interior e encontrou um nicho no qual a vista do Olimpo estava pintada na parede.

Depois, quando foi chamado como testemunha em seu julgamento (do qual pude participar só como observador), o subgerente revelou-se uma criatura desgrenhada, de rosto acinzentado, bigode torto, e um tique nervoso que continuamente afundava sua bochecha esquerda, como se houvesse outra pessoa escondida atrás dela puxando-a ansiosamente como se fosse uma manga. Ele expressou seu escândalo com o modo como mamãe abusara da própria posição e da confiança dele, e o choque quando soube que seus preciosos estoques de papel socialista estavam sendo usados para distribuir tamanha imundície. Era inconcebível que pudesse ter havido amor entre eles, e mamãe resolutamente recusou-se a olhá-lo do outro lado do tribunal. Em vez disso, ela voltou os olhos para mim, quase pedindo perdão por essa tolice. Àquela altura, eu tinha passado a ver mamãe de outro jeito, como a dona da Bíblia acima de sua cama, como a mulher que tinha vivido no mísero cantinho que lhe fora atribuído, alimentando uma espécie de música da alma que enfim era para mim audível. A roupa esfarrapada e os olhos orlados, como os de Picasso, os dedos de agulha de costura e a boca retesada e sem sorriso davam testemunho da determinação interior que a governava. Ao deparar com seu olhar do outro lado do tribunal, eu já não via uma vítima ordinária. Aquelas saídas noturnas das quais ela voltava com expressão furtiva no rosto não eram mais o refúgio patético de alguém que a vida ignorou. E eu recordava os meus anos no *underground* com uma concepção revisada de seu sentido. Não fui eu, foi ela que atravessou um túnel abaixo do castelo de ilusões, encheu os porões de explosivos, e foi presa tarde demais. Era verdade o que ela disse ao policial da ŠtB quando foi presa. Ela fez o que fez por amor: não por uma ideia abstrata, mas por papai. A liberdade não podia ser conquistada por meio da guerra das máquinas, nem pela troca de abstrações. E não advinha daquela solidariedade drástica sobre a qual Patočka escreveu. A liberdade era conquistada por meio do amor: o amor que paga o preço de sua própria duração. Mamãe pagara aquele preço, e as fundações do sistema tremiam acima de seu ato.

Tudo isso ficou claro para mim com o tempo. Mas eu já sabia, graças a Betka, que o único caminho para fora do *underground* não era político, mas pessoal. Criávamos naquele apartamentinho um espaço separado, onde o mandato da banalidade não valia. Naquele espaço eu conseguia respirar e amar. Era o local da minha redenção, o local onde eu queria ser inteiramente sincero e inteiramente conhecido. Porém, por essa mesma razão, ele também me perturbava. Betka só estava comigo ali, no apartamentinho que pegava emprestado, no apartamentinho que era removido da vida real na qual ela, de modo delicado, mas firme, me impedia de entrar. Ela me dizia que trabalhava à noite e que só estava livre de dia. Perguntei se podia ir a um de seus recitais, que ocorriam nas tardes de sábado, e ela franziu o rosto e disse:

– Espere um pouco. – E então comecei a duvidar dela.

– O que você sabe de mim, Betka? – perguntei uma tarde.

– Ah, tudo!

– Será que eu sou tão fácil assim de decifrar?

– Sim, ou você não usaria essa palavra.

– Que palavra?

– *Dešifrovat*. A maior parte das pessoas diria *rozluštit*, que ao menos é tcheca e não latina. Você faz de você mesmo um segredo. E os segredos podem ser desmontados. É só quando as pessoas vivem abertamente que são difíceis de conhecer.

– É por esse motivo que eu sei tão pouco de você?

– É um motivo.

– Mas você esconde tanta coisa de mim.

– Aí é que você se engana, Honza. Eu não escondo nada que você precise saber, e responderia qualquer pergunta se você soubesse como perguntar.

A resposta inteligente dela me deixou calado.

– Mas veja – prosseguiu ela –, tomei uma decisão de não apenas viver abertamente, mas de destrancar os segredos

dos outros, como o seu, por exemplo. E o segredo é que não há segredo. Assim como em Kafka. Rudolf acha Kafka o máximo. Naquela época Kafka era o profeta, o que tinha previsto tudo.

Ela tinha um jeito particular de referir-se "àquela época" – *v té doběˇ* – quando os dissidentes, que ainda não usavam essa palavra para referir-se a si mesmos, surgiam dos escombros e acendiam suas fracas velas na escuridão. Ela queria que eu admirasse aquelas pessoas, e também suspeitasse delas.

– Kafka imaginava os corredores que não levavam a lugar nenhum, as portas pintadas nas paredes, os pisos que eram finos telhados sobre a vida de outra pessoa. Ele era o guia do labirinto, e você pagava com suspiros. Porém, ele não nos disse nada, rigorosamente nada. Era tudo literatura.

Ela falava com veemência inabitual, como se movida por uma dor pessoal. Vasculhei minha mente em busca de resposta. Porém, só encontrei a imagem de papai, lendo atentamente o *Castelo*, de Kafka, preparando-se para uma de suas reuniões semanais. As imagens do dedo de papai na página, de sua sobrancelha franzida e do lápis preso entre os dentes eram agora objetos de uma ternura intolerável, e eu não conseguia falar. Betka estava sentada na beira da cama, os braços esticados ao longo das coxas, os olhos fixos no assoalho.

– Na verdade – continuou ela –, o nada tem seus atrativos. Você pode comprá-lo barato e vendê-lo caro. Às vezes acho que é isso que acontece no seminário de Rudolf. Toda essa solidariedade dos aniquilados, por exemplo. O que ela significa?

Fiquei chocado com as suas palavras, que pareciam uma negação de tudo o que compartilhávamos.

– Então por que você vai lá? – perguntei.

– Quisera eu saber. Ah, mas eu sei. Eu vou lá porque também amo aquelas pessoas. E sim, eu quero aprender. Quero enxergar nossa situação, completá-la, resgatá-la.

Desse jeito ela sempre desfazia o efeito de suas palavras cínicas, trazendo-me de volta ao que importava, que era o amor que encontrava seu lar naquele apartamentinho – o apartamentinho que não era o lugar dela.

Capítulo 13

Voltando os olhos para quase um quarto de século atrás, para aqueles dias de beleza e medo que nunca voltarão, não encontro palavras para transmitir o modo dela de ser. Os americanos dividiam nosso povo em três classes: os opressores, os dissidentes e a maioria silenciosa. Dessa tipologia simples, que era tudo o que Bob Heilbronn sabia de nosso destino nacional, corriam folhas e mais folhas de jornalismo simplificador. Porém, éramos como o povo de todo lugar: nós nos recusávamos a ser categorizados. Cada um tinha seu próprio jeito de respirar nosso ar envenenado, e assim minimizar seu impacto no corpo. Foi por meio da leitura e do ensino que papai criou o espaço no qual passar uma forma de vida humana para seus filhos. Para os outros, era por meio da música, da poesia, de passeios no campo, ou de esportes. Com Betka, descobri os dissidentes. Porém, descobri também que ela não era um deles. Ela era adolescente durante a época da normalização, e observava com distanciamento simpático seus contemporâneos juntando-se ao *underground*, cantando e tocando ao estilo de Frank Zappa ou de Paul McCartney, reunindo-se em salões esfumaçados para ler poemas, peças e romances, que eram passados com euforia de mão em mão não por seus méritos, mas porque eram proibidos. A ambição de muitos jovens naquela época era desafiar o mundo com o som pesado chamado *Bigboš*. Contudo, o *rock* não tinha apelo para ela, e quando o Plastic People of the Universe foi julgado em 1976 e o regime mandou sua advertência para a juventude, a vida de Betka permaneceu inalterada. Para ela, só existia a música clássica, e, com algumas cuidadosas exceções como a banda amadora de *bluegrass* em que ela tocara baixo uma vez, e alguns discos contrabandeados dos Beatles e do Pink Floyd que ela deixava guardados embaixo da escrivaninha, a música popular era uma ofensa a seus ouvidos. É verdade que ela começou a tocar na Divisão de Jazz do Sindicato dos Músicos, por meio da qual o regime estendia sua proteção a uma forma de arte "proletária" outrora associada a ideias comunistas. Porém, a Divisão de Jazz se ramificou, expandiu-se além do máximo permitido de 3 mil membros e chegou a 7 mil, e começou a publicar textos que nunca poderiam ser publicados por nossas editoras oficiais, incluindo o discurso feito por Jaroslav Seifert, nosso poeta nacional, ao receber o Prêmio Nobel de Literatura em 1984. Publicou até mesmo os textos de Nietzsche sobre Wagner que ficavam num amontoado de folhas de papel, ao lado da cama de Betka. O regime tinha começado a se movimentar contra a Divisão de Jazz; e, na época que descrevo, seu líder, Karel Srp, estava sendo julgado por tê-la mantido em funcionamento como rede clandestina. Não é preciso dizer que Betka fazia parte dessa rede; e que também não fazia de jeito nenhum parte dessa rede.

Naqueles dias do nosso amor, o poeta conhecido como Magor, o Louco, que tinha sido empresário da Plastic People, enrolava seus "cantos de cisne" em cigarros e os contrabandeava da prisão em Ostrov nad Ohří. Os poemas chegavam ao Ocidente e depois voltavam em pequeninas edições copiografadas. Betka obteve uma cópia, assim como obtinha seu quinhão de tudo o que era belo e bom. Ela musicava os versos com melodias chorosas, numa espécie de caricatura de John Downland. Quando li pela primeira vez aquelas palavras no livro minúsculo, contrabandeado da Alemanha com sua própria lupa inserida na lombada, eles não pareceram grande coisa:

Como dura, meu Deus, esse receio
do qual meu coração está tão cheio!

Mas quanto mais quiserdes que se estenda
a velha frustração, a mesma senda,

mais enfrento meus medos paciente,
nas preces vos pedindo humildemente

que ao menos quando tudo terminar
coloqueis um poema em meu cantar.

Porém, quando Betka, com sua voz fina e doce cantou o poema com uma plangente melodia, que ela mesma compôs, e deixou sua estranha alma brilhar pelas frestas entre as palavras, fiquei maravilhado. Ouvi a voz de minha pátria. Fui chamado para uma experiência primal de pertencimento, da qual Betka era parte. O Plastic People também tinha cantado versos de Magor, mas era como se Betka os tivesse tirado da estranha fronteira onde a juventude de cabelo comprido dos anos 1970 tinha marcado seu território, e os colocado no centro de nossa nação, como propriedade comum do povo, a voz de seus sofrimentos de então, de agora, e de sempre. Ela me ensinou que a vida dos dissidentes era apenas um pequeno fragmento de nosso mundo, e que as coisas estavam mudando rápido demais para que ficássemos presos nos pesares e conflitos de nossos pais. Nossa preocupação era aprender, conhecer as possibilidades, e procurar e destruir todo tipo de falsidade, incluindo a falsidade desculpável que crescera em torno das duras privações da dissidência.

O nome verdadeiro de Magor era Ivan Martin Jirous, e ele tinha formação em História. Foi depois do encontro dele com Václav Havel, disse-me Betka, que começou o movimento para compor a Carta 77. Quando era estudante, Betka era empolgada com a Carta, e com o destino daqueles poucos colegas seus cujos pais a assinaram, e que em consequência perderam, como eu, a oportunidade de estudar. Naquele momento, o rosto de cada um de nós foi tocado pelo ar de outros planetas, nas palavras dela. Mas isso foi naquela época, e agora era agora. Jirous, com o cabelo comprido, o linguajar chulo e o jeito *hippie* beligerante, era, para seus contemporâneos, a voz da juventude. Ele queria que a Carta tivesse o impacto que tivera John Lennon. Ele a via como dois dedos na cara do *establishment*. E, no entanto, ela não era nada disso. Para Betka, a Carta era uma peça de filosofia pastosa, composta na mesma novilíngua dos protocolos oficiais do Partido do governo, com sua invocação de "forças progressistas", "desenvolvimento humano", *pokrok*, *vývoj*, e uma centena de outras palavras mortas para designar progresso e, portanto, rigorosamente nada, como um discurso do Dia do Trabalho. Acenei triste com a cabeça e pensei em papai.

– Mas veja bem – disse ela –, essa não era de jeito nenhum a fala de Magor. Ele não é do tipo que troca uma mentira por outra, mesmo que precisasse da prisão para acordar para isso. Seus cantos de cisne são preces, repletos do amor de Deus, de contrição, de arrependimento.

Eu ansiava pela oportunidade de discutir a Bíblia de mamãe e o estranho mundo de padre Pavel. Até ali eu não tinha ousado, mas ela deu uma abertura, e aproveitei.

– Você crê?

– Se eu creio? Em quê?

– No que quer que os cristãos consideram sagrado.

– Ah, sim, Honza, eu considero sagradas muitas coisas, como Magor. Mas não creio que Deus seja uma pessoa que vela por nós, nos ama, e fica zangado com nossos pecados. Não creio em vida depois da morte; para mim, uma vida já basta. Quando você considera algo sagrado, como diz Sidonius, uma espécie de fé vem junto; um senso de liberdade infinita, como se miríades de mundos se abrissem diante de você no aqui e agora. É assim que eu vivo, e é assim que você deveria viver também.

– Mostre-me como – implorei.

– Não dá para mostrar; você precisa descobrir.

– Onde?

– Aqui, seu bobo. E agora. O que você acha que está acontecendo entre nós?

– E quem é esse Sidonius?

Ela tirou da bolsa um volume escrito em tcheco intitulado *Convite à Transcendência*. Editado por Václav Havel e publicado por uma editora expatriada na Inglaterra. Ela o abriu num capítulo escrito por Sidonius.

– Claro que esse não é o nome dele. Ele mora aqui em Praga. Talvez tenha até um emprego oficial, como engenheiro ou algo assim. Não tenho certeza.

Olhei-a, chocado. Era como se ela estivesse o tempo todo esperando minha pergunta, e vindo preparada com o material necessário para evitá-la: um livro ilegal, um autor com pseudônimo, um convite para entrar numa vida que não tinha explicação nenhuma além de Betka.

– Como você arrumou este livro? – perguntei.

Ela deu de ombros, fez um som como que bufando com os lábios.

– Não me pergunte.

Ela me deu o livro, que folheei. Eram páginas densas, com ideias religiosas: Deus, Eternidade, Transcendência, Ser; a porta que se abre quando surge o amor e dá para o brilhante jardim do presente. E, no horizonte, tantos mundos miraculosos! As palavras estavam em tcheco. Mas eu não conseguia entendê-las. Eu tinha feito uma pergunta simples. E a resposta dela tinha me levado por labirintos onde eu ficava perdido, sem que ela me guiasse.

– É nisso que você acredita, Betka?

– Um pouco sim, um pouco não. Tire a metafísica cristã e o resto é verdade. Vivemos agora ou nunca. E Deus é outra dimensão do agora.

O que, perguntei, ela achava então do padre Pavel. Ela me olhou por algum tempo antes de responder.

– Escute, Honza, dá para aprender muito com Pavel. Só tome cuidado com o que vai dizer a ele.
– Por quê? Você não está insinuando...
– Claro que você pode confiar nele. Só lembre que ele é padre. Ele vai querer que você se confesse. É o jeito dele de exercer poder.
– E por que eu não me confessaria com ele?
Ela me tomou pelos pulsos e olhou com força nos meus olhos.
– Porque as suas confissões são minhas.
Só depois percebi o abismo do qual ela estava me protegendo.

Capítulo 14

As primeiras semanas da minha nova vida passaram rápido. Às vezes eu tinha a impressão de que elas estavam acontecendo com outra pessoa, de que eu estava sentado num cinema assistindo às aventuras de um homem enredado em fatos que ultrapassavam sua compreensão. Eu ia com padre Pavel a lugares que eu nunca tinha imaginado que existissem; conhecia pessoas que eu julgava terem sido removidas da história; ouvia música que nunca podia ser tocada em público, e lia livros que nunca poderiam ser publicados. Sentava-me em igrejas cujos padres surgiam do *underground* para sussurrar mensagens antigas e proibidas e desapareciam no fim da missa como gnomos por frestas ocultas. Padre Pavel, como Betka, conhecia pessoas munidas das chaves dos lugares secretos. Um membro de sua congregação era pedreiro e trabalhava no apartamento que tinha sido dos pais de Kafka, com uma janela que dava para o lado da igreja de Nossa Senhora de Týn. Fiquei no lugar de onde Kafka observava os cristãos reunirem-se e partirem como que conduzidos por encantos, e um estranho tremor de isolamento se abateu sobre mim, como se eu estivesse espiando meu túmulo.

Padre Pavel levou-me a outros seminários – sobre história tcheca conduzidos pelo calvo e espalhafatoso František em sua casa em Kampa, e a outros seminários sobre teologia num lúgubre apartamento em Nusle, onde Igor Novák vivia com esposa e seis filhos. Igor era uma figura sombria e corpulenta, de barba rala e rosto obscurecido por óculos que pareciam lâmpadas. Ficava no meio dos ouvintes reunidos como um rei entre seus cortesãos, às vezes dando ouvidos a suas perguntas, mas na maior parte dos casos prosseguindo em seus próprios pensamentos lentos e longos. Todos o reverenciavam, e mais do que ninguém a esposa, sempre presente e sempre começando frases tímidas com um sorriso, só para entregá-las a ele para sua lúgubre conclusão didática. Igor, afinal, julgava-se a voz da nação. Ele se referia muitas vezes aos mitos de Přemysl, o lavrador convocado a casar-se com a princesa Libuše, e assim fundar nossa primeira dinastia real. Ele comparava seu papel de dissidente ao do simples lavrador, que levou o mundo natural e sua verdade ao castelo de ilusões. Igor e Přemysl eram ambos avatares de um propósito maior, enviados para censurar-nos por nossas faltas. Não tínhamos professado nossa história. Tínhamos renegado nossa herança: ser o coração da Europa.

O Estado Tchecoslovaco, dizia-nos, era uma espécie de máscara vestida pela sociedade tcheca, e nela se projetava, como numa tela de cinema, uma história totalmente fictícia, inventada em outro lugar e sem referência à vida atrás da máscara. Essa vida não era a rotina secular e materialista em que nos mandavam acreditar, mas um combate moral imbuído do Espírito Santo, de acordo com a lei oculta da Europa, que era a lei do Evangelho, corporificada numa ideia nacional. Precisamos ser fiéis a essa lei, precisamos estabelecer costumes, leis, instituições e redes sociais alternativas – e nesse ponto ele fez um amplo gesto para a sala, parecendo apenas parcialmente consciente das pessoas de fato nela contidas – a fim de vivermos como devemos atrás da máscara.

Enquanto pronunciava seus vereditos implacáveis, ele mirava fixamente o infinito. E eu não podia deixar de reparar, desde que Betka tinha me chamado a atenção para essa questão vital, que nada no ambiente de Igor combinava com nada. As cadeiras de couro marrom destoavam das almofadas de náilon verde-ervilha sobre elas; um sujo carpete cinza com uma estampa moderna em zigue-zague servia de base para uma ornamentada escrivaninha Jugendstil com bordas de níquel. Acima da escrivaninha, uma grotesca luminária moderna sobre um bloco de vidro verde-garrafa ficava ao lado de uma escultura *kitsch* da Virgem com o Menino Jesus. Era como se tudo em volta de Igor tivesse ido parar ali, como lixo aos pés de algum profeta a uivar na praia. Porém, também isso era vida. Olhando em volta da plateia, cujos membros eram em grande parte jovens como eu, e todos fitando o profeta com olhos atentos, expectantes, senti uma onda de alegria, como que me divertindo. A pólis paralela era construída com lixo; mas era construída pela imaginação, e você podia montá-la do jeito que quisesse.

Mais tarde, quis compartilhar essa ideia com o padre Pavel, e sugeri que saíssemos para tomar uma cerveja. Porém ele parecia sério e preocupado, recusando meu convite e olhando de soslaio para meu riso. Algum tempo depois comecei a entender que a diversão não fazia muito sentido para aqueles que estavam vivendo na verdade. Betka era satírica, de fato. Mas ela era algo à parte, mais uma observadora que uma participante, e guardava sua diversão para mim. Se eu fazia uma piada no seminário de Rudolf, ele me olhava um instante do lugar atrás dele onde ficava guardada a máquina, e em seguida emitia um súbito riso brusco, como o tilintar agudo de um xilofone. Somente um dos meus novos conhecidos via o que era verdadeiramente risível no comunismo, e ele mantinha distância dos seminários, ficando num mundo secreto e próprio.

Betka e eu vínhamos lendo uma revista *samizdat* – *Literární Sborník* –, com a qual ela pôde ficar por alguns dias. Ela se sentou em sua escrivaninha para tomar notas, e depois a passou para mim, dizendo: "leia este artigo". O autor escrevia sob o nome de Petr Pius, e seu tema era a linguagem do comunismo. Ele dava cem exemplos, de Marx e Lênin aos editoriais do *Rudé Právo* e aos discursos do camarada Husák, mostrando a profunda sintaxe de nosso tormento. Substantivos eram rebaixados a verbos, e os verbos ficavam fluidos e sem direção; as realidades concretas eram vaporizadas em abstrações, e o conjunto inteiro numa espécie de movimento demoníaco, com "forças históricas" e "elementos progressistas" rodopiando de um lado, e "elementos reacionários" e "forças ideológicas" rodopiando do outro. O autor mostrava que o tormento da sociedade tcheca não era imposto pelo Império do Mal, mas pela linguagem. Vivíamos sob o regime do *nonsense*, e nossos sofrimentos eram preparados no espelho por rostos que nos observavam dali.

– Quem é esse homem? – perguntei.

– Você vai conhecê-lo – respondeu ela. – Hoje.

– Hã?

– Preciso ir trabalhar agora, então quero que você devolva isto a Petr Pius. Você vai encontrá-lo no porão do hospital Na Františku. Eu precisava estar ali exatamente às cinco. É nesse momento que você vai bater na porta dele. Não fale, mas entregue a ele este meu bilhete.

Ela descreveu a porta no final de alguns degraus que desciam da rua, e me entregou o bilhete de apresentação. Parti com grande empolgação, não apenas porque eu ia encontrar o homem que subitamente fizera as coisas terem sentido para mim, mas também porque Betka estava confiando em mim como intermediário, e me deixando pela primeira vez estar em pé de igualdade com ela na vida que guardava para si.

– Aliás – disse ela na hora em que saí –, o nome dele não é Petr Pius, mas Ivan Pospíchal, e você deve chamá-lo de Karel.

Na verdade, não tive chance de chamá-lo de nada. A pessoa que veio até a porta de metal para responder minhas batidas era alta, ligeiramente inclinada, com barba espessa, na qual ficava enrolando os dedos. Ele me observou um instante, e em seguida pegou o bilhete que lhe entreguei. Quando ergueu outra vez os olhos, foi com um olhar divertido, mas distante. O colarinho alto de sua camisa branca emoldurava seu rosto como um rufo, dando a impressão de um retrato do século XVII. Em sua mão havia um charuto, e durante nosso encontro ele fumou, tirando um novo charuto do bolso toda vez que o antigo se apagava. O efeito desse hábito era que seus dentes eram pretos e escamosos como lápides antigas.

Ele olhou à direita e à esquerda na rua para ver se eu estava sendo seguido. E logo me conduziu rapidamente pela soleira para uma antessala que continha uma vassoura e alguns baldes, e dali para a terra das fadas, que tinha a forma de uma grande sala quadrada cujas paredes estavam cobertas de quadros. Havia senhoras flácidas de chapéu florido; madonas sacarinas com seios pneumáticos; hussardos apaixonados piscando sugestivamente; crianças de olhos grandes e nádegas nuas e pompom no cabelo. Generosas sereias ofereciam canecas de cerveja espumante, Rusalkas feéricas emergiam dos lagos em crinolina cuidadosamente passada, gnomos contentes cantavam em torno de mesas em tavernas com canecas de estanho erguidas em brindes, soldados do Exército Vermelho projetavam as baionetas para o futuro abençoado pelo espírito de Stálin nas nuvens. Eu estava cercado de todas as formas possíveis de *kitsch* adoravelmente fixadas em molduras douradas. Contra uma parede ficava um piano sobre o qual fotografias em sépia de pessoas um dia amadas estavam apoiadas em seda acolchoada. Numa cristaleira fixada na parede, um conjunto de gnomos de gesso e de pequenas fadas em lívidos tons de roxo e verde estava ao lado de uma ordenhadora com busto enorme em dourado e marrom, no estilo de Mucha.

Havia algumas aberturas de vidro no alto das paredes, no nível da rua. Porém, a maior parte da luz espessa e coagulada da sala vinha das luminárias de mesa, com sombrinhas rosa montadas sobre cabeças de *poodle* de porcelana rosa, e uma chama de vidro carregada por um negro como o do *Cavaleiro da Rosa*. Um dos *poodles* fora colocado numa escrivaninha sobre a qual havia uma pilha arrumada de papéis ao lado de uma antiquada caneta-tinteiro, a mesma que eu vira naquele dia fatídico. Ao lado da escrivaninha, uma prateleira de livros continha os volumes encadernados da biblioteca de um estudioso sério. Karel tinha sido professor de filologia antes de sua expulsão da universidade, e considerava que seu emprego atual lhe oferecia um refúgio perfeito para seu "trabalho editorial". Ele estava empreendendo um estudo da falsidade: teorias falsas, opiniões falsas, sentimentos falsos, amores falsos, e ódios falsos, todos com capacidade de colonizar a alma humana e transformá-la no espelho zombeteiro que o cercava. Há coisas, explicava ele, que em sua forma verdadeira não podem ser compradas nem vendidas: amor, honra, dever, sacrifício. Porém, se mesmo assim quisermos comprá-las e vendê-las, precisaremos delas construir versões brandas e feéricas. Este, disse ele, é o sentido do *kitsch*: a representação, num mundo de falsidade, de ideais que um dia tivemos no mundo da verdade. Tudo isso culmina no comunismo, que é um novo tipo de *kitsch*: o *kitsch* com dentes. E, com esse juízo, ele afastou o charuto da boca e deu uma risada conclusiva, como se não houvesse mais nada a dizer.

Era estranho e lisonjeiro conversar com um personagem tão exótico, ainda que eu atribuísse sua loquacidade a seu isolamento na caverna de Aladim e não a algum traço meu que pudesse ter despertado seu interesse. Ele respondia todas as minhas perguntas com uma espécie de precisão acadêmica, oferecendo seus juízos sobre nossa sociedade como se fossem os juízos de um antropólogo visitante a testar suas teorias contra os fatos mais estranhos. Ele era especialista naquilo que chamava de Primeira Igreja do Cientista Marx, e com isso se referia aos anos do pós-guerra em que nós, tchecos, ouvíamos que estávamos "construindo o socialismo". A principal coisa que construímos, disse ele, foram monumentos *kitsch*, enquanto nossos bens nacionais eram transferidos para a União Soviética.

Para Karel, nenhum sinal da degradação cultural daquela época era mais eloquente do que a música, e, a pedido meu, ele se sentou ao piano para tocar algumas das marchas do Exército Vermelho que ouvira quando estava ainda na escola, na década de 1950: *Exército Branco, Barão Negro, A Marcha da Artilharia de Stálin* e *A Batalha Recomeçou*. Às vezes ele colocava o charuto no cinzeiro da escrivaninha, pegava um macacão cinza no gancho ao lado de uma porta, vestia-o e passava para uma sala adjacente para alimentar com coque o aquecedor que ficava ali.

Karel considerava absolutamente provisórias todas as roupas a serem trocadas assim que a situação evoluísse. Em dado momento, ele parou para pegar uma longa sobrecasaca de veludo azul-escuro de um armário afixado na parede. Vestido com esse figurino de teatro, acompanhou a si mesmo na canção composta por Radim Drejsl para a Primeira Igreja do Cientista Marx, ramo tchecoslovaco: *Za Gottwalda vpřed*, [Adiante com Gottwald], que cantou com voz acariciante de tenor. O efeito foi tão ridículo que me vi dobrando de rir num sofá de molas quebradas, agarrando, em meu divertimento, uma boneca de olhos piscantes com roupa de baixo plissada que ocupava um dos cantos.

Perguntei a Karel por que eu nunca o via no seminário de Rudolf. Ele não daria certamente uma contribuição importante, das quais todos precisávamos?

– Os seminários são bons – respondeu ele, inclinando a cabeça para o lado na direção da mão em forma de concha, como que para decantar os olhos nela. – Os protestos, as petições, as editoras expatriadas, tudo isso é bom também. *Et cetera*. Mas eu trabalho de outro jeito. Procuro as palavras certas, que são também as palavras erradas. As palavras proibidas: palavras com o formato das coisas que descrevem. Eu preciso trabalhar do meu próprio jeito, no meu próprio espaço.

– Mas quando você descobre essas palavras, o que faz com elas?

– Sacudo, fermento, destilo. E, às vezes, quando elas ficaram na escrivaninha tempo o bastante para recender a bordo envelhecido, público.

– Como isso é possível?

Ele me olhou como quem se divertisse e apontou o volume de *Literárni Sborník*.

– Assim – disse ele. – Mas agora não é tão fácil. Meu contato na fábrica de papel foi preso.

Quase me ressenti por mamãe, porque sua imagem e seu destino sempre atravessavam como uma nuvem meus novos interesses, lembrando-me que eu não tinha direito a nada até que a dívida de culpa fosse paga. Porém, decido ocultar a conexão e, em vez disso, perguntei a Karel como ele conheceu Betka.

– Alžběta? Eu mal a conheço. Só uma vez ela veio aqui, com seu amigo Vilém. Eu o chamei para afinar o piano. Pessoa esquisita e, devo dizer, em quem não se deve confiar. Devo confiar em você?

Ele disparou um olhar acusatório de brincadeira, e em seguida voltou ao piano, sentando-se para folhear o antigo volume das *Budovatelské Písně*, de Drejsl – as canções para a construção do socialismo.

– De quem você está falando? – perguntei ansiosamente. – De Vilém ou de Alžběta?

– A desconfiança foi embutida no sistema desde o começo – disse ele, ignorando minha pergunta. – O primeiro axioma de todo Cientista Marx é que tudo que te disserem é mentira. O segundo axioma é que não importa, já que você também está mentindo. O terceiro axioma é "Morte a todos os mentirosos!". Foi o que fizeram com esse cara, Radim Drejsl, que voltou da União Soviética com o estranho desejo de contar suas próprias mentiras não oficiais. Acabou no chão, cinco andares abaixo de seu apartamento. Naquela época, você seguia Gottwald até onde convinha à ideologia, depois era arremessado da janela mais próxima.

E com um riso alegre ele pousou o charuto e recomeçou a cantar.

O jeito de Karel de conversar era empacotar cada assunto em frases satíricas precisas e depois ir adiante. Assim, nunca fiquei sabendo se era Vilém ou Betka que ele achava indigno de confiança. Ao mesmo tempo, em tudo o que dizia e fazia, algo eminentemente humano brilhava em seu olho. Nisso Karel era totalmente distinto de Rudolf ou de Igor, ou das pessoas que eu conhecia em seus seminários

– todas elas, quando deparavam com algum gracejo, recebiam-no com olhar assombrado, como se alguma parte secreta delas devesse ser protegida de imediato.

Quando, durante os dias daquela primavera que nunca seria esquecida, eu visitava Karel, era só com hora marcada, e apenas, por insistência dele, depois de andar duas vezes em volta do quarteirão para ter certeza de que não estava sendo seguido. Às vezes eu trazia um exemplar do *Rudé Právo* para ele analisar a novilíngua editorial, e eu sempre esperava um recital daquelas músicas que me diziam que "Lênin é outra vez jovem, e um novo Outubro chega", ou que "Das florestas selvagens aos mares britânicos, o Exército Vermelho é o melhor!". Karel via todas as opiniões políticas com ironia, e todas as ações políticas com desdém. Não pertencia a nenhum círculo de dissidentes, mas desfrutava de uma vida doméstica comum com a esposa e o filho, e de uma vida mágica de *kitsch* no mundo que ele criara no *underground*.

Um dia descobri um pôster emoldurado que mostrava o perfil de Gottwald surgindo dos perfis de Marx, Lênin e Stálin no céu acima de Praga. Alguém o jogou em minha lixeira na Husovy sady. Limpei-o e levei-o de presente para Karel, que o recebeu tocando *Za Gottwalda Vpřed* e com alegria o pendurou acima de sua escrivaninha. Aparentemente eu tinha sido aprovado no mais difícil teste de bom gosto, e agora podia tratá-lo de igual para igual.

Não era só porque ele me divertia que eu passava tempo com Karel – ainda que só Deus soubesse que na época a diversão era bem-vinda. Para Karel, as palavras não eram servas das coisas, mas senhoras delas: elas arranjam e rearranjam o mundo. Em *1984*, de George Orwell, a linguagem foi reconfigurada para que só as opiniões oficiais pudessem ser nela expressas. Algo parecido, dizia Karel, aconteceu conosco. A literatura oficial, a imprensa oficial, até as notícias na TV usavam um pequeno vocabulário de palavras confiáveis, e uma sintaxe que só permitia combinações confiáveis. As pessoas, nesse discurso, aparecem não como indivíduos dotados de livre-arbítrio, mas como abstrações por meio das quais forças impessoais "lutam" por dominação. As forças do progresso inevitavelmente venceriam, e as forças reacionárias seriam derrotadas. Enquanto isso, era importante fundir as palavras permitidas em blocos, de modo que vedassem as portas pelas quais a realidade pudesse entrar. Por isso, reacionário sempre ia junto com "burguês", "imperialista" e "sionista", e esta última abria a possibilidade de um tom permitido de antissemitismo; "progressista" invariavelmente vinha junto com "proletário", "fraterno" e "internacionalista". Nossa "sociedade" estava "construindo o socialismo" e, nesse ínterim, vivendo numa condição de "socialismo real" que de algum modo antecipava o heroico objetivo. E o que, perguntava Karel, significava a palavra "real"? Só o sedimento que vai para o fundo, quando a jarra das possibilidades é agitada.

O abuso das palavras de que dependia nossa doutrina oficial já estava prefigurado nos textos sagrados de Marx, Engels e Lênin. O objetivo, dizia Karel, não era contar mentiras explícitas, mas destruir a distinção entre o verdadeiro e o falso, de modo que a mentira não fosse necessária, nem possível. E ele comparava a novilíngua ao *kitsch*, cujo propósito é destruir a distinção entre sentimento verdadeiro e falso, para remover a emoção da realidade e investi-la num mundo de fantasia, onde nada tem valor, mas tudo tem preço.

Karel, como vim a perceber, era uma daquelas pessoas finamente antenadas – a outra era Václav Havel – que vibram exatamente no momento da história em que por acaso existem. O nosso momento era o último suspiro da palavra escrita – a última vez que a realidade se curvava, obediente, ao nosso modo de descrevê-la. E ele era vigilante com a linguagem, permitindo que apenas as palavras mais limpas, mais claras, mais transparentes chegassem ao papel. Betka deleitava-se lendo seus artigos. Ela, assim como ele, era meticulosa com as palavras. Porém, as palavras oficiais de nossos governantes tinham para ela menos interesse do que as palavras lançadas contra eles, disparadas em esparsas edições *samizdat* como preciosos ovos jogados como último recurso contra os tanques que se aproximavam.

Uma tarde ela me fez sentar com um texto *samizdat* do filósofo Egon Bondy, cujo nome verdadeiro era Zbyněk Fišer, que na época estava morando na Eslováquia. Todos adoravam Bondy, daquele jeito semioficial como amavam Magor, John Lennon e a Plastic People, para quem ele compôs letras. Era um talento prodigioso, autor de poemas, romances, ficção científica e filosofia, prometendo em tudo a verdade da nossa condição. Enquanto ela corria o dedo pelas linhas do texto, parando nas palavras que significavam movimento, progresso, desenvolvimento, tecnologia, todas seguindo a linha de algo chamado *ontovládnost* – autogoverno ontológico –, eu via toda aquela embrulhada de abstrações evaporar-se no nada. Aquelas palavras, dizia ela, eram desprovidas de pensamento, palavras que impediam o pensamento.

Ela provou isso não argumentando, mas colocando-se diretamente na frente do texto e forçando-o a encará-la. Ela não discutia coisas, mas as confrontava, assim como tinha me confrontado, e seu próprio ser era um desafio e uma revelação. Seu uso cuidadoso da linguagem, sua suspeita em relação à música popular, seu profundo amor pela música barroca e por aqueles acordes e frases de Janáček que apertavam o coração – tudo isso eram sinais de que, por algum milagroso processo de autodisciplina e de conhecimento espiritual, ela se erguera, liberta, acima de nosso mundo poluído, e aprendera a viver de outro modo. E, por meio do mesmo milagre, estava determinada a erguer-me também. Como eu poderia não amar a mulher que me proporcionava algo assim?

Capítulo 15

Pouco a pouco fui percebendo que cabia a cada um de nós revirar o lixo atrás de conhecimento, de liberdade, de esperança, e que não havia uma única fórmula, um conjunto de regras ou de posturas heroicas que garantisse o resultado. Essa era também a mensagem de Betka para mim, e ela constantemente me guiava para experiências que a confirmavam. Ela tinha entrado em minha vida como um anjo libertador; mais, ela *era* minha vida, que tinha começado com ela, e meus dias no *underground* eram como uma crisálida que com seu toque se desfizera.

Claro que eu pagara um preço por isso. Mamãe estava constantemente em meus pensamentos, e eu várias vezes peguei o ônibus para Ruzyně nos dias em que ela estava em detenção preventiva aguardando o julgamento, na esperança de ser admitido em sua presença, só para ouvir que o julgamento estava sendo preparado e que eu seria chamado para oferecer provas caso a defesa ou a acusação pedissem. O fato é que nunca fui chamado. Porém, como escrevi, Bob Heilbronn fez o que era esperado; o caso de mamãe foi assumido pela "máquina dos direitos humanos", nas palavras de Betka. Aquela pobre mulher maltrapilha que eu amava e de quem me apiedava tornou-se um símbolo da nação que a ignorara. As menções a seu caso eram tão frequentes na Radio Free Europe, na Voz da América, no Serviço Mundial da BBC e na Deutsche Welle que ela enfim recebeu a honra de um editorial no *Rudé Právo*, falando dos elementos reacionários e das conspirações sionistas que a escolheram como instrumento. Estudei o editorial com Karel, para quem finalmente confessei meu laço com sua antiga editora. Ele apontou a palavra "instrumento" (*nástrok*). Na novilíngua, disse ele, isso indicava uma parte da máquina inimiga que não era realmente perigosa. E não era. Quando a acusação foi finalmente apresentada, não era de subversão em colaboração com potências estrangeiras, mas a acusação bem menos grave de mau uso de propriedade socialista para ganhos privados. Mamãe alegou inocência, mas seu advogado de defesa confirmou sua culpa, e pediu apenas que ela fosse tratada com leniência em razão de sua confusão mental, o que era provado por sua crença insana de que ela própria, que nada sabia de livros, poderia tornar-se editora. Ela pegou nove meses, e ficou cinco anos proibida de usar máquina de escrever. Sorriu para mim enquanto era levada, e havia, naquele sorriso, uma espécie de triunfo, como se enfim ela tivesse cumprido seu dever para com papai. Como eu, ela emergira do *underground* para viver de outro modo. E, mesmo que ela tivesse perdido uma vida por minha causa, queria me dizer que também tinha ganhado outra. Eu tentava como podia convencer-me disso, mas a imagem de mamãe agora estava no fundo da minha mente, até nos momentos mais intensos de felicidade que eu acabara de encontrar.

Os seminários, as visitas a Igor e a Karel, as caminhadas com padre Pavel e o fluxo incessante de livros e música – tudo isso tinha centro e sentido naquele apartamentinho em que eu ficava lado a lado com Betka. Eu ia para lá depois do trabalho, sempre com permissão dela. Ela abria a porta e se afastava com o gesto familiar, antes de me abraçar. Aqueles primeiros momentos de silêncio eram, para mim, os mais importantes. Ela não estava me combatendo com palavras, nem me colocando em meu lugar, nem avisando, ensinando ou dramatizando, mas simplesmente reconhecendo, em cada parte trêmula de seu corpo, que ela me queria, que precisava de mim. Todas as longas horas acinzentadas longe dela eram redimidas naqueles momentos, e eu nunca fui tão feliz.

Naquele apartamentinho, eu praticava a "ginástica da atenção" do padre Pavel. Estudava cada objeto, não para dissolvê-lo em alguma narrativa minha, mas para permitir que ele falasse por si mesmo. Os objetos em volta de Betka prestavam-se a esse exercício, porque ela os exibia com uma graça natural e descontraída que lhes dava o caráter de pertences que atravessavam as gerações, de coisas que estavam ali porque estavam ali. Eu a via emoldurada em sua escrivaninha entre uma luminária antiquada de bronze, a lâmpada sombreada por uma vasilha de cristal fosco, e um telefone igualmente antiquado de baquelita negra que ela comprou num brechó e nunca tentou conectar. Ela guardava o telefone, dizia, porque era um símbolo do nosso país, que implorava pela linguagem, mas sem transmiti-la.

Para mim, porém, ele tinha uma voz. Eu imaginava esses telefones em peças e óperas – em *O Caso Makropulos*, por exemplo, que Betka amava em especial. Aquela coisa continha os restos congelados do diálogo humano; era a tumba na qual a linguagem fora enterrada. Seu lustro negro era grave, sepulcral, e se dirigia a nossa memória coletiva. Desde a prisão de papai não havia telefone em casa: éramos criminosos demais para termos direito a um, e não éramos criminosos o suficiente para que eles precisassem de um para nos rastrear. O telefone de Betka, portanto, dirigia-se a mim diretamente. Era como uma escultura de um telefone, um desses objetos de *pop art* que aparentemente sofreram uma metamorfose de objeto concreto em ideia abstrata, enquanto permaneciam idênticos. Naquela tumba negra estava contida uma história, uma sociedade, um *páthos* e eu ficava deitado na cama, comungando com ele, como se ouvisse as vozes ali dentro.

Era assim com os outros objetos naquele apartamento: os dois candelabros rococós na prateleira de livros abaixo da outra janela; acima da cama a pintura a óleo de uma natureza-morta na qual uma pera disforme lutava com duas maçãs verdes pela posse de um prato; o antigo ícone russo da Virgem com o Menino numa moldura de ébano, pendurado na parede do outro lado, entre a escrivaninha e a prateleira. Eu observava aquelas coisas até ficar consciente de que elas também me observavam. E o silencioso farfalhar de Betka na escrivaninha, enquanto tomava notas do último *samizdat*, ou escrevia num fichário de capa negra que eu era proibido de tocar, era como uma brisa de verão que me enchia o coração de esperança para o futuro e me imbuía de uma espécie de confiança de que eu estava realmente vivo.

Porém, de vez em quando, a fonte em que eu bebia deixava um gosto amargo. Mesmo que eu conseguisse deixar a ideia de mamãe longe da mente, era claro que eu também estava encrencado. Eu estava na verdade perplexo com minha liberdade. A criatura com olhos fixos e orelhas de abano que eu ocasionalmente vislumbrava em minha vigília certamente devia estar agindo a mando de alguém. O vandalismo no apartamento de Gottwald certamente fora um aviso. O desprezo e o pouco-caso com que eu fora recebido em Bartolomějská certamente indicariam que meu processo se aproximava e que não haveria jeito de escapar. No entanto, nada acontecia. Eu tinha liberdade de ir e vir, de prosseguir em minha vida nova como se tivesse permissão oficial, fazendo os estudos que eu infrutiferamente solicitara, exatamente como se o ministro em pessoa tivesse de repente colocado seu carimbo na licença datilografada. Porém, acima de mim, e ainda atento a cada mudança de brisa, o falcão observava, imóvel.

Ainda mais preocupante era a fonte da minha felicidade: Betka. Fazia diferença ela ser quatro anos mais velha do que eu. Ela já tinha uma vida atrás de si, vida que ela não revelava. Éramos amantes havia três meses, e eu ainda não tinha ideia do que ela fazia quando não estava comigo. Desde que eu descobrira que o apartamentinho que era nosso único santuário não era dela, e desde que eu me perguntara por que ela nada dissera sobre aquela casa em Diková Šárka onde ficava tão evidentemente à vontade, deixei de confiar integralmente nela. Ao mesmo tempo, minha desconfiança pertencia ao mundo que eu deixara, o mundo das mentiras, dos temores e das traições, e eu me esforçava para mandá-la embora. Eu estava lado a lado com Betka, e seus olhos cândidos se dirigiam a mim com tristeza toda vez que eu sugeria que ela estava escondendo alguma parte de si.

– Às vezes – dizia ela –, há um curto-circuito entre o céu e o inferno, e as luzes se apagam por toda parte. É isso que acontece quando você duvida de mim.– Era desse jeito que ela tentava me colocar de novo no caminho que eu chamava de viver na verdade.

Então tudo mudou. Começou numa quarta-feira de abril. Era fim de tarde e eu tinha acabado de voltar de Ruzyně, onde pela primeira vez eu obtivera permissão de visitar mamãe. Nos minutos que nos foram concedidos, ela disse muito pouco, apenas que dividia a cela com cinco mulheres e que o tédio era a pior parte. Mas eu conseguia ver no rosto dela que a hora de ser corajosa já havia passado, e que seus dias eram dias de sofrimento. Betka fazia o que podia para confortar-me, e ficávamos imóveis um pouco na cama, como fugitivos. A luz do sol da tardinha se estirava pela escrivaninha como uma mão estendida, quase tocando-lhe a coxa. Duas vozes no pátio trocavam palavras inaudíveis. Um bonde guinchava a distância. Soaram passos nas escadas, e senti Betka petrificar-se ao meu lado.

Havia apenas uma porta no alto das escadas além da de Betka, e esta dava para seu pequenino banheiro. Os passos eram de homem, e as batidas, de início hesitantes, ficaram altas e insistentes, com tom de acusação. Betka pôs a mão na minha boca e ficou imóvel. O intruso agora girava a maçaneta, e me chamava a atenção que Betka sempre trancava a porta quando estávamos juntos, de modo que ninguém podia destrancá-la pelo lado de fora. Será que o intruso, então, era esperado? Será que ele tinha um direito sobre Betka que era anterior, mais forte e mais urgente que o meu? Aguardei que ele falasse, que a chamasse pelo nome, que explicasse a natureza de sua conexão. Porém, depois de alguns segundos de ruídos e murmúrios, ele refez seus passos, e ouvimos o bater da porta de metal na hora em que ele saiu do pátio.

– Quem era, Betka?

Ela tinha pulado da cama e estava se vestindo.

– Como eu vou saber? De repente alguém que já usou este apartamento.

A explicação não me satisfez, mas ela agora se apressava, dizendo que estava atrasada para o trabalho, e que eu tinha de ir embora. Só fui vê-la na sexta-feira seguinte, quando nos vimos no seminário de Rudolf. Havia, porém, algo evasivo em seu jeito, e depois, quando nos encontramos na escada, ela me disse que não poderia me ver no domingo porque seu grupo ia tocar numa das embaixadas, e ela tinha de ensaiar de manhã. Na verdade, ela só poderia me ver na segunda à tarde. Olhando-me nos olhos, ela disse apenas "Honzo!", e se afastou. Eu não sabia se era uma censura ou uma confissão, e durante aquele fim de semana inteiro fiquei na cama de mamãe, ansioso.

Padre Pavel tinha me emprestado uma cópia *samizdat* de *Minhas Companheiras na Casa da Tristeza*, de Eva Kantůrkova, que descrevia a vida na prisão de Ruzyně. No começo ele relutou, mas eu disse que precisava me preparar para poder confessar minha parte no sofrimento de mamãe. Ele me olhou com uma espécie de ternura. Porém, enquanto eu lia as histórias tristes daquelas mulheres presas, não era em mamãe que eu pensava, mas em Betka, que me ensinara a seguir a verdade e então a ocultou.

Capítulo 16

Os domingos na nossa quadra eram um tormento. Nossos vizinhos dos dois lados eram pedreiros da Eslováquia, trazidos a Praga para trabalhar num conjunto habitacional em Žižkov. Aos domingos, eles ficavam em casa, bebendo e brigando, e nosso minúsculo apartamento ficava repleto do som de seus gritos e golpes. No começo da tarde, o barulho era intolerável, especialmente naquele domingo, já que ecoava no vazio dentro de mim. Desci até o vale, até a Capela da Sagrada Família, que eu frequentara assiduamente em meus dias no *underground*. Encontrei consolo naquele lugar abandonado. Como eu, ela não tinha utilidade, e não pertencia a ninguém. Estava sempre ali, esperando por mim, assim como uma folha de papel em branco aguarda a caneta. Porém, agora eu não encontrava conforto nesse lugar. Ele fora frequentado por outra pessoa, mais simples: alguém que adotara a limpa e imperturbada disciplina da solidão. Eu não era mais essa pessoa.

Subi os degraus de Nusle até Nové Město e peguei o metrô até Leninova. Uma garota de rosto claro e bonito envolto num cachecol rosa sentou-se à minha frente. Ficou me olhando, e sua boca tremulou na hora em que encontrei seu olhar, como se estivesse investigando minha tristeza. Fiquei contente quando ela saiu em Malostranká. Peguei o ônibus para Divoká Šárka e fui procurar a casa de Betka. Ela ficava a apenas poucas centenas de metros da parada de ônibus, descendo por um pequeno caminho que saía da rua cujo nome homenageava Lênin, passava por uma velha ferrovia e depois por blocos de painéis de concreto coloridos. Minha imagem da casinha era tão completa que eu conseguia contar o número de janelas na antiga fachada de estuque – seis – e o número de árvores no pequeno jardim – oito. Eu me lembrava exatamente de como as latas altas de lixo estavam dispostas pela viela ao lado do prédio de apartamentos, e qual era a aparência de tudo daquele ângulo – ainda que naquele dia estivesse escuro, e eu não tivesse nenhuma impressão clara da profundidade da casa.

Por duas horas patrulhei as ruas, passando por complexos habitacionais com seus ruídos e odores dominicais, por rastros empoeirados de tratores de esteira ladeados pelas molduras vazias de concreto das novas construções. Não achei casa nenhuma, e nada que se parecesse com a pequena rua em que ela ficava. Fui tomado por uma sensação de inquietude. Cheguei a pensar que Betka não existia. A imagem dela tinha aparecido em outro elemento, como Rusalka à beira d'água, tremendo à margem das coisas, e então desaparecendo. Meus vislumbres dela eram miragens, reflexos no espelho da minha ansiedade de uma figura que não tinha nenhuma relação com aquela que eu inventara e à qual me agarrava como uma mulher se agarra a seu bebê natimorto, recusando-me a acreditar que não havia nada ali.

Levei comigo esse pensamento até a ravina do outro lado da estrada e vaguei ao lado do riacho que naquela época corria límpido e forte abaixo dos penhascos. Os jovens e pequenos vidoeiros e bordos curvados lutavam pela vida em íngremes encostas de pedra; os pássaros disparavam de fenda em fenda nas sombras, e em dado momento, acima de mim, na beira da ravina, um cão sujo apareceu com a cabeça quadrada projetando-se destemida através de uma tela de grama. Em torno havia o som do riacho, e acima dele os galhos nus dos freixos atavam o céu. Uma tela de nuvem tocava os precipícios acinzentados na borda do horizonte e esvoaçava como uma saia. O mundo tinha se fechado à minha volta, e por muito tempo fiquei ouvindo o riacho, e os precipícios crivados de vozes. Ouvi a voz de papai no papel do príncipe Ctirad, e de mamãe dizendo-lhe que cantasse mais baixo para que os vizinhos não reclamassem. E a sensação de vazio aumentava por dentro, como se uma grande mão tivesse removido a matéria viva. Eu era uma pessoa morta, e as lágrimas em minha face eram lágrimas de vidro. Essa sensação durou até a tarde de segunda. Quando ela abriu a porta e deu um passo para trás, eu meio que esperava não encontrar ninguém ali. Andei até a escrivaninha, desviando os olhos, buscando o vazio. Então ela me pegou por trás, com as mãos no meu peito.

– Honzo!

– Não – respondi –, Honza não, só um erro seu.

Ela deu um pulo e me encarou.

– Você quer dizer que eu é que sou um erro seu.

Olhei aqueles olhos que me olhavam. O brilho prateado repousava sobre águas profundas. E havia algo se movendo abaixo da superfície – algo que me procurava, preparando-se para emergir de seu elemento e abandonar sua invulnerabilidade e poder estar ao meu lado. Tive a sensação de que Betka nunca fizera isso para ninguém mais, que eu era – apesar da minha juventude, e talvez por causa da minha juventude – o destinatário de um privilégio peculiar. Num instante, meu ciúme desapareceu, e fiquei na frente dela num estado de desculpas desamparadas.

– Betka, desculpe. Alguma coisa me perturbou, alguma coisa sem nenhuma importância.

– Importante, na verdade – disse ela, e, colocando as mãos nos meus ombros, pressionou-me delicadamente para baixo, de modo que sentei diante da escrivaninha. Ao lado de seu caderno estava a cópia de *Rumores*, na encadernação de papelão azul de mamãe, e notei muitos pedaços de papel entre as páginas.

– Você tem todo o direito de reclamar – continuou ela. – Claro que eu deveria ter falado mais sobre o meu trabalho, a minha família, de onde eu venho, e para onde eu vou. Você me contou tudo, e eu só contei o que você precisa saber.

– O que *você* acha que eu preciso saber.

– Sim, se você quiser pensar assim. Então o que *você* acha que precisa saber?

– O que você faz quando não está comigo. E onde você está quando não está neste apartamento. E sim: quem foi que veio até a porta na última quarta-feira. E por quê.

– É isso?

– Por ora, sim.

— Quando eu não estou com você, geralmente estou no hospital infantil. Às vezes fico lá, porque eles mantêm uma escola residencial, um *internát*, e eu tento ser útil como professora. Ou, se não estou lá, então posso estar tocando com nosso pequeno grupo. Porque existem festas elegantes até mesmo em Praga, onde as pessoas que se orgulham de seu bom gosto se sentam em cadeiras de antiquário e ouvem música antiga. E a pessoa que veio até a porta provavelmente era Vilém, o dono deste apartamento, e se ele não disse nada quando o vi no sábado, foi porque eu o proibi de invadir meu espaço privado, e essa, imagino, é a história que você precisa saber.

Enquanto falava, Betka me olhava com expressão de ternura, meio sorrindo, como que falando com uma criança. Eu acenava manso com a cabeça, e, puxando a cadeira que ficava ao lado da cama, ela se sentou ao meu lado e pegou minha mão.

— Eu era aluna na escola de enfermagem, e Vilém dava aula na Academia de Música. Ele mandou avisar na universidade que queria formar um conjunto barroco. O movimento de música antiga era forte no Ocidente naquela época, e eu sempre ficava com inveja quando lia a respeito ou ouvia falar no rádio. Uma das últimas coisas que meu pai fez para mim, antes do divórcio, foi comprar uma teorba. Assim, quando Vilém avisou sobre o grupo, eu estava pronta, e disposta a entrar. Precisei pensar um pouco. O Sindicato Solidariedade estava decolando na Polônia, e o governo estava nervoso. O Partido tinha sua própria versão das palavras de Cristo: quando dois ou três estão reunidos em qualquer nome que não seja o nosso, estaremos entre eles. Porém, concluí que não havia risco. Apesar de o Partido reprimir o *rock*, um conjunto barroco liderado por um professor oficial dificilmente provocaria agitação como o Plastic People provocou.

"Eu dividia um quarto numa república de estudantes em Nusle com uma garota do norte da Boêmia que passava as noites mexendo no rádio na esperança de ouvir trechinhos de *pop* ocidental. Salvei a mim mesma por meio do nosso grupo de música antiga. Eu gostava de saber que Vilém sentia atração por mim, que apreciava a minha voz e queria me dar o papel de estrela em nossas *performances*, que achava desculpas para me deter depois dos ensaios e falar comigo. Ficamos próximos, e por algum tempo não me importei de ele ser casado e ter filhos. Eu não ia me apaixonar por ele de jeito nenhum. Pessoas interessantes são raras; mais raras ainda são aquelas que se dão ao trabalho de transmitir seu conhecimento. Vilém, veja só, abriu uma porta para mim. Ele sabia o que eu queria saber; era bem relacionado; estava por dentro, era membro do Partido, uma pessoa desembaraçada que conseguia fazer as coisas. Para mim, ele foi um meio de aprimoramento pessoal, a escada para chegar ao topo. E imagino que isso seja uma decepção para você."

Sacudi a cabeça. Até aí eu tinha imaginado. E se ela tivesse continuado e me falado da casinha em Divoká Šárka, onde Vilém a mantinha como amante, isso também não teria me surpreendido. Porém, o que ela disse a seguir foi de fato surpreendente.

– Vilém me emprestou este apartamentinho: ele o mantinha desde sua época de estudante, e não tinha utilidade para ele desde que se casou. Depois de algumas tentativas, ele parou de tentar me seduzir e procurou outro tipo de cooperação. Só é possível conseguir partituras de música antiga do Ocidente, já que os nossos arquivos aqui são caóticos e amplamente proibidos. Isso me dava uma desculpa para visitar embaixadas, e, durante essas visitas, conseguir convites para tocar. Vilém insistia para que eu fizesse as negociações, apresentando-me como líder: ele não queria chamar atenção. Uma vez que estávamos lá dentro, porém, ele fazia questão de conhecer os diplomatas e seus convidados. Vilém fala bem inglês e alemão, e tem um encanto natural que transparece como sinceridade. Ele saía dos recitais com mais convites, e também com informações sobre músicos tchecos que estavam morando no exterior, sobre músicos tchecos que tinham tentado emigrar, e outras coisas que eu podia só imaginar. Eu não gostava do que ele estava fazendo, mas quem era eu para reclamar? Aquela experiência estava me trazendo muitas coisas: não só o prazer de tocar, de cantar e de aprender um ofício de verdade – um ofício que vai me ajudar de várias maneiras se algum dia este país enfim entrar no mundo moderno. Eu estava fazendo amizades úteis, como Bob Heilbronn. Estava vendo o mundo, e indo a lugares em que só aqueles que têm proteção do Partido têm confiança para ir. Como você vê, eu me dei a mesma desculpa usada por muitos dos que circulam nas margens. Eu disse a mim mesma que, quando chegasse a hora de agir contra o sistema, eu ficaria em melhor posição por estar o mínimo que fosse dentro dele. E acho que você sabe de que estou falando.

Eu mirava chocado a escrivaninha, e tudo o que consegui foi acenar com a cabeça.

– O que eu fazia para ele era bem inocente; por exemplo, juntar aquelas edições antigas de Fibich, de Janáček e de Martinů, que ele acrescenta a sua coleção e às vezes troca na Embaixada da Alemanha Ocidental pelas músicas de que precisamos. Porém, ele começou a bisbilhotar e a se meter de um jeito que me incomodava. De algum modo, ele descobriu que eu frequentava o seminário de Rudolf. Pediu que eu o levasse. Recusei. Descobriu que eu fazia parte de uma biblioteca circulante de *samizdat* e quis entrar. Outra vez, recusei. Veio aqui uma ou duas vezes e entrou com uma chave extra para mexer nos livros que eu estava lendo. E me perguntou onde eu os tinha arrumado e a quem eu os passava. Tudo isso com o máximo de bom humor, claro, e ele disse que só tinha uma motivação, que era seu amor por mim e sua preocupação, que não podiam assumir nenhuma outra forma, já que ele respeitava o fato de eu não retribuí-los. E, veja, isso era meio verdade. Vilém detém os privilégios das camadas intermediárias do Partido; ele é obrigado a fazer relatórios, e confiam-lhe tarefas que só ele pode executar, que dizem respeito a coisas que não quero saber. E, se eu preciso de qualquer coisa que ele pode proporcionar, ele vai correr para me dar. Ele ama a esposa e os filhos, e trabalha pelo bem-estar deles assim como minha mãe trabalhava pelo meu. Ele sabe ouvir, e sua carteira do Partido não o impede de sentir uma forte simpatia pelos dissidentes, de condenar a prisão deles, e sobretudo o tratamento duro dado a Magor, que tinha sido seu ídolo na adolescência.

Sem Vilém eu não teria alcançado o que consegui, incluindo o pouco que consegui para você.

"Então, um dia, tudo mudou. Você não reparou como as coisas são conosco? Uma espécie de meio-termo soporífero, um conjunto de acordos tácitos que mantêm tudo equilibrado, até que de repente, muito inesperadamente, vem uma onda enorme, e tudo o que era seguro e certo é varrido para longe? Querido Honza, isso me aconteceu muitas vezes, e quem sou eu para fazer estardalhaço por isso? Meu caso não tem nada de excepcional, nem o de Vilém.

"Bem, ele percebeu que eu era um trunfo para ele, e esse trunfo era Hans, um adido de baixo escalão na Embaixada da Alemanha Ocidental que se apaixonou por mim. O vigilante ciúme de Vilém reparou nesse fato instantaneamente, assim como seu interesse. Hesito em dizer isso, porque Vilém é fundamentalmente uma pessoa decente. Claro que ele estava fazendo relatórios sobre as pessoas que conhecia. Porém, ele reconhecia o limite além do qual era moralmente impossível passar. E, uma noite, ele chegou a esse limite, e o transgrediu.

"Você não vai querer detalhes. Você não quer saber daquela hora num carro estacionado no bosque acima de Karlštejn, o carro de Vilém, claro, que nunca era seguido, e Hans ao meu lado no banco de trás, apertando minha mão, fitando-me com olhos suplicantes. Vilém queria um convite para a Alemanha, um convite do nível mais alto, mas com um emprego seguro prometido em segredo, para poder ir embora com sua família. Hans estava oferecendo um convite desses com seus olhos; mas para mim, e um convite que não precisava de diplomacia nenhuma para ser concluído.

Se eu amava Hans? Já disse: esse erro eu não cometo, não o cometo há anos, mesmo que tenha cometido agora. Porém, sim, eu estava em paz com ele; sim, eu poderia ter ido com ele; sim, eu poderia ter dito a ele tudo o que ele queria ouvir, menos *sim*. Um dia você vai entender, Honza.

"Foi aí que Vilém saiu da minha vida. Ele prometeu a Hans que daria um jeito de eu ir junto: ofereceu-me como isca. E claro que ele *queria* que eu fosse junto, queria continuar em alguma confortável universidade do Ocidente os jogos eróticos que tinha tentado em Praga. Eu era jovem, Honza, confusa, e me sentia sozinha. Mas mercadoria eu não era, e tinha meus motivos para ficar aqui. Hans disse a Vilém que faria o que estivesse ao seu alcance, e eu disse *estou fora*, e mais nenhuma palavra enquanto voltávamos para Praga de carro. No dia seguinte, Vilém veio bater aqui, rogando, mas também ameaçando, recordando-me do perigo que eu cortejava com meu caso; sim, ele dizia que era um caso; com Hans. Porque foi Hans quem colocou em minhas mãos as cópias em estêncil com lupa na lombada que ele contrabandeou da Alemanha no malote diplomático. Vilém ficou ali, na entrada do apartamento que lhe pertence, e eu o deixei delirar, suplicar e chorar. O que eu poderia fazer? Eu precisava da proteção de Vilém. Eu queria aprender, viver em liberdade, ler, pensar, ser. Com o grupo de Vilém, eu estava ganhando dinheiro, e podia fazer o que queria sem ser acusada de parasitismo. Ficar fora do sistema como eu estava, e ainda assim sem proteção nenhuma, era ser como você – aquela criatura triste do *underground* que subiu ofuscada para a luz, mas de um jeito tão bonito que não consegui evitar amá-la, enfim. Você não devia me

culpar, Honza. Pense na sua mãe. De algum jeito, ela também encontrou proteção e usou-a para levantar um pedacinho do cobertor que a estava sufocando."
– Então o que você fez?
– Não fiz nada. Hans foi chamado de volta para a Alemanha sem explicação. E Vilém e eu concordamos em continuar como antes, sem acusações, desde que ele me deixasse em paz neste apartamento, até o dia em que ele me pedir para ir embora. Esse dia vai chegar, e eu preciso estar preparada.

Em tudo o que dizia e fazia, Betka ocultava tanto quanto revelava. Porém, o que ela revelava estava tão cheio de vida e ambição peculiares que nela brilhavam que eu só podia aceitar como verdade – uma verdade parcial, mas ainda assim verdade.

Essa história era diferente das outras, mas num aspecto crucial. Apesar de ser verdade, era a verdade de uma mentira. Para poder viver na verdade, Betka vivera uma mentira, fingindo para si mesma que não estava maculada pelos acordos, quaisquer que fossem, que Vilém fizera para proteger a si próprio e a ela. Era esse o paradoxo que me magnetizara desde o início. A competência social dela, tão distante do acanhamento dos meus contemporâneos, sua voz firme e melodiosa, tão contrária aos sussurros cautelosos dos seminários de Rudolf e de Igor, seu hábito de duvidar, de pôr de lado, e até de rir das solenidades estéreis dos dissidentes – essas eram exatamente as qualidades que lhe permitiam ficar de fora do nosso mundo, baixando os olhos para as catacumbas e erguendo-os para as estrelas. Porém, só uma pessoa protegida poderia tê-las adquirido.

Fiquei sentado em silêncio algum tempo. Betka acariciava minha mão e tentava capturar meu olhar. Quando ergui os olhos, foi com a pergunta que me perturbava desde o começo.

– Onde você mora, Betka?
– Aqui, você sabe.
– Estou querendo saber onde você mora *de verdade*. Aonde vai, por exemplo, quando sai do trabalho?
– Normalmente eu volto para cá. De madrugada. Por quê?
– Não estou dizendo que existe outra *pessoa*. Mas existe outro *lugar*, tenho certeza.

Ela me olhou com ironia, e de repente soltou minha mão.

– Ok, *existe* outro lugar, o lugar onde eu *realmente* fico, e vou levar você lá. Satisfeito?
– Onde é?
– Longe daqui.

Ela me olhou com cara de censura e se levantou. Seu jeito de mudar de figura, ao levantar-se quando estava sentada ou sentar-se quando estava de pé, tinha a fluidez e a destreza que pareciam condenar minha falta de jeito. Era como se ela estivesse dizendo: "veja só, eu pertenço ao mundo real, e você é só um menino". As lágrimas brotaram dos meus olhos enquanto eu a observava.

– Você não percebe que eu sou seu? – disse.

O sangue sumiu do rosto dela, como se minhas palavras a tivessem assustado. E ela caiu de novo ao meu lado, enterrando a cabeça em meu peito.

– Ah, Honza, meu Honza, você é meu; todo meu. Todo meu erro.

E minha camisa ficou úmida com suas lágrimas.

Capítulo 17

Foi depois dessa conversa que ela decidiu recompensar meu amor. Era primavera, o desfile do Dia do Trabalho estava prestes a ter lugar em Praga, um momento lúgubre em que as pessoas da cidade são exibidas em toda a sua desgraça, como um exército vencido obrigado a desfilar acorrentado. Obtive uma licença de alguns dias no trabalho, e Betka propôs me levar ao lugar onde ela realmente morava, e eu só poderia fazer perguntas no momento em que lá chegássemos.

Antecipando o acontecimento, ficamos os dois calados e mansos. Eu ia e vinha segundo as instruções dela; levava minhas perguntas, minha leitura, e meu amor para ela; e aprendia com tudo o que ela fazia. Eu tinha recebido de Ruzyně permissão para levar um pacote, e Betka comprou e embrulhou tudo como se já soubesse o que fazer. Ela insistiu que mamãe, que não fumava, precisaria de cigarros para trocar, que papel higiênico, creme de mão, sabonete e xampu eram essenciais, que chocolates recheados com bebidas fortes eram cem vezes melhores que chocolates simples, que presunto e linguiça defumados eram mais preciosos que doces. Ela tinha um jeito terno de embrulhar aquelas coisas e de guardá-las na caixa de papelão, como se destinassem a uma pessoa querida para quem uma vez prestou esse serviço.

Chegou o dia de nossa excursão. Betka tinha combinado de me encontrar na estação central, onde pegaríamos o trem para Pardubice, e depois outro para Česká Třebová, onde faríamos nova baldeação. Naquela manhã acordei eufórico, como uma criança no Natal. Até olhei nosso pequeno armário, procurando um traje mais elegante do que meu casaco verde de lona de sempre e minhas calças de algodão, como se eu fosse ser apresentado como noivo. Encontrei o antigo terno de papai, que havíamos guardado para o dia de sua libertação, amarrotado e comido pelas traças. Vesti-o, junto com uma camisa limpa e uma gravata, e coloquei minha roupa tosca numa mala de viagem que tinha sido também dele.

Betka estava de pé ao lado da bilheteria, viçosa e bonita, usando calça branca e casaco de lã verde-claro. Ela veio até mim, esfregou com afeto meu braço, e pressionou um bilhete na minha mão. Ela não falou comigo enquanto me levava até a plataforma e me instalava no trem. Seus movimentos e gestos estavam imbuídos de uma gravidade diferente, como se ela estivesse realizando uma cerimônia, um rito de passagem para outro modo de ser.

Muitas vezes tentei, sempre em vão, explicar aos americanos o que é uma verdadeira viagem de trem. Ainda que os trilhos de nossas ferrovias mal tenham sido consertados desde que foram instalados durante o Império

Austro-Húngaro, nenhuma delas foi destruída pela guerra, e foram todas usadas num país em que os trens eram o meio de transporte mais importante. Nossos trens eram sujos e fediam a óleo diesel. Iam devagar e com cuidado por trilhos deformados na maioria das vezes, ou encarapitados em curvas adversas. Eles rastejavam ao lado de rios tortuosos e pelas beiras dos precipícios; rosnavam ao subir íngremes declives e entoavam acordes metálicos nos vales. Levavam seus passageiros para cima e para baixo, para qualquer lugar que se possa conceber: entre as torres de concreto de subúrbios industriais e nos parques descuidados de castelos antigos; por inflamadas cidadezinhas vermelhas em meio a fazendas coletivas, e ao centro de cidades com catedrais; a cruzamentos caóticos entre minas e fábricas, e a solitárias cabanas de guardas florestais ocultadas por árvores. Dificilmente havia uma habitação humana em nosso país que não pudesse ser alcançada por trem, e, quanto mais ramificada a linha, mais lenta ia ficando a viagem, mais íntima, mais pontilhada por vislumbres domésticos e por cenas íntimas.

Hoje eu escrevo isso. Mas não foi o que senti naquele dia vinte anos atrás. Mamãe e eu às vezes tomávamos o trem rumo a Brandýs para visitar Ivana. Porém, isso acontecia nos meus dias no *underground*, quando eu só via máscaras e me esforçava para enchê-las com a fonte estéril dentro de mim. Agora eu estava de frente para Betka, calada, com os olhos graves que às vezes cruzavam os meus com olhar solene, ela perfeitamente imóvel, com as mãos dobradas sobre o pequeno *tele* – a bolsa de viagem daquela época –, que continha, como descobri, só sua roupa de dormir, alguns papéis e um livro de contos folclóricos de Erben.

Não havia ninguém mais no vagão, mas não conversamos. O trem cruzou o rio e passou pelos primeiros subúrbios. Seguiu-se o anel de jardins de fins de semana, e as fábricas espalhadas às margens de Praga. Eu olhava atento da janela. Estava vendo um país que nunca vira, um lugar fora do tempo, fora do alcance da vontade, um lugar sem dono, do qual os deuses nativos haviam se retirado. Os campos não tinham limites, e os trechos descampados entre as verdes espigas de milho eram como feridas infligidas por uma mão gigante. As plantações mudavam de milho para feijão e de novo para milho sem nenhuma barreira, e onde quer que os campos estivessem cultivados nada atenuava o verde, exceto pelo aglomerado ocasional de papoulas que o manchava feito hemorragia. Não havia animais, nem gente, e as cidades distantes com seus telhados vermelhos empilhados contra as igrejas de domo bulboso tinham aparência abandonada, como que mortas pela peste. Em determinado momento, passamos por uma pequena cidade de edifícios, com lajes em tons pastel dos lados, e por um cemitério de mármore negro esculpido: nada mais – nem uma igreja, nem uma rua. E no fundo havia colinas nuas, sem árvores, sem grama ou arbustos, o solo raspado de sua superfície, deixando apenas o cascalho branco-acinzentado.

De vez em quando uma fábrica aparecia entre os campos, imóvel, intocada, desamparada, exibindo algum *slogan* em letras gigantes no telhado. Blocos inacabados de concreto permaneciam fixos em suas posturas finais, as gruas enferrujadas suspensas acima deles no gesto interrompido de sua morte. Recordo uma estrutura modernista de aço tubular, com janelas quebradas pendendo de seus membros de metal, e ao longo de seu telhado plano um sinal em letras amarelas contra um fundo vermelho: "Uma vida em paz, o programa socialista!". Aqui e ali havia pilhas de feno e de ensilagem, arrumadas de qualquer jeito, podres e pretas debaixo de suas coroas amarelas. E longas filas de treliças tinham sido instaladas no cume das colinas, num esforço para segurar o solo contra o vento e contra a chuva. Era uma paisagem cujo rosto tinha sido carcomido, que voltava seus contornos sem olhos para o sol como um leproso exaurido em seu leito de morte.

Depois de Parbudice, porém, o país começava a mudar. Os trechos de floresta aumentavam, as colinas se libertavam dos vales, e as cidadezinhas que se estendiam por suas encostas eram mais compactas e autocontidas, como se estivessem crescendo a partir das igrejas no meio delas. Somente os blocos de concreto cinza, largados aleatoriamente e esmagando as estreitas vielas, falavam do poder que proibia o antigo modo de viver que fora ali inscrito em estuque e pedra.

De Česká Třebová pegamos o trem local, seguindo o caminho dos rios e desfiladeiros, parando em pequeninos lugarejos onde as galinhas corriam nos quintais, e serpeando por bosques sombrios como um predador à espreita de sua presa. Betka, imóvel, calada, tirou um pacote de sanduíches da bolsa e colocou-os sobre a mesa que dividíamos. Era a primeira refeição que ela preparava para mim, com muito esmero, incluindo o que, na época, eram raras iguarias: carpa defumada, ovos de garnisé e presunto espanhol. Ela me observava enquanto eu comia, com um sorriso materno que parecia combinar com as cenas íntimas que passavam por nossa janela – cenas de assentamento, de pertencimento, que eu não imaginava serem possíveis em nosso mundo despossuído. E quando o trem parou num lugarzinho chamado Lukavice, no Morava, Betka, que tinha guardado tudo na bolsa, estendeu a mão para tomar a minha e me guiar como uma criança até a plataforma.

De Lukavice pegamos um ônibus até a cidadezinha de Krchleby, de onde iríamos a pé até nosso destino. Todas as minhas suspeitas tinham sido afastadas pela viagem. Agora eu confiava em Betka completamente – confiava que ela me guiaria no caminho da verdade, o qual nos uniria neste momento e para sempre. Ela segurava minha mão enquanto caminhávamos pela cidadezinha. Passamos por uma capela de estuque ocre, onde um anjo rococó abria as asas sobre um campanário acima do pórtico. Betka tentou abrir a porta, mas estava trancada. E então, para minha surpresa, ela fez o sinal da cruz antes de seguir andando. Levou-me até uma casa de um andar na beira da floresta, bateu e me segurou enquanto a porta se abria e revelava uma velhinha que trajava uma volumosa coleção de saias cor de batata, as abas de um capuz azul-claro que lhe caíam sobre os ombros como se fossem os de uma esfinge. Seus olhinhos azuis cintilaram no instante em que ela levantou a voz, contente:

– *Bětuško! Moje milá, miloučká, dušinečko moje...*

Os termos carinhosos surgiam uma da outra como se fossem matrioscas, em que cada diminutivo era mais terno que o anterior. Betka beijou a velhinha nas bochechas macias e rosadas e apresentou-a como a Sra. Němcová, e a mim como Jan Reichl, um amigo de Praga. Sentamo-nos numa pequena sala de estar, em cadeiras baixas de madeira, com almofadas tecidas a mão. Um teto baixo de cal amarelada coroava as paredes manchadas de fumaça. Fotografias de casamentos e de crianças aglomeravam-se na armação rasa acima do fogão de ferro, e fotografias mais antigas, de homens barbudos de uniforme e de mulheres com colarinho engomado e roupa de luto pendiam em molduras ornamentadas nas paredes. A Sra. Němcová ia de um lado para outro por uma porta baixa apainelada trazendo café, suco de maçã, bolinhos de ameixa, falando do porco que morrera em fevereiro, das galinhas comidas por uma raposa na última quinta-feira, das abóboras que ainda não tinham dado flor, e da decisão do conselho local de excluí-la do meio acre que ela "emprestara" da fazenda coletiva. De vez em quando ela interrompia sua torrente de palavras para dar um beijo em Betka ou para elogiar-lhe a saúde ou a beleza. E eu me sentia tomado por uma espécie de sortilégio, como se eu, o Camarada Underground, pudesse cair desse jeito num conto de fadas oitocentista.

 Fiquei sentado naquela sala escura, praticando a ginástica da atenção do padre Pavel, concentrando-me nas poltronas – anõezinhos atarracados que se estouravam em crinas de cavalo –, na pesada cristaleira de carvalho com seu tampo de beiradas de bronze e, através de suas portas de vidro, na louça cuidadosamente arrumada, que tinha para a Sra. Němcová tanto valor quanto certamente não tinha para o mundo. O sussurro das palavras ditas baixinho era a trilha sonora de um filme, e eu era a câmera que disparava sentidos como um arqueiro. Betka não disse nada para explicar quem era a Sra. Němcová, ou para colocar aquela casinha em qualquer contexto além daquele que a casinha por si só declarava. Porém, bastava para mim estar próximo da fonte da vida de Betka, disparando flechas de atenção para a lagoa que a tinha produzido.

O laço entre Betka e a Sra. Němcová não era apenas afetivo. Em troca de cinquenta coroas, a velha dama nos proveu de pão, queijo, ovos e linguiça, e despediu-se de nós com a sorridente sensação de benefícios tanto recebidos quanto prestados. Pegamos um caminho pedregoso ao longo da margem da floresta. À nossa direita, a fazenda coletiva se estendia até o horizonte próximo, e debaixo dos campos enrugados ficavam os cotocos de prédios desaparecidos, como migalhas debaixo de um pano de mesa. Cercas apodreciam entre as ervas, e a cada cem metros, mais ou menos, passávamos por um estábulo, um galinheiro, um chiqueiro, desabando e cobertos de urtigas. Em determinado ponto, passamos por uma casa dilapidada entre casebres derrubados. As janelas pendiam dos caixilhos, e uma faia, enraizada em algum lugar entre suas paredes, erguia-se com os braços abertos como um fantasma em fuga entre as telhas.

Chegamos à bifurcação nos trilhos, marcada por uma cruz de pedra, na qual Jesus, moribundo, pendia acima de um jarro de flores secas. O rosto era comprido, fino, enrugado de sofrimento, e o queixo pontudo parecia enterrar-se no peito como um machado. Não era uma obra de arte; porém, o escultor tinha retratado em Cristo o arquétipo humano tal como o conhecíamos. E esse arquétipo era alemão. Numa tabuleta de pedra ao pé da cruz estava escrito em letras góticas: *Vater, vergib ihnen. Sie wissen nicht, was sie tun* (Pai, perdoai-os, pois eles não sabem o que fazem)

– palavras do Evangelho de São Lucas, enunciadas ao som de antiquados acordes de violão por Magor, num daqueles concertos em cidades pequenas que o Plastic People fazia, e cujas gravações Betka possuía.

– Veja só – disse ela, fazendo com a cabeça um gesto na direção da paisagem à nossa frente. Estávamos sobre um outeiro, o horizonte bordejado pela floresta. Aqui e ali uma casa arruinada se erguia sobre um avental de árvores, e os campos exibiam grandes cicatrizes onde os bancos tinham sido terraplenados e arados. Aqueles velhos limites de terra e de pedra empilhada, que separavam proprietário de proprietário, protegiam tanto as pessoas quanto a terra que elas haviam ocupado; diante daquele panorama semelhante a um crânio de barro e argila, não consegui evitar o sentimento de que a guerra comunista contra a propriedade e contra as *škůdci* – as pragas –, que eram suas donas, fora também, em todos os sentidos, uma guerra contra o solo. As colinas eram cruzadas em zigue-zague por trilhos como aquele em que estávamos, e algumas cruzes de pedra ainda pontuavam os campos, espalhando longas sombras vespertinas como mãos defensivas. Porém, aquelas cruzes, como vi, estavam enraizadas em outro terreno, que ficava bem abaixo da superfície, repleto dos mortos tementes a Deus.

– Você está entendendo? – perguntou ela. Ela se voltou para mim com a expressão séria que convocava minha condição de discípulo.

– Talvez sim – respondi, e fomos andando. O caminho nos levava por pomares cheios de ervas daninhas, repletos de maçãs e ameixas. À nossa esquerda havia casas abandonadas cuja cal estava manchada de cinza e trechos de alvenaria vistos pelo estuque caído. Aqui e ali, pedestais quebrados sobre os quais santos de pedra davam testemunho de alegrias desaparecidas.

Ela começou a falar comigo, pela primeira vez naquele dia, com voz tanto urgente quanto terna, como se transmitisse uma lição importantíssima para uma criança.

– Veja só – disse ela. – Deus pôs a mão nestes campos, e ela está aqui, invisível. Nenhum ser humano conseguiu erguer essa mão. Tudo o que conseguimos fazer é cobri-la com lixo. Estes campos não são nossos. Aqueles que os consagraram foram expulsos, mas sem renunciar a seu direito espiritual. Alguns, quando começaram as caças às bruxas, preferiram se matar a abandonar o lugar que Deus lhes dera. Este lugar é meu lar. Mas é um lar que foi roubado das pessoas que o construíram. Essa é a história da minha vida, e a história da sua também, se você não se importa que eu diga.

Ela pegou meu braço e pressionou seu corpo contra o meu enquanto andávamos. Suas palavras me perturbavam. Eu sabia dos tchecos alemães, do repetido chamado de Gottwald para que houvesse retaliação contra eles – não só pela ocupação nazista, mas pela Batalha da Montanha Branca, quando a antiga nação tcheca foi destruída –, e sabia que foram expulsos da própria casa. Agora, porém, eu vislumbrava, abaixo da profanação deliberada, o local consagrado que eles tinham feito. Aquelas pessoas, que em tempos difíceis se aferravam ao modo de vida que herdaram e foram punidas por esse erro, construíram um lugar em que a tranquilidade e a piedade atingiam uma forma tão concreta e visível que nem Gottwald e seus bandidos foram capazes de varrê-las por completo. Betka me mostrou as capelas ocultas entre ervas e trepadeiras, marcos talhados ao longo de trilhas na floresta, e num lugar as estações da cruz, que levavam, por arbustos intransponíveis, a algum sítio oculto de peregrinação. Suas palavras, ao mesmo tempo tão precisas e tão delicadas, pareciam não descrever as coisas que tocavam, mas dirigir-se a elas, como invocações dos mortos. De algum jeito ela fazia aquela terra devastada falar mais diretamente àqueles antigos anseios pela pátria, pela *domov můj* de nosso hino nacional, do que qualquer paisagem feita pelos tchecos. Claro, como Karel me lembraria, a *domov* tinha ficado escondida debaixo do *kitsch* socialista; para ele, essa paisagem seria para sempre parte da sombria piada infinda do comunismo. Para Betka, porém, não era assim. Pela primeira vez desde a prisão de papai, tive uma visão de casa, e era uma casa que ela imaginava com base em um modo de vida arruinado numa área rural saqueada.

 Chegamos a um lugar onde pequenos campos haviam sido alocados para famílias individuais na fazenda coletiva, as cercas consertadas, e as pradarias mantidas por causa do feno. Flores silvestres cresciam em meio à grama, e seus botões multicoloridos balançavam na brisa noturna. Betka me disse o nome de cada uma – *kokrhel, chrpa, šťovík*, rinanto-amarelo, centáurea-maior, azeda, segundo diz meu dicionário – e de outra, com pétalas serradas em rosa-choque, *slzičky panenky Marie*, "lágrimas de Nossa Senhora", da qual não encontro nome em inglês. Ela apontou algumas cabanas, recontando a história daqueles que moraram ali – pessoas que permaneceram de cabeça baixa e por algum motivo desfrutaram o presente da propriedade roubada. E então chegamos a um cadáver de árvores ao lado da trilha. Um caminho íngreme erguia-se na direção de portas duplas colocadas num arco ladeado por paredes de pedra. Um medalhão de pedra fora talhado no arco: ele mostrava a Virgem e o Menino, com as palavras *bitte für Uns* em letra gótica abaixo. "Rogai por nós, pecadores, agora e na hora de nossa morte."

Recordei uma conversa com padre Pavel. "Você não precisa acreditar em vida após a morte, disse ele, para dizer essa prece com convicção". Ao ver Betka tirando uma grande chave de ferro da mochila e girá-la na fechadura da porta dupla, entendi o que ele queria dizer. Todo tempo é agora; e onde há amor, tanto a vida quanto a morte movem-se à sombra do amor.

– Esta – disse ela, voltando-se para mim, – é minha casa. E você é o primeiro homem que eu trouxe aqui. O único homem que jamais trarei aqui.

Ela me deu um beijo com seriedade e me pegou pela mão. Adentramos um pátio em forma de ferradura cercado por choupanas de pedra. De um lado havia cocheiras baixas com tinas de barro à frente; aqui, disse Betka, era onde viviam os porcos. Do outro lado havia um estábulo com uma porta dividida, e um estábulo grande para vacas, com partições e manjedouras. Do lado de dentro, e de cada lado delas, havia abrigos para patos e galinhas, e, no centro, cercado por uma passagem de laje, um poço fundo – a esterqueira que aquecia a fazenda no inverno e era espalhada pelo solo toda primavera. No fundo, dominando esse reino autárquico, ficava a casa, um único andar de cascalho e reboco, da qual uma chaminé acima do telhado apontava para o céu.

Entramos por uma porta baixa e imediatamente estávamos no salão principal. O cômodo foi construído em volta de uma lareira de tijolos sobre a qual havia uma plataforma, e sobre esta a família dormia no inverno. De um lado da lareira via-se um armário de cozinha antiquado. Do outro, uma mesa e cadeiras de carvalho. Os cantos em frente abrigavam duas camas baixas sob almofadas coloridas, e, acima delas, janelas com pinázios fixadas nas fundas paredes de cal branca. Os vidros eram emoldurados por velhas cortinas de guingão que davam a aparência de um chapéu de criança em torno de um rosto sem mácula. A luz que entrava era filtrada e incerta, uma estranha reminiscência dos odores úmidos da floresta, luz que não destacava as coisas, mas se assentava por toda parte como uma névoa. Havia lâmpadas a óleo nos criados-mudos, e contra uma parede, uma prateleira grosseiramente talhada com livros de capa de pano em alemão e em tcheco. Pendurada acima desta, uma pintura do século XIX mostrava uma mulher de faces rosadas emolduradas por um colarinho alto e engomado acima de um vestido abotoado. À frente ficava um piano de armário. A coleção de canções folclóricas da Morávia de Janáček estava aberta acima das chaves, e na parede, atrás, havia um Calvário de gesso sobre uma base de madeira. A cristaleira continha tigelas e travessas, terrinas e caçarolas, instrumentos de bronze e de ferro de uma era mais diligente, mais dura, e mais pia, em que cada objeto tinha uma função precisa que o explicava, e cada função estava organicamente associada ao ofício de sobreviver.

Essas coisas, outrora valorizadas como meios, persistiam como fins, refestelando-se em sua natureza antes funcional. O efeito total do cômodo era de um santuário preservado, com gosto impecável, de uma vida que se fora.

Meus olhos foram capturados por uma velha escrivaninha abaixo de uma das janelas. Era de madeira marrom simples, com um mata-borrão e um tinteiro cinza de mármore. Ao lado do tinteiro havia um abridor de garrafa de ferro fundido, uma antiga caixa de fósforos cheia de clipes de papel e uma fileira organizada de canetas-tinteiro com alavanca de bronze para encher o diafragma de borracha em seu interior. Lembrei-me de outra caneta-tinteiro numa mão branca, a mesma mão branca que agarrara a correia de couro no ônibus para Diková Šárka. Mas nenhuma das canetas sem uso, reunidas na escrivaninha, tinha o corpo azul-mármore de que eu me lembrava. Uma espécie de névoa se abateu sobre meus pensamentos. Por um instante eu não soube quem era a pessoa que dividia aquele cômodo comigo.

Voltei-me para olhá-la. Ela tinha tirado o casaco. A camisa azul celeste e a calça branca, o perfil escultural, o pescoço comprido do qual o cabelo castanho se erguia num coque, e as mãos claras e pacíficas que tomavam posse das coisas em volta, tudo contribuía para a imobilidade. Ela era um espécime, arrumado, autocontido, e belo como o lugar em que estava.

Ela me disse que me sentasse enquanto preparava o quarto para nós. Olhei-a desempacotar as provisões da Sra. Němcová e guardá-las ao lado do aparador num armário com a frente em rede metálica. Olhei-a pegar fósforos no armário e iluminar as lamparinas a óleo no cômodo. Olhei-a pegar lençóis num baú entre as camas e arrumar a maior delas. Olhei-a ensaiar, como que numa homenagem, a vida de economias cotidianas que um dia enchera aquela casa. E seus gestos me diziam, mais do que poderiam as palavras, que aquele lugar era a origem de Betka, a lagoa de significado da qual ela tinha vindo, como Rusalka, para o mundo dos seres humanos, nunca perdendo o deslumbramento que implantara em sua alma.

Ela pegou uma das lamparinas para me mostrar a casa, levando-me por portas vermelhas de ferrugem abaixo de cujos lintéis nós dois tínhamos de nos curvar. Num corredor atrás da sala de estar havia um alambique para *slivovitz* e uma segunda chaminé, com espetos para assar e ganchos para defumar linguiça e presunto. Ao lado da chaminé, um balde de lata para carvão com uma pá de ferro fundido, e senti uma espécie de ternura por aquele objeto que falava com tanta eloquência de sua antiga função. O refúgio de Betka fora construído da inutilidade de coisas outrora úteis; você só podia pertencer àquele lugar da mesma forma que Betka, não pertencendo. Ali perto, num canto do corredor, ficava um grande tonel de pedra no qual, disse-me Betka, as ameixas seriam lentamente cozidas até virar geleia. Recipientes, garrafas, jarras, todos falavam da economia desaparecida da ameixa, que tinha sido a fonte de vinho, destilados, geleia, adoçante e molho. Uma ponta do corredor dava para um depósito cheio de ferramentas, com um banheiro seco e uma pilha organizada de lenha pronta para ser queimada. Na outra ponta ficava uma cascata de degraus de pedra, onde era guardada a comida.

– Comida de quem? – perguntei.
– A nossa.
– E quem somos nós?
– Eu, meu tio. E, às vezes, apesar de agora ele ter se afastado, meu primo Jakub.

O porão tinha sido desbastado na rocha, com saliências nas paredes que suportavam picles e damascos em grandes jarras vedadas. Garrafas de vinho sem rótulo, branco e tinto, ficavam numa prateleira no fundo do porão, enquanto no assoalho, em cada espaço disponível, havia vegetais – cenouras, nabos, batatas, rábano, cebolas – sobre camas de areia. Gotas de água translúcida condensavam-se em sua superfície, e contra a polpa verde-clara de um rábano, uma grande aranha negra tremia sobre as pernas congeladas. Antigos acessórios de fazenda estavam dispostos num recesso – correntes, ferrolhos e as pesadas dobradiças de um portão, a única lembrança ali da inutilidade do que reinava acima. Era como um local de fronteira, uma casa aprovisionada nas garras da adversidade. Recordei um versículo do Livro dos Provérbios que mamãe sublinhara três vezes em sua Bíblia: "Melhor é a comida de hortaliça onde há amor do que o boi gordo e, com ele, o ódio". E fiquei ainda mais curioso quanto a Betka, por ela ter adquirido uma casa como essa na época em que nossa nação não tinha casa.

Capítulo 18

Naquela noite, ela me contou. Estávamos sentados à mesa de carvalho, aquecidos pelo forno, com uma garrafa de vinho já meio vazia e ao lado da lamparina a óleo cuja luz se agarrava à parede como pedacinhos de papel branco. Betka tinha limpado os vestígios de nosso jantar de ovos, linguiça e batatas que ela cozinhara com silenciosa competência que não parecia pertencer a ela, mas ao espaço no qual se movia. Ela tinha evadido todas as minhas perguntas, às vezes com um beijo ou com um carinho, uma vez com o belo arranjo de Janáček para *Zpěvulenka*, peça para a qual sua mão direita, sobre o piano, fazia um contraponto sobre a voz como uma sombra a mover-se pelo ar. E agora ela estava sentada à minha frente diante da mesa segurando minha mão. Do lado de fora, ao entardecer, um rouxinol levava seu canto esfuziante de árvore em árvore. Do lado de dentro, estávamos protegidos contra o mundo, autossuficientes e confortados. Tudo parecia disposto com aquele bom gosto discreto que marcava Betka como alguém que jamais pertencera e jamais pertenceria aos despossuídos. Era como se ela tivesse criado um arco no tempo, contrapondo-se ao mundo do proletariado e de seu partido de vanguarda, aquele mundo acinzentado de filas, lajes e racionamentos, de igualdade obrigatória e sem alegria, em que cada olho sorridente era um ato de alta traição. A aristocrata dentro dela havia chegado à vida camponesa daquele sítio e juntado suas forças às dele contra a ruína ali existente. Eu estava calado, atônito com a presença dela, ora encontrando, ora evitando aqueles olhos imóveis, suaves, cor de luar. Enfim recuperei a voz.

– Posso contar uma coisa, Betka?
– Pode, mas já sei.
– O que é que você sabe?
– Você.
– E como?
– Eu queria mostrar a você como viver abertamente no espaço que eles permitem, como esquecer todos aqueles segredos imaginados e viver para si. E quando você ensina, você aprende. Você me ensinou a querer você. Por isso eu permiti que você entrasse na minha vida, e aqui está você, na cidadela, e eu estou contente, porque eu amo você.

Ela tomou um gole de vinho antes de recolocar a mão na minha.

– Meu avô veio a este lugar no fim da guerra. Ele veio com o Exército Vermelho, era membro de um batalhão improvisado de milicianos que na verdade nada tinham de milicianos, estavam mais para ladrões e vingadores. Estavam de olho em quem poderiam surrar e no que poderiam roubar. Forçaram os habitantes a usar faixas brancas nos braços, com a letra N, de nazista. Roubaram a terra e plantações deles, ferramentas e animais; faziam vista grossa quando as pessoas eram assassinadas, e riam quando se suicidavam. E depois tomaram posse das casas. Ah, claro, foi tudo feito muito corretamente, com documentos, comitês e carimbos; é assim que o comunismo funciona. O pobre Jan Molnar; que os vizinhos conheciam como Hans Müller, e para quem a placa que dedicava sua moradia a *heilige Jungfrau* expressava a integralidade de sua filosofia; viveu aquele tipo de vida sem culpa que você enxerga inscrita em cada objeto desta casa. Rezava para a Virgem Mãe e ela respondia em sua língua-mãe. Quando a esposa deles foi estuprada e morta por nossos aliados fraternos, ele fugiu com as poucas coisas que conseguiu empilhar na carroça, e seus dois filhinhos equilibrados em cima. Mas não chegou muito longe. Os russos o pararam na estrada e lhe tomaram o cavalo. Ele carregou as crianças dois, três quilômetros, e então buscou refúgio sob um calvário. Quem quer que lhe deu um tiro teve a bondade de poupar as crianças. Elas foram colocadas sob cuidados e mandadas para a Alemanha; duas dentre as centenas de milhares que foram expulsas pelo Acordo de Potsdam e pelos Decretos de Beneš. Que mundo teríamos sem carimbos!

Os olhos de Betka encheram-se de lágrimas. Porém ela falava com calma, como se repetisse uma história oficial.

— Um dia, quando este pesadelo acabar, e as pessoas puderem viajar livremente de leste a oeste, essas crianças, ou os filhos delas, ou os filhos dos filhos delas, vão voltar, atrás da herança. Eu guardo essa herança para eles, e este lugar, que eu chamo de minha casa, não é minha casa de jeito nenhum, mas um lugar que me foi confiado pelo sofrimento.

– Mas como você chegou aqui?

Ela fez uma careta de escárnio.

– A casa foi dada a meu avô pelo Partido, que sempre foi generoso com a propriedade alheia. O breve tempo em que ele fingiu ser miliciano rendeu frutos; ele foi comissário em Praga, onde trabalhou no Departamento de Habitação, e claro que ele precisava de uma segunda casa. Seu filho, meu pai, herdou-a no começo da década de 1960, quando eu nasci. E quando meus pais se divorciaram, há onze anos, foi decidido que meu pai ficaria em Praga, e minha mãe e eu seríamos banidas para este lugar, com o qual ele não se importava, já que aqui nunca acontece nada, exceto o sossego. Isso foi conveniente para todos. Afinal, papai estava indo bem no ramo de exportação, tinha uma namorada jovem e inteligente em ascensão no Partido, e mamãe havia descoberto tendências dissidentes que faziam dela um peso para o marido. O último serviço que papai lhe prestou foi ajeitar as coisas quando ela se candidatou a um emprego de professora de inglês em Moravská Třebová. A última coisa que ele fez para mim foi me dar uma teorba quando fiz quinze anos, um dia antes de ele ir embora para Praga. Nunca mais tivemos notícias dele, embora, é claro, você possa ler de vez em quando no *Rudé Právo* sobre os feitos heroicos do Camarada Palek, renomado especialista em comércio internacional.

"Então, quando eu tinha dezenove anos, decidi estudar em Praga, e mamãe casou de novo. Ela se mudou para Brno, onde seu marido era professor de inglês na Universidade Purkyně. Era um homem calado, nervoso, e conquistou mamãe numa conferência sobre ensino de inglês. Ela era a pessoa de quem ele sempre precisou para cuidar dele. Depois dessa época, quase não a vi; o marido de mamãe não gostava das minhas visitas, e ela raramente vinha até aqui para me ver. O irmão dela, meu tio Štěpán, plantava na primavera, colhia no verão e cortava lenha no outono; e às vezes Jakub, seu filho, vinha junto. Fora eles, eu não tinha ninguém além da Sra. Němcová, cujas filhas tinham se mudado para Ostrava e para Praga, e que me amava com o que sobrava de seu amor, assim como eu a amo. Por um ano fiquei sozinha com meus pensamentos, e meu único desejo era estudar na Academia de Música de Praga. Porém, não havia jeito de chegar lá depois de ter saído de uma escola secundária em Moravská Třebová. Enfim fui admitida na Escola Secundária de Enfermagem em Vinohrady, que foi o único lugar de Praga que aceitou examinar minha candidatura. Esse foi o começo de muitas aventuras, incluindo você."

Descobri muitas coisas sobre Betka naquela noite, enquanto sua voz macia, clara, às vezes lacrimosa, fornecia o sentido do doce canto do rouxinol do outro lado da janela. Ela me contou da época, quando tinha onze anos, que passou nos Estados Unidos, quando o pai era adido comercial júnior na Embaixada, e ela aprendeu o inglês americano e a autoconfiança americana numa escola de Washington. Falou de Lukáš, seu primeiro namorado, que ela conhecera em Praga, onde ele estudava medicina. De como se sentiu traída quando ele fugiu um dia para o Ocidente na mala do carro de um diplomata, depois de manter seus planos em segredo, até mesmo dela. Falou da grande mudança causada em sua vida pelos livros, e depois pelo *underground*, no qual ela entrara pouco a pouco, até que ele se tornasse uma casa – uma casa como esta, usurpada de outros que a ela tinham mais direito, pois os sacrifícios foram deles, mas ainda assim uma casa, num país onde tudo era roubado. De tempos em tempos ela me olhava com tristeza, como que para dizer que aquela mulher fugidia, ambiciosa, que enfrentava o mundo, jamais poderia ficar presa a um rapaz que ela tirou do esgoto. Ela vinha de um lugar que era dela porque não era dela, ao qual ela estava ligada sem ligação, que para ela seria para sempre uma casa porque não era uma casa, mas um sonho. E ela me deixaria, disso eu tinha certeza, assim que sua ambição exigisse, e com a terna tristeza que eu já conseguia ouvir em sua voz e enxergar em seus amados olhos.

Naquela noite, deitamos bem perto um do outro. As lágrimas de Betka no travesseiro misturavam-se com as minhas, e volta e meia eu sentia o toque de seus dedos, suave como o de uma mariposa, em meu rosto. Em nossa doce tristeza éramos marido e mulher. Todos os nossos gestos nos dias que se seguiram afirmavam isso. Andávamos juntos nos bosques e nos campos, juntando gravetos para o forno e flores silvestres para a mesa. Betka cozinhava e limpava, dedicava horas certas para leitura, caminhadas, canto, e para me contar histórias de nosso passado, das quais ela tinha muitas e eu só algumas. Ela lia para mim os contos de fadas de Erben, e as cartas de São Paulo, dizendo haver tirado muita força delas nas épocas em que beirava o desespero. Estudávamos o mapa local das aldeias antigas com os nomes que as costuravam à terra: Květí (o lugar das flores),   , Nebičko (pequeno paraíso), Bezpráví (sem lei). Pegávamos no galpão duas bicicletas que nos levavam pela trilha até a cidadezinha próxima e percorríamos as silenciosas pistas em torno de Veselí, onde um dia foram contados os *Contos da Raposa Astuta*. De vez em quando parávamos no silêncio da floresta para nos beijar. A alegria triste daqueles dias continua comigo. É minha lembrança mais preciosa, e a única razão que conheço para viver.

Capítulo 19

No terceiro dia ela partiu de bicicleta com certa determinação, seguindo por uma estrada que se bifurcava na floresta, onde uma placa dizia Nebičko. Eu pedalava ao lado dela. A luz da manhã se espalhava pelos galhos das árvores como bolas de fogo lançadas para um lado e para outro acima de nós pelos deuses. Betka me surpreendia por ser tão forte, tão em forma: enquanto eu arfava e suava, ela falava calmamente, quase sem ofegar por causa do exercício. Ela me dizia os nomes das árvores e dos pássaros; parava para ler os antigos marcos de pedra alemães, e chamava a minha atenção para os muros de pedra, para os cercamentos construídos para os animais, e para um santuário quebrado dedicado à Virgem acima de uma fonte de água fresca. Todas essas coisas eram preciosas para ela, e pareciam dirigir-se a ela desde o chão onde estavam semienterradas como os dedos suplicantes dos mortos.

Chegamos a outra bifurcação, onde um velho caminho de laje divergia da estrada asfaltada. Ali deixamos as bicicletas à beira da estrada e seguimos o atalho pavimentado até uma capela cercada de cabanas que consistia num único salão com paredes de estuque, coroado por uma empena de tijolos com sino da qual o estuque já tinha caído. Aquilo, disse-me Betka, era sua igreja, Nossa Senhora das Dores, fechada havia cinco anos, mas ainda um local de oração para aqueles que sabiam como entrar. O pórtico oeste fora tapado, mas uma porta lateral fugira à atenção do Departamento de Assuntos Religiosos, e um carpinteiro trocara a antiga tranca por outra. Pregada numa árvore próxima ficava uma casa de passarinho, da qual Betka tirou uma chave que nos permitiu entrar na nave lateral. Quando ela fechou a porta atrás de si, um melro assustado saiu voando, esganiçando feito giz no quadro-negro. Por um segundo ficamos imóveis.

Depois, atônito, vi Betka primeiro ajoelhar-se e em seguida fazer o sinal da cruz no limiar. Tocando minha mão, ela me deixou onde eu estava e foi na ponta dos pés até uma cadeira de uma fileira no centro da igreja. Ficou por longos instantes sentada com as mãos pressionadas contra os olhos. Eu não enxergava seus lábios, mas suas faces se moviam como se ela rezasse. Ela estava cercada pelo vazio: os objetos da igreja sumiram, e, ainda que a grande pedra do altar permanecesse, não havia nada sobre ela além de uma simples cruz de madeira. Não havia atril, nem púlpito, nem imagens nas paredes ocre manchadas de umidade. Aqui e ali um altar ou algum monumento tinham sido arrancados, deixando trechos de tijolo puro como feridas expostas no gesso. As janelas altas dividiam a capela em losangos de luz e sombra. Num fiapo de sol, o rosto de Betka brilhava como uma visão, e brilhava ainda mais forte com as lágrimas em suas faces. Fiquei perto da porta, perturbado com a transformação que se abatera sobre ela, sem ousar me aproximar por medo de precipitar a decisão, que eu sabia iminente, de eu vir a fazer parte de sua vida. E quando ela se voltou na minha direção, evitei os olhos dela olhando a abóbada circular da nave, onde imagens rococós desbotadas de santos faziam gestos absurdos no espaço vazio abaixo deles. Ela e a capela se envolviam mutuamente numa forma compartilhada de provocação, desprezando tudo que os proibira. Ela tinha surgido do nada, faminta por possuir o mundo. E essas coisas abandonadas respondiam à necessidade de Betka como o castelo adormecido ao beijo esperado.

Ela veio até mim e me deu a mão.

– Não fique com medo de mim – disse ela. – Eu também sou fraca.

Ela me levou até uma das cadeiras e nos sentamos em silêncio. Pombos arrulhavam no telhado da capela, e o som brando das vozes borbulhava na abóbada como crianças escondidas. Imaginei a congregação desaparecida, o padre no altar, as palavras murmuradas, e Betka adolescente, o manto da infância apenas caído de seu corpo, ajoelhando-se para receber a fé que lhe deixara essa marca indelével. Voltei-me para ela.

– É porque você é fraca que tem fé?

Ela me olhou com um ligeiro sorriso.

– Deus me encontrou aqui e me perdeu aqui. Na minha vida cotidiana, tenho tanta fé quanto você. Mas esta não é minha vida cotidiana. E, de qualquer jeito, todos precisamos rezar, você, eu, todo mundo.

– Mas eu não sei rezar.

— O importante, *miláčku*, não é pedir, mas dar: dar graças, pois é tudo o que temos.

Ela nunca tinha me chamado de "querido" antes. Era como se eu fosse todo dela, mas só naquele lugar especial, onde o amor de Deus, mediante um pedido seu, era brevemente ressuscitado. Ela se inclinou para mim, apertou seu rosto contra o meu, e ficamos sentados em silêncio. Tínhamos chegado ao ponto de virada. Ela tinha me levado ali para me guardar entre seus tesouros. E logo voltaria à vida cotidiana, para cuja periferia eu estava sempre banido. Por isso, sugeria ela, eu devia dar graças. E sim, eu dei, sem saber para quem, ou por quê.

Da minha janela enxergo o bairro ensolarado de Friendship Heights, onde gente obesa em roupa de verão caminha com o celular pressionado contra a orelha. Do outro lado do meu prédio de apartamentos alugados fica o jardim de infância do bairro, onde cartuns de bichos projetam sorrisos ocos das janelas, e adesivos em cores primárias me dizem que hoje é aniversário de Shirlene. Em minha mente vejo a imagem de duas figuras que se agarram uma à outra numa luz de santuário, rodeadas pela quietude como cinzas cadentes, e esse é um quadro em alguma passagem oculta, um altar mantido por um devoto secreto. O mundo que então nos cercava não possui equivalente hoje. Não estávamos presos em fios de comunicação por um cálido mar de confortos, sorrindo com cara de marionete e articulando palavras banais. Chegamos um ao outro de silêncios vastos e temerosos, usando os instrumentos que estavam disponíveis para nos darmos a conhecer. Nada nos protegia, exceto as amizades que tínhamos feito, e o conhecimento, adquirido com tanto cuidado e tanta dor, que permitia nos elevar acima de nossa situação. Éramos os últimos românticos. Nossas palavras eram poemas, e nossos atos, crimes. E porque vivíamos às escondidas, cada toque tinha a força de uma revelação. Olhando agora esse quadro, vejo as operações da necessidade. Foi necessário irmos àquele lugar, necessário sentarmos em silêncio, fundidos numa substância única, necessário Betka recitar os famosos versos de Karel Hynek Mácha, nosso primeiro poeta romântico, que papai me ensinara e que ela aprendera na escola:

Porque os anos tão doces, os anos da infância,
a fúria ensandecida do Tempo levou;
distante o sonho, sombra desaparecida:
alva visão de aldeias no útero d'água...

Foi necessário olharmos por longos minutos nos olhos um do outro, necessário sairmos daquele lugar na ponta dos pés, como que deixando ali nosso casamento, no lugar onde ele se fizera.

Esse senso de necessidade, que assombrou tudo o que aconteceu daquele momento em diante, está desaparecendo do mundo. Eu vivo no rescaldo de coisas inalteráveis; e dessas coisas aprendi a lição de Espinoza de que a liberdade é a consciência da necessidade. Aqui, na terra da liberdade, tudo pode ser alterado e nunca se obtém a liberdade. De bom grado eu abandonaria esta vida de múltiplas escolhas se pudesse voltar àquele breve momento de liberdade na floresta da Morávia, e outra vez experimentar a necessidade que atava amor e perda num só nó, que nos levou de mãos dadas, sem dizer uma só palavra, da capela para nosso destino.

Pedalamos lentamente de volta para casa, parando às vezes para olhar um para o outro, fazendo amor em silêncio uma vez ao lado de um riacho. Ficamos um pouco perto da água transparente. Nas profundezas, peixinhos enfrentavam a corrente, balançando a cauda para permanecer no lugar. Da distância veio o grito de um animal, talvez um cervo, como uma tampa sendo arrancada de um ataúde. Ela me tomou pela mão e disse:

– Vamos.

Acendemos o fogão, e cozinhamos o resto da linguiça da Sra. Němcova, com aquele estranho vegetal – *kedlubna*, ou rábano – que os americanos não comem nunca. Depois do jantar ela cantou para mim algumas canções folclóricas morávias com arranjos de Janáček. Numa canção, uma menina vaga pelo bosque, colhendo flores para atrair o amor, e os nomes de flor são como encantamentos, *kúkoli, polajka, dobromysel, navratnička* – queira-me-bem, não-me--esqueça, volte-para-mim. Os nomes e a melodia ainda me assombram, atados numa guirlanda em torno do rosto de Betka, que nunca mais se voltaria para mim como se voltou naquela noite, no lugar sem dono do qual ela era a dona.

Capítulo 20

Levantamos cedo na manhã seguinte, e Betka não disse quase nada enquanto preparávamos a casa para nossa partida. Estava tudo limpo e guardado, e havia uma intensidade no modo como ela fez isso que outra vez me levou para o perímetro de sua vida. Quando ela girou a chave nas portas duplas, ergueu os olhos para a *heilige Jungfrau*, e rapidamente fez o sinal da cruz, senti como se eu tivesse sido tirado às pressas de um local que a minha presença expusera ao perigo. Andamos em silêncio pelos campos de feno, pelas fazendas em ruínas, e pelos calvários, e em Krchleby ficamos lado a lado, ansiosos, esperando o ônibus.

Nós nos despedimos na Estação Central de Praga, já que ela estava apressada para o trabalho. Combinamos nos encontrar em dois dias no seminário de Rudolf, e Betka deu a entender que não estaria livre até lá. Por dois dias vaguei pelas ruas em estado de alheamento, quase sem saber onde estava. Visitei Karel na casa de caldeiras na esperança de que ele me alegrasse; porém, ele estava ocupado editando um manuscrito, e me pediu que voltasse no fim do dia. Procurei padre Pavel na oficina e, como não o encontrei, fui atrás dele na Igreja de Svatá Alžběta, onde, num canto, um homem de jeans sussurrava em seu ouvido. Agachei-me rápido, na esperança de que ele não me visse.

Um carro de polícia tinha outra vez fincado residência na nossa rua logo abaixo do apartamento. Sempre que eu passava por ele, os ocupantes – usualmente dois – viravam, como que ocupados, para outra direção. Uma ou duas vezes achei que estava sendo seguido, ainda que eu só tivesse essa impressão em momentos em que não podia verificá-la. Dois policiais tinham sido colocados a postos do lado de fora do prédio em que Igor morava, e pediam documento de identidade aos visitantes antes de lhes dar passagem. Igor estava dando aulas semanais sobre o Evangelho de São João, nas quais dizia que a ordem comunista logo seria derrubada, não por meios violentos, mas por um súbito autoesvaziamento, à medida que os servos do sistema discretamente abandonassem seu posto, deixando-os todos indefesos. Eu dava ouvidos a Igor, não para apreciar esse *nonsense*, mas para vislumbrar, por meio de suas palavras, a visão de São João, que recebera a missão de confortar a Mãe de Cristo, que um dia confortara minha mãe, e que certamente, se eu pudesse achar o caminho até ele, confortaria também a mim. Porém, eu não conseguia me concentrar em coisas sagradas sem deparar com a imagem daquela casa nos Sudetos da Morávia, onde a porta abaixo da *heilige Jungfrau* fora fechada para evitar meu retorno.

Se era por causa do meu estado de espírito, ou porque houve alguma mudança real nos mecanismos do poder, não sei; mas Praga naqueles dias parecia envolta numa nuvem de perigo. A polícia estava em toda toda parte; as ruas pareciam mais desertas que o habitual. E quando eu andava à noite, como costumava fazer, pois só voltava para nosso cubículo quando todas as opções estavam esgotadas, eu pressentia os passos logo atrás de mim, parando e voltando junto comigo. Um dia, depois de seu seminário, como fiquei sabendo, Igor foi detido – um acontecimento frequente, mas que entendi como advertência. Pouco depois, encontrando Karel na rua, fiquei atônito ao vê-lo passar direto por mim sem me cumprimentar. Depois, ao responder minhas batidas na porta da sala da caldeira, ele me entregou um bilhete. "Você está sendo seguido", dizia. "Não volte mais aqui". Fui até o apartamento de Rudolf naquela sexta levando itens de higiene pessoal e a Bíblia de mamãe numa pasta que pertencera a papai.

Havia outro motivo para ter cautela. Duas semanas antes, Rudolf tinha anunciado que receberíamos uma visita dos Estados Unidos, um renomado professor de filosofia que nos falaria naquela sexta sobre o conceito de direitos humanos. Seu nome era Martin Gunther. Ele escrevera dois livros a respeito, um dos quais passou por nossas mãos num dos seminários. Cheio de referências e notas de rodapé, sugeria uma indústria acadêmica dedicada a esse assunto que, para nós, tinha sido comprimido num manifesto e depois pressionado, como um ícone, contra o coração. Aparentemente, o professor Gunther tinha interesse pessoal no que fazíamos, estava ansioso para criar uma rede para nos ajudar em nossas atividades, e faria o que estivesse a seu alcance para nos oferecer, por meio dos canais disponibilizados pelos Acordos de Helsinque, professores e material que garantissem o progresso de nossos estudos. Disso eu concluí que o professor Gunther era ou ingênuo ou estúpido. Porém, de qualquer maneira, agora ele estava nos levando por um território imprevisível, e eu me perguntava por que Rudolf concordara com aquilo.

Capítulo 21

Cheguei cedo e encontrei Betka esperando nos degraus de baixo da escada. Ela veio até mim com um movimento precipitado feito uma andorinha. Seu jeito era estranhamente agitado. Nem me cumprimentou, nem olhou para mim, mas agarrou meu braço e me puxou para o recesso embaixo da escada.

– Depois da aula – disse ela –, cada qual segue seu rumo, certo?

– Para sempre?

Ela fez cara atrevida e se afastou.

– Deixe de bobagem. Apenas faça o que eu digo. Apareça na minha casa depois do trabalho na segunda que eu explico.

Ela não esperou resposta. Logo foi para a escada e subiu dois degraus de cada vez. Em seguida, fui vê-la na sala de estar de Rudolf, meio escondida num canto atrás do Sr. e da Sra. Černý, dois velhos e debilitados professores de filosofia que se recusaram a assinar a denúncia oficial da Carta 77 e por isso foram demitidos da universidade. Ela não fez nenhum esforço para cruzar seu olhar com o meu enquanto eu sentava no chão ao lado de padre Pavel.

O professor Gunther já estava instalado diante da escrivaninha de Rudolf. Desde que cheguei aos Estados Unidos e me familiarizei com o molde usado para criar aquele padrão, não fico mais surpreso com o típico indivíduo que era o professor Gunther. Naquele momento, porém, olhei para ele como uma criatura pertencente a outra forma de vida, tão relevante para a nossa situação quanto um pássaro migratório para o galho onde está pousado. Ele era jovem, tinha pele clara e sardenta, e usava óculos de aro grosso que se projetavam além dos limites de seu rosto estreito como as barras de uma gaiola. O rosto era móvel, do tipo que nós, tchecos, em nossas tentativas de não sermos vistos, já tínhamos abandonado. O nariz descrevia um ângulo reto perfeito com os finos lábios sem curvas, e ele empurrava a cabeça para a frente sobre o longo pescoço como um curioso roedor a explorar o ar além do próprio território. Usava um casaco verde folgado de algum material caro que nunca víamos em nossas lojas, e um relógio de pulso de um tipo que, em nosso país, só era usado pelos figurões do Partido que tinham liberdade de viajar para o exterior. Ele arrumou os papéis na mesa e repetidas vezes engoliu, de modo que seu proeminente pomo de adão se mexia para cima e para baixo na garganta como bola numa fonte. Porém, seu jeito sério era pontuado por irrupções de riso sociável, como se tudo em volta dele pudesse ser entendido, em última análise, como diversão. E sua boa aparência esguia fazia com que ele parecesse o protagonista de uma comédia da vida universitária. Imediatamente fiquei contra ele, desconfiando dele, mas desconfiando também do meu juízo. Rudolf explicou que era a primeira visita do professor Gunther ao nosso país, que ele viera em resposta ao apelo do próprio Rudolf por contatos acadêmicos com o Ocidente (o "mundo livre", nas palavras de Rudolf), e que sua visita seria a primeira de muitas, por meio das quais conheceríamos os últimos desenvolvimentos intelectuais de lugares em que o estudo era oficialmente permitido. O rosto de Rudolf brilhava de autossatisfação enquanto ele falava, e isso também me desagradava, porque eu via o episódio inteiro como provocação desnecessária. Não era possível que essa visita tivesse escapado à atenção da polícia, e agora todos nós corríamos risco por causa da imprudência de Rudolf a qual, na minha opinião, não passava de autopromoção. Porém, o professor Gunther estava gostando de sua parte naquilo, e levantou-se para dirigir-se a nós com aquele ar de humildade sem custo que vim a conhecer perfeitamente nos Estados Unidos. Suas palavras eram traduzidas por Lukáš, um garoto da minha idade, de cabelo comprido e ombro caído que, desde sua expulsão da universidade, tinha virado lenonista, para usar a expressão de Václav Havel – um devoto dos Beatles, do "outsiderismo" tão fácil de obter nos anos 1960, e da ética do protesto. Seu inglês era bom, mas na hora de traduzir termos filosóficos ele precisava improvisar, porque não há muitos deles na obra de John Lennon. Como resultado, a apresentação autoconfiante que o professor Gunther fazia de si próprio, como um privilegiado por interagir com as pessoas corajosas à sua frente, acolhendo com humildade o interesse naquilo que ele tinha a dizer, perdeu algo de seu necessário vigor. Eu não devia ser tão cínico. Porém, meu coração estava repleto de maus pressentimentos, por isso Martin Gunther ficara de algum modo infectado.

Enquanto Gunther falava, eu não parei de procurar Betka com os olhos. Mas em momento algum ela saiu de seu canto para mostrar o rosto. Éramos vinte naquela sala, unidos não pela coragem, mas por uma experiência compartilhada de derrota. Nosso visitante estava de pé à margem de uma arena em que a solidariedade dos estilhaçados estava em exibição, como num zoológico. Mas Betka não era parte disso, pois ela também estava à margem. No meu modo de ver, eles eram feitos um para o outro.

Gunther nos falou de sua grande preocupação com aqueles que lutam pelos direitos humanos. A palavra "luta" saía com frequência de seus lábios, e tinha um efeito deveras absurdo, já que Lukáš, que odiava o jargão comunista e se recusava a usá-lo, a traduzia não como *boj* ou *zápas*, termos da novilíngua cheios de beligerância, mas como *pokus*, experiência. Gunther expressava sua admiração pelo papel que desempenhávamos naquela experiência, e nos dizia que não sonharia em comparar a situação dele com a nossa, pois desfrutava de um emprego seguro na Universidade de New York, com liberdade para viajar pelo mundo em busca de experiências e conhecimento. Mesmo assim, ele achava que poderia dar uma pequena contribuição ao nosso empenho refletindo sobre o sentido dos direitos humanos, e o destino destes em seu país que, apesar de todas as virtudes, não era de jeito nenhum um bastião da liberdade individual que os oprimidos por governos totalitários faziam crer. Ele pausava de vez em quando para percorrer com os olhos a assistência, que se curvava para a frente com o rosto ansioso de animais cativos a observar a pessoa que lhes traz comida.

Os sons que enchiam o apartamento de Rudolf, fossem no inglês de Martin Gunther ou no tcheco de Lukáš, eram como uma imitação distante da nossa língua cotidiana. Palavras como "justiça", "opressão" e "poder", que associávamos a situações específicas e a formas específicas de punição, eram extraídas do uso comum e embrulhadas em sofisticadas teorias. Essas teorias não faziam sentido para nós, pois eram reivindicações de territórios acadêmicos em locais distantes que jamais poderíamos visitar. Lembrei-me de uma observação de Wittgenstein, cujas palavras estavam sempre nos lábios do padre Pavel: se um leão pudesse falar, nós não o entenderíamos. Rudolf tentava tomar notas, mas largava o lápis um ou dois minutos depois e começava a olhar com assombro para o intruso, que ia e vinha atrás da escrivaninha, os olhos muitas vezes voltando-se para o canto onde Betka estava sentada, invisível.

Kant, disse-nos Gunther, subordinava a ideia de direitos humanos ao imperativo categórico e à lei moral; Bentham descartava a ideia chamando-a de *"nonsense* de muleta"; Hegel achava uma coisa, John Stuart Mill outra. Novos pensadores enfrentavam a questão, e um consenso surgia pouco a pouco nos Estados Unidos de que os direitos protegem os grupos contra seus opressores. Gunther citava revistas acadêmicas americanas, as tradições do pragmatismo e do liberalismo americanos, filósofos como John Rawls e Ronald Dworkin, nomes que ouvíamos pela primeira vez, e as remotas disputas da classe acadêmica americana, que pareciam tão aplicáveis à nossa posição quanto os torneios dos bem remunerados lutadores de lama.

Em dado momento, o apartamento de Rudolf descolou-se de Praga. Estávamos viajando para a Lua, como o Sr. Brouček no romance fantástico de Svatopluk Čech, musicado por Janáček, o querido de Betka. Estávamos sendo carregados para o alto, cada vez mais, pela corrente de ar quente de Gunther, e vendo abaixo de nós os contornos do Absurdistão, para onde um dia teríamos de retornar e ser punidos por nossa fútil tentativa de fugir, mas que, por um instante, não tinha direitos sobre nós, pois estávamos protegidos por um sonho.

Abaixo de nós estavam os jardins formais de Letná, e a ampla rua com o nome de "defensores da paz", que do carro-patrulha estacionado na esquina aguardavam o momento de defender nossa paz contra a filosofia estrangeira. Encolhendo para o nada, estava o pedestal vazio da estátua de Stálin, cujo escultor cometera suicídio em 1955, pouco antes da inauguração dessa estátua que o envergonhava perante o mundo; mais longe ainda, o engordurado Vltava viajava rumo à liberdade com sua carga de lixo. Invisíveis, agora, estavam as ruas vazias, os bares furtivos, os ambientes sujos onde homens e mulheres passavam uns pelos outros em silêncio; invisível estava a cidade de sonhos dilapidada abaixo da crosta de medo, onde idosos inofensivos ainda se importavam com os mortos, e onde amantes suspeitos se deitavam juntos nas tardes roubadas. As correntes que nos ligavam à nossa cidade foram miraculosamente partidas, e agora flutuávamos para o alto num balão de ar quente movidos pela fala de Gunther. Estranhos rumores pendiam na atmosfera, como conversas sopradas em estações de águas no verão. Fomos alistados nas causas dos direitos das mulheres, dos homossexuais e dos grupos marginalizados. Ouvimos protestos contra escritores e pensadores americanos que desafiavam a marcha da história. Fomos advertidos contra ideias corruptas e conservadoras da liberdade que nada mais eram que disfarces para o egoísmo ou peças da ideologia do livre mercado. Ouvimos falar de forças demoníacas que estavam arruinando o mundo além das nossas fronteiras – corporações, lobistas, grupos de interesse, conspirações obscuras nascidas de uma falsa ideia de liberdade. Nosso conflito local em pequena escala era absorvido por uma "luta" tão vasta e abrangente quanto a da Revolução Russa. Porém, os contornos dessa luta eram desconhecidos de nós. Nada concreto ou familiar era sugerido pelas palavras de Gunther, e por algum tempo flutuamos num sonho de puras abstrações, libertados da realidade e observando, deslumbrados, o leão visitante.

Ele mencionou Richard Rorty, nome que ouvíamos pela primeira vez, que tinha mudado a vida acadêmica americana com uma nova teoria da verdade. A crença verdadeira, ficamos sabendo, é a crença útil, aquela que permite a você afirmar os direitos do seu grupo e atingir o iluminado platô da libertação. Verdade significa poder, como declararam Nietzsche e Foucault. Recordei nossa doutrina oficial, segundo a qual o poder do Partido e a verdade de suas teorias são idênticos. E quando Gunther nos disse que as reivindicações pelos direitos humanos, sempre que feitas por uma comunidade em busca de libertação, eram intrinsecamente justificadas, minha cabeça começou a rodar sem parar. De que lado ele estava? E de que lado eu estava?

Então tudo mudou. A especialidade de Martin Gunther, segundo ele nos informou, era o "direito ao aborto", esfera em que – será que ele ousaria dizer? – nosso país estava melhor que o dele. Houve uma súbita tensão na sala. É claro que a questão do aborto fora discutida na Tchecoslováquia. Porém, a Igreja Católica não tinha voz pública, e o assunto foi resolvido, como todos os demais, segundo a conveniência do Partido Comunista, que preferia abordar o problema das crianças indesejadas livrando-se dele antes que surgisse. Os mais jovens discutiam o assunto, mas sabíamos que estávamos tocando em algo temeroso e íntimo, para o qual nos faltavam palavras adequadas. Gunther estava oferecendo essas palavras, mas eu sentia que, ao invocar sua "máquina dos direitos humanos", de algum modo ele se equivocava, e isso certamente não seria bem-visto por Betka. Eu não estava errado.

Os olhos dele, que se dirigiam instintivamente para a direção de Betka, subiam e desciam, como que pressentindo uma refutação. Padre Pavel curvava-se para a frente com expressão séria, ajeitando para trás os cabelos desgrenhados e olhando atentamente o palestrante. As mulheres, disse Gunther, são uma classe oprimida, cuja natureza reprodutiva lhes foi roubada por estruturas patriarcais instaladas para o benefício dos homens. O direito da mulher de controlar seu próprio corpo é ignorado por um sistema de governo que a obriga a carregar um feto indesejado e por uma cultura que incentiva a violência contra médicos que lhe interrompem a gravidez. O discurso se tornara concreto, e estávamos despencando para a terra sob o peso de um novo tipo de novilíngua. A mulher, na visão de Gunther, deveria ser vista como vítima de sua gravidez; seu filho não nascido, não como ser humano, mas como feto, uma condição médica em busca de remédio. Ele discutiu um caso famoso da Suprema Corte americana, em que ficou definitivamente provado que a Constituição de seu país não concede direitos a fetos. E assim, com um gesto afável de triunfo compartilhado, ele concluiu sua palestra, afirmando que, por mais que nós tchecos sofrêssemos da injusta restrição de nossos direitos humanos, as mulheres nos Estados Unidos sofriam também.

Demoramos um pouquinho para captar o argumento; porém, uma coisa era certa: tínhamos pousado de volta com um solavanco no Absurdistão. Rudolf estava gaguejando um comentário, e eu senti uma pontada de piedade na hora em que ele tentou afirmar familiaridade com as obras a que Gunther se referira, e mostrar-se a par das discussões ocidentais contemporâneas. O rosto do padre Pavel incandescia de despeito, e ele se curvava para a frente, pronto para falar. Porém, foi a voz de Betka, falando em inglês do lugar onde se ocultava, que capturou a atenção de nosso visitante.

– Tenho uma pergunta. Quando você diz isso aos seus alunos nos Estados Unidos, eles entregam você? Você está colocando a sua vida em jogo? E outra pergunta. Imagine que você seja um de nós, nascido aqui, confinado aqui, proibido de circular sem permissão. Você ficaria preocupado por tudo isso ser muito fácil para você, um intelectual, falar como você fala, mesmo sabendo que em algum lugar alguém iria captar seu sinal e transmiti-lo, e que você se tornaria uma espécie de celebridade, como nossos famosos dissidentes?

Fiquei embasbacado com seu tom, que revelava profundezas de raiva e frustração de que eu jamais suspeitara. E havia também algo pessoal, como se ela estivesse distinguindo Martin Gunther como alguém que de agora em diante deveria ser responsabilizado diante *dela*. Ele respondeu imediatamente, confessando defeitos e os descrevendo com entusiasmo, como se cada um deles fosse um presente para Betka. Sim, ele era uma pessoa que levava uma vida confortável de classe média, cuja defesa dos direitos humanos era uma defesa de seu próprio privilégio peculiar. Não, para falar nos Estados Unidos não era preciso coragem, como era preciso para falar naquela sala. Sim, ele pertencia à classe que era de qualquer modo recompensada por essa coragem, como demonstrado pelo aval que a cultura concedia. Ele agradeceu à jovem ter deixado tudo aquilo tão claro para ele, e esperou que sua resposta não afetasse de maneira adversa a sensatez do que ele havia dito.

– Mas afeta – disse padre Pavel, que falava pelo véu esvoaçante do inglês de Lukáš. – Esses direitos de que você fala; você mesmo admite; são privilégios de pessoas de vida confortável. Segundo você, a mulher profissional tem o direito de matar a criança que prejudica sua carreira, ao passo que a criança não tem direito à proteção dessa mulher. Talvez seus juízes e filósofos, tão sutis, tenham argumentos impecáveis para pensar que os não nascidos podem ser descartados segundo nossa conveniência. Porém, para nós a palavra *právo* significa direito e também justiça, e é uma parte de *pravda*, que significa verdade. Eu sou o caminho, a verdade, e a vida, disse nosso Salvador, e ele deu sua vida para que vivêssemos. Nas catacumbas usamos a palavra "direito" não porque temos esses argumentos sutis, mas porque ela expressa a coisa que não podem roubar de nós, que é nossa humanidade. Ela nos diz que devemos proteger aqueles que não fizeram mal e que chegam ao mundo sem tê-lo ofendido. Mas você está nos dizendo que essas pessoas não têm direitos.

E assim começou uma explosão coletiva como eu nunca testemunhara no seminário de Rudolf. Diversas pessoas ergueram a mão, e Rudolf, cujo rosto demonstrava uma expressão nada familiar de perplexidade, lhes deu a palavra. Duas das meninas objetaram o argumento do padre: afirmaram que ateus e agnósticos também precisavam de guiamento nesse assunto, e, se não invocássemos a ideia de direitos, de onde viria esse guiamento? O poeta Z. D. sugeriu que a questão inteira era inapropriada para nossas discussões, porque dizia respeito a escolhas individuais e não à nossa identidade nacional. O Sr. e a Sra. Černý, que sempre davam uma opinião conjunta formada por frases ditas separadamente por cada um, expressaram sua preocupação de que, na terra da liberdade, os não nascidos estivessem tão integralmente à mercê dos vivos. E Lukáš, citando a famosa canção de John Lennon, convidou-nos a imaginar um mundo melhor, onde as crianças não seriam mais indesejadas.

O que chamou minha atenção nisso não foi a natureza vigorosa da discussão, por incomum que fosse, mas o fato de que se tratava *realmente* de uma discussão sobre uma questão concreta da qual as pessoas modernas certamente deviam ter uma opinião. E isso lançava uma luz nova e perturbadora sobre nossas discussões anteriores. Tínhamos saído do mundo das abstrações pesadas, dos rancores metafísicos, e dos nobres ideais a que Rudolf sempre nos convidava e com os quais estávamos de acordo. Tínhamos entrado num terreno espinhoso de conflito, divididos uns contra os outros, como indivíduos que seguiam cada qual um caminho distinto. Frequentávamos o seminário buscando a fé com a qual fortalecer nosso isolamento compartilhado, e nossas discussões semanais eram tentativas de concordância. As questões que nos acostumamos a considerar eram questões que poderiam ser resolvidas de qualquer jeito que quiséssemos, sem alterar em rigorosamente nada o modo como voltaríamos a viver na manhã seguinte, à fria luz do dia. De algum modo, Gunther trouxera o "ar de outros planetas" de que Betka um dia falara. Estávamos discutindo coisas como se nos preparássemos para tomar decisões reais, traçando para o futuro caminhos que seriam muitos e divergentes quando chegasse a hora da ação. Moldando a nós mesmos, pela primeira vez, como os cidadãos livres que um dia precisaríamos ser.

Claro que a disputa não era igualitária. Padre Pavel não tinha outros recursos intelectuais além de suas intuições de sacerdote e do dogma de sua igreja, ao passo que Gunther era cheio de sutilezas, e tirava exemplos de uma profusão de experiências mais ou menos desconhecidas de nós – a experiência de mulheres que trabalhavam em cidades do Ocidente, o modo de operar dos tribunais americanos, e as discussões em revistas acadêmicas dedicadas a questões de vida e morte. Minhas simpatias, porém, estavam com padre Pavel. Ele perdeu a discussão, mas trouxe à tona certa emoção pessoal que ia além do compromisso tranquilo de sua fé. Ele parecia falar com a autoridade do sofrimento, e eu sabia que esse sofrimento me dizia respeito de formas que eu só conseguia imaginar. Em dado momento, Betka interveio. A discussão apenas mostrava, disse ela, que essa ideia de direitos humanos era maleável demais para resolver nossas questões morais mais profundas. Era uma noção que não punha nada em xeque. E Gunther aproveitou essa oportunidade para trazer paz ao salão.

Sim, você tem razão, disse ele, acenando repetidas vezes com a cabeça. Nós progressistas temos o hábito de facilitar demais as coisas para nós mesmos. Vivemos num mundo em que não somos testados de verdade, do modo como vocês são testados. Cada expansão de nossos direitos é um custo para outra pessoa, e sim, a noção de direitos humanos não é adequada a esse problema. Seu raciocínio espiralou para a estratosfera dos conceitos: pessoa, liberdade, individualidade, identidade – e todos eles produziam em padre Pavel um franzir de rosto e uma sacudida de cabeça. Alguém mencionou o papa João Paulo II, que tinha inspirado nossa rebelião improvisada; Rudolf formulou uma pergunta, sua esposa desleixada apareceu com *chlebíčky*, e finalmente voltamos para a solidariedade dos estilhaçados. Betka saiu de seu canto com firmeza e com traços inescrutáveis, olhando para ninguém em particular, mas atraindo o olhar intermitente de Martin Gunther. Em determinado momento, ela puxou delicadamente a manga de padre Pavel, mas passou por mim sem me olhar, como se não fôssemos mais amantes.

Algum tempo depois dei uma desculpa para Rudolf e fugi para a rua. Um carro de polícia estava parado na esquina, com duas figuras sombrias do lado de dentro. Porém, elas não fizeram nenhuma tentativa de me interceptar, e segui adiante em meio a nuvens de solidão.

Capítulo 22

Primeiro fui em direção ao metrô em Vltavská. Mas depois mudei o caminho, desci até o rio, e andei rumo a oeste pela margem. De vez em quando um carro rasgava o silêncio. A ponte que levava o nome de Svatopluk Čech desfilava sobre suas fortes pilastras de uma estrada a outra, suportando nada além de um homenzinho magro debaixo de um chapéu amarfanhado. Aninhada no ombro da ponte, na margem, estava a pequena Capela de Madalena, como uma cobertura octogonal. Abaixo da cobertura imaginei o sopro de uma santa. Em seguida, reparei que um grupo de pessoas murmurava por ali; um carro de polícia que subitamente apareceu sob a ponte parou para questioná-las. Apressei-me ficando junto ao rio à medida que a rua descia para Malá Strana. Não vi ninguém na rua, não ouvi nada além do ranger das janelas e do fechar das portas. Depois um bonde noturno guinchou na praça, e pingos de chuva começaram a manchar os paralelepípedos.

No Újezd recordei a *Winterreise*, de Schubert, e a canção sobre a estrada que, uma vez tomada, não tem volta.

Eu tinha posto os pés nessa estrada, e eles iam adiante sem meu consentimento. Betka falava da *Winterreise* como algo além do deleite, além até da música, como algo num lugar só seu, sagrado, intocável. Só raramente, dizia ela, nós mortais podíamos entrar nesse lugar, e só por meio da penitência. Tudo dentro de mim, todas as memórias, imagens, melodias e pensamentos, levava-me para ela. Por trás de cada palavra que eu dizia interiormente a mim mesmo estavam as palavras *dela*, e atrás dessas palavras seu rosto, sua presença, sua música, seu modo de fazer amor. Parei na chuva ao lado da porta do pátio perto de sua casa, esperando que Betka aparecesse. Os pingos no meu rosto e no meu cabelo eram lágrimas de amor e ciúme. Logo eu estava molhado até a pele. E quando ficou claro para mim que ela não ia voltar, fui tomado por um acesso de tremedeira.

Eram três da manhã quando voltei para casa. O dia seguinte era sábado, e passei o tempo todo na cama, às vezes lendo a Bíblia de mamãe, e uma ou duas vezes levantando para olhar a rua, onde um carro de polícia estava estacionado. Eu não conseguia entender o que eles estavam fazendo, e, de qualquer modo, para mim era indiferente. Se eles me prendessem, ou se só ficassem me observando, que diferença faria? Meu estômago estava vazio, mas um vazio desesperado que recusa comida porque não encontra conforto em nada.

No domingo arrisquei-me a sair. Fui até a oficina do padre Pavel, mas não havia ninguém. A Igreja de Svatá Alžběta estava trancada, e havia tábuas pregadas nas janelas. Apesar da proibição de Karel, visitei sua sala da caldeira, mas ali fui recebido por um senhor idoso com a barba ridícula, cheirando a vodca, que se identificou como substituto de fim de semana de Karel. Depois, por longas horas, fiquei sentado na Ilha Střelecký, discutindo comigo mesmo se deveria aparecer no apartamentinho de Betka, e, por fim, fui para casa sem a menor intenção de chegar. Como as coisas eram mais claras no *underground*! Por um instante lamentei os passos que dera rumo à vida na verdade – passos do metrô para uma parada de ônibus, e de um ônibus para o reino da rainha Šárka. Parecia que eu estava seguindo algum espírito tentador, um fogo-fátuo ou *bludička* enviado do mundo inferior para desviar-me. Agora parece – em retrospecto, vinte anos depois – que esses pensamentos pertencem à aura daquela época, em que só se podia confiar nos livros, e a verdade não estava em lugar nenhum, exceto em suas páginas.

No dia seguinte fui até ela depois do trabalho, como ela tinha mandado. Ao abrir a porta, ela não deu um passo para trás com um pequeno floreio. Não me recebeu com um sorriso tão grande quanto seu erro e depois me levou pela mão até a cama. Em vez disso, ficou diante de mim em silêncio, com lágrimas correndo pelas faces, e os olhos vermelhos de chorar. Em seguida ela se curvou para a frente, fechando lentamente a porta atrás de mim e sussurrando meu nome. Nunca tinha visto Betka desse jeito: mansa, vulnerável, suplicante. Perguntei o porquê daquilo e ela não deu resposta além de uma sacudida de cabeça enquanto pressionava seu corpo contra o meu. O lugar parecia mudado. A pilha de *samizdat* estava ali, abaixo da janela. As imagens e as velas, nos lugares de sempre. A teorba, no estojo perto da parede, e a pasta cheia de partituras, encostada nela. Os livros, dispostos na prateleira na ordem de sempre, e o caderno, aberto sobre a mesa. Porém, estava tudo só um tantinho mais asseado que o habitual, como se ela tivesse levantado cada objeto e tirado a poeira antes de recolocá-lo no lugar.

 O *kilim* ucraniano marrom e azul que cobria a cama estava dobrado, e a *peřina*, o leito de penas, também dobrado. Abaixo da cama havia uma mala, que eu via pela primeira vez, já que usualmente a roupa de cama a escondia. Também visível estava uma caixa de papelão, com o nome Olga escrito na lateral com marcador preto. Por algum motivo o apartamento adquiriu um ar provisório, e o asseio e o bom gosto com que Betka dominava e ordenava seu entorno pareciam um verniz temporário.

 – Não fique zangado comigo, *milačku* – disse ela. – Eu não podia conversar com você na sexta. Não podia conversar com ninguém.

 – Mas por quê? – perguntei.

 – Diversas razões – respondeu ela. – E também nenhuma. Você não achou que ele era péssimo?

 – Quem?

 – O americano, o professor Gunther. Veio ver as criaturas exóticas no zoológico e acrescentar outra estrela ao currículo.

 – Ele sem dúvida ficou impressionado com *você* – eu disse.

 Ela fez uma careta enquanto se afastava de mim. Não estava mais chorando, mas havia um desgaste em seus traços, e ela fez amor com uma espécie de fome sem alegria. Era como se ela fosse a vítima de seu desejo, e não, como antes, deleitando-se por estar no comando. Ficamos deitados sem falar até que ela de repente se levantou da cama, foi até a teorba, e tirou-a do estojo. Ela cantou uma canção de Downland:

> *Come again, sweet love doth now invite*
> *Thy graces that refrain*
> *To do me due delight:*
> *To see, to hear, to touch, to kiss, to die*
> *With thee again in sweetest sympathy.**

Sua voz querida, aquelas palavras de uma época em que a vida era breve e cheia de luto, e a ideia daquela dulcíssima simpatia, gozada, mas de algum modo perdida para mim, foram demais. Chorei como uma criança na cama de Betka, e ainda estava chorando depois que ela guardou a teorba, vestida com a blusa azul-clara e a saia de pregas que usava para trabalhar, e me disse que era hora de ir embora. Ela me beijou com ternura; mas havia certa determinação no modo como me guiou até a porta. E essa determinação estava presente quando outra vez ela abriu aquela porta para mim.

---

* *Volta, o doce amor convida agora /*
tuas graças que se recusam /
a dar-me o devido deleite: /
ver, ouvir, tocar, morrer /
outra vez contigo na mais doce simpatia. (N. T.)

Capítulo 23

Foi na tarde do dia seguinte. Eu estava no limiar do estado de autorrepugnância. Sim, disse a mim mesmo, eu já a segui uma vez. Por amor e encantamento, entrei atrás dela no ônibus para Divoká Šárka, e do ônibus fui ao lugar que poderia ou não ser sua casa. Porém, na tarde anterior eu a seguira por ciúme e raiva. Eu decaí até o nível de nossos governantes, até o nível do indivíduo de orelhas de abano que fingia não me ver toda vez que eu o descobria. Afastei-me de portões quando ela passava, agachei-me nas esquinas que ela dobrava, olhei cada movimento dela, entrando primeiro numa quitanda para comprar frutas, depois numa padaria para comprar doces, depois na Igreja de São Tomé em Malá Strana, onde ela ficou um instante no pórtico observando o interior vedado. Eu a segui até a escarpa que levava o nome de Jan Neruda, cujos contos papai lia para nós quando éramos crianças, que escrevera sobre essas ruas ornamentadas com pedrinhas preciosas como se o próprio Deus as tivesse ladrilhado para o nosso uso. E quão sujo e doente me senti ao vê-la afastar um bêbado com bigode de leão-marinho, passar apressada por um rapaz que a olhou com olhos suplicantes, e subir os degraus do castelo. Ela foi até a casa onde morou o escritor Jiří Mucha, filho do pintor, e onde, por milagre, sua esposa escocesa Geraldine, que Betka considerava a melhor dentre os compositores modernos, de vez em quando residia. Abaixo de uma fachada regular de painéis de estuque cor de creme e rosa-salmão, abaixo de um afresco *naïf* que mostrava São João Nepomuk ascendendo das águas do Vltava para a glória, ficava uma porta com detalhes de bronze, incluindo uma aldraba em formato de cabeça humana. Para minha surpresa, Betka tirou um papel da bolsa, bateu com a aldraba, e ficou olhando a janela do primeiro andar, como se esperasse ver um rosto ali. Como ninguém apareceu, ela recolocou o papel na bolsa e seguiu caminho.

Segui-a até Loretánská, descendo a colina de U Kasáren até a Igreja de São João Nepomuk de Dientzenhofer, a favorita do padre Pavel, construída para o Convento Ursulino ao lado. Betka foi andando, sem olhar para trás, levando-me enfim ao Nový Svět – o Novo Mundo –, uma rua de casas prestes a desabar que dava para o muro alto de um jardim. A rua parecia abandonada, sem som nenhum além do canto dos pássaros entre as bétulas no jardim e o farfalhar do vento nas folhas. Agachei-me entre os mortos vigilantes, captando vislumbres de Betka enquanto ela andava com passos regulares pelos paralelepípedos quebrados. De repente ela sumiu. Descobri um caminho de degraus de pedra entre duas casas em estilo *gingerbread*. Levava a uma grande casa setecentista com enormes janelas francesas. Uma porta com desenho moderno exibia uma placa de aparência oficial de aço polido na qual se lia *Ústavní nemocnice pro chronicky nemocné děti* – hospital-residência para crianças com doenças crônicas. De trás da porta vinha o som de vozes de criança, e uma mulher – não Betka – disse: "quietos", por favor, deixem o Mikin ir primeiro. Afastei-me envergonhado, e corri na ponta dos pés para a Igreja de Loreta e para os degraus na escarpa.

Agora eu estava diante de sua porta, evitando seus olhos. Ela não disse nada, mas deu um passo para trás para me deixar entrar, e em seguida fechou a porta em silêncio. Estava escrevendo. O caderno estava aberto na escrivaninha, e ao lado dele havia um volume de *samizdat*; não um de mamãe, mas os ensaios de Vaculík, ensaios da Padlock Press criados pelos dissidentes oficiais. Perguntei por que ela passava tantas horas com essa literatura. A resposta me surpreendeu.

– Um dia, em breve–, disse ela, – a miragem vai desaparecer e vamos ver que estamos num lugar vazio. Haverá modos de progredir, modos de reivindicar esta terra sem dono que é a nossa. Alguém tem de ser o primeiro no campo dos estudos de *samizdat*: e essa pessoa não será Martin Gunther, nem Bob Heilbronn, nenhum dos nossos visitantes curiosos. Serei eu.

– Você realmente acha isso?

– Por que eu vivo assim, Honza? Já disse muitas vezes. Não sou dissidente; não sou uma pessoa do *underground*; eu quero conhecimento, amplitude, uma saída desta prisão. Mas quero também aprender com ela, quero guardar a experiência para uso futuro.

– Betka, você me assusta.

Ela se virou para mim de repente e me prendeu num abraço caloroso.

– É a palavra "futuro" que assusta você, Honza?

– Sim, porque você está se preparando para um futuro sem mim.

– E como seria um futuro *com* você?

– Não pensei nisso.

– Talvez devesse pensar.

Ela se soltou de mim e sentou-se à escrivaninha.

– Aliás, Honza, por que você me seguiu ontem?

A pergunta foi como o disparo de um revólver. Desabei na cama e fiquei sentado ali, calado.

– Não importa – prosseguiu ela. – Você acha que existem barreiras entre nós. E se eu tentasse explicar que não há barreiras, isso seria uma barreira.

– Você fala por charadas – disse –, e tudo o que eu quero é você. Só você.

– A mim? Não seria a sua ideia de mim que você quer? E não é esse o jeito deles de nos controlar, reduzindo-nos todos a ideias? Não é esse o verdadeiro propósito disso tudo?

E ela fez um gesto de despeito para a pilha de *samizdat*.

– Mas por que você está chorando, Betka?

– Ah, porque...

Ela se jogou ao meu lado na cama, e não disse mais nada. Seus gestos eram desajeitados e incompletos. O corpo parecia contorcer-se ao meu toque, como uma coisa ferida. Estávamos em pleno verão, e o sol passara por cima dos telhados, batendo agora no pátio. Os raios exploravam os cantos do apartamento, dobrando os papéis da escrivaninha. Tudo naquele lugar era provisório, equilibrado à margem das coisas, pronto para ir embora imediatamente. Eu também devia estar pronto, e com essa ideia me levantei e comecei a me vestir. Ela me olhava de longe, com um olhar de outro mundo, como a Vênus de Botticelli.

– Escute, Honza – disse ela. – O que aconteceu entre nós não tem volta. Você é parte de mim, e eu sou parte de você. Pode ser um erro, mas é também a verdade.

– A verdade – comecei, mas as palavras não vinham.

– Posso pedir um favor, Honza?

Fiz que sim com a cabeça.

– Você quer ir comigo à ópera na sexta? Tenho dois ingressos para a *Rusalka*.

– Tem certeza de que quer ser vista comigo em público?

Ela me olhou longamente, com firmeza.

– Acho que vou ignorar a pergunta – disse ela enfim. – Mas por favor, vá comigo ver a *Rusalka* na sexta.

Nós nos encaramos por longos momentos, ela sem esconder o corpo, deitada imóvel na cama, os olhos luzindo luar nos meus.

– E o seminário de Rudolf? – perguntei. – O professor Gunther vai falar outra vez.

– Você acha que eu quero ouvir aquele lixo? E de qualquer modo...

– De qualquer modo o quê?

– Amanhã temos ensaio. Quero ficar com você na sexta.

– E o hospital?

– Tenho a noite de folga. Podemos ficar juntos, aqui.

Eu não tinha perdido um único seminário de Rudolf desde que começara a frequentá-los. Betka também nunca sugerira nada disso. O seminário unia nossa comunidade com observância religiosa. Por que ela queria que eu quebrasse essa rotina sagrada? Afinal, a ópera naquela época não era nada de mais: os ingressos eram baratos, e as performances medíocres.

– Acho que devíamos ir ao seminário – eu disse.

– Não conte comigo – respondeu ela. Porém, detectei um desconforto em seu jeito que dava gosto à minha recusa. Pela primeira vez ela me dava a chance de feri-la, que aproveitei como se fosse uma libertação.

– Tudo bem – eu disse. – Mas eu pretendo ir.

Ela saiu da cama, veio até mim, e colocou os braços em volta do meu pescoço.

– Honza, estou pedindo um favor especial. Podemos ficar juntos, como ficamos em Krchleby. Por que recusar? Só por causa de um vampiro americano que quer nos adicionar à sua lista de créditos?

– Não por causa dele, mas por minha causa – respondi. – Por causa do futuro no qual eu deveria ter pensado antes.

Ela se soltou de mim e começou a se vestir.

– Bem – disse ela –, se é isso que você acha. Melhor você ir agora. E não me siga, ok?

Ela estava chorando. Olhei-a um instante, com a delícia agridoce que sua dor provocava em mim. Então fui rapidamente para o pátio, e daí para a rua.

Capítulo 24

Padre Pavel estava fechando a oficina quando cheguei. Ele trabalhava numa motocicleta Jawa antiga que precisava ficar trancada do lado de dentro para não ser roubada. Sorriu delicadamente enquanto lavava as mãos negras na pia de esmalte, e falou da beleza das motocicletas, especialmente dos modelos antigos de antes da guerra, montados com respeito amoroso pelos detalhes, que se erguiam de suas partes como uma obra musical se ergue de suas notas. Ele descreveu a Jawa como um "milagre mereológico" construído na época em que as pessoas ainda tinham olhos umas para as outras e para as coisas que usavam. Acrescentou que não havia jeito melhor de compreender o desastre do comunismo do que estudar o que tinha acontecido com aquela motocicleta quando a fábrica foi confiscada em 1948 e, dali por diante, movida pelo trabalho escravo.

– Mas é claro – acrescentou –, que não é sobre isso que você veio conversar.

Perguntei se podíamos ir juntos à Igreja de Svatá Alžběta.

– Venho aguardando este momento – disse ele, e fez um gesto para a porta. Deu um último olhar apaixonado para a motocicleta antes de sair, sua única indicação de apego mundano. Enquanto andávamos pelo cemitério arrasado, ele me contou que a igreja tinha sido arrombada e vandalizada.

– Reparei que havia tábuas nas janelas – eu disse.

– Ah, então de vez em quando você passa por aqui? – retrucou ele, lançando-me um olhar curioso.

Fiz que sim com a cabeça, mas não disse nada. Se alguma coisa dava testemunho da vocação sacerdotal do padre Pavel, era sua capacidade de propagar o silêncio. Com o padre Pavel, só tinham vez as palavras necessárias, e seu rosto despreocupado absorvia o silêncio como o rosto de um animal em descanso.

Estava escuro na igreja por causa das janelas vedadas, e, como as luzes no teto tinham sido desligadas, padre Pavel acendeu as velas que ficavam no altar. A congregação fizera o que era possível para arrumar o lugar: as cadeiras quebradas estavam empilhadas num canto, o atril tinha sido consertado com pedaços de pernas de cadeira, e as poucas cadeiras inteiras que sobravam estavam enfileiradas diante do altar. Um líquido de algum tipo tinha sido jogado na pintura de Santa Isabel, e uma mancha negra se estendia pelo seu rosto.

– Que aconteceu com *Informace o církvi*? – perguntei.

– Ah, era essa a cadeira que estavam procurando – disse ele. – Mas não encontraram.

– Como assim?

Ele deu de ombros.

— Quando levaram Igor para interrogatório, tive um pressentimento de que logo receberíamos uma visita. Está na oficina, se você quiser ler. E, aliás, soltaram Igor, e não vão registrar queixa.

Sentei-me ao lado dele numa das cadeiras. Não fiquei surpreso porque um tcheco que pensava por conta própria, que considerava a religião uma recusa desesperada de admitir nosso desespero, poderia tropeçar repetidas vezes em "momentos de verdade" que seu pensamento julgava impossível, momentos como o da Bíblia de mamãe, como o da vandalizada Igreja de Nossa Senhora das Dores, como este em outra igreja vandalizada, ao lado de um homem que, por alguma razão, achava que valia a pena sacrificar os escassos confortos permitidos por nosso regime por um credo nem crível nem crido. Voltando agora a esses momentos, também os reconheço como momentos da mentira, e também sei que, em sua manifestação mais intensa e mais transformadora, a verdade e a mentira prosperam lado a lado, em conflito.

A ideia me assusta. Ela não tem lugar no mundo do outro lado de minha janela, e me proíbe de pertencer a ele. Que lugar existe nos risonhos Estados Unidos para uma ideia como essa? E que instinto foi aquele que me levou a me confessar ao padre Pavel, e no ato da confissão inventar uma vida de pecado?

Não olhei para ele enquanto falava. Seus olhos, como os meus, repousaram na imagem de Santa Isabel, cujo rosto sangrava numa mancha marrom contra o céu de giz. De tempos em tempos ele afastava a mecha de cabelo da testa, como que limpando o caminho para minhas palavras entrar. Comecei com papai, primeiro hesitando, mas fiquei mais confiante à medida que descobri um papel para mim mesmo, como aquele que nunca tinha expiado sua própria falha trágica de não amar o bastante aquela pessoa inocente. Outra vez imaginei o dedo de papai seguindo as linhas de livros assombrados pelos fantasmas que nossos governantes queriam exorcizar. E recordei nossas férias de verão quando acampávamos nas montanhas Krkonoše, nossas noites em casa com sua coleção de discos de vinil, nossos Natais em torno da Belém de Ivana, onde, entre vacas e cavalos de chumbo, no colo de uma Virgem feita de limpador de cano, ficava o pequenino Menino Jesus embrulhado, em cuja existência nenhum de nós acreditava.

Deixei vir as lembranças: miudezas, coisas de família, até minhas malcriações de menino, incluindo o roubo da linguiça de fígado feita por mamãe, a briga na escola com Miroslav Fiala, a tentativa, por motivo nenhum, de fugir, quando cheguei até Chomutov e a polícia me pegou e telefonou para a escola de papai, e ele veio me buscar sem o menor sinal de censura em seu rosto querido, mas com os olhos baixos e a mão trêmula, me tocou como que para testar se eu era real. E enquanto eu falava me ocorreu, talvez pela primeira vez, que um dia eu fui criança, que eu não nasci naquele dia em que ele foi levado para sempre, e que desde aquele dia meus pecados assumiram outra natureza – não eram mais malcriações, mas um medo crescente, que ia dominando a alma, de outras pessoas, uma recusa de amar e de ser amado, que era o verdadeiro motor daquelas jornadas subterrâneas, e do qual só despertei quando segui uma garota desconhecida até Divoká Šárka, e, como consequência de uma imersão kafkiana em meu próprio absurdo, entreguei mamãe nas mãos da polícia, e dali para a prisão de Ruzyně.

Enquanto meus pecados eram desnudados, uma espécie de paz descia sobre mim. Contei a vida de mamãe, descrevi suas esperanças, o amor sofrido e mudo pelos filhos, a disposição de perdoar Ivana, que tinha se isolado de nós por alguma razão compreensível – um amante, talvez um noivo, cujo afeto não sobreviveria à revelação de nossos crimes. Pouco a pouco, minha sensação de isolamento virava uma antiquada questão de família, inteiramente desprovida de tons eróticos, de modo que Betka pairava à margem dela, inofensiva e fora de alcance. Esse era o efeito da mudez de padre Pavel ao meu lado, envolvendo-me numa névoa de contrição. E, por estranho que parecesse, eu sentia que ele sabia de tudo o que eu não estava contando, que ele, por algum processo telepático, estava afastando meus sentimentos da menina de Divoká Šárka cuja identidade eu não precisava revelar ao lugar de onde vem a salvação. Afinal, o que é a salvação senão a possibilidade de confessar as próprias faltas, e de abrir-se à expiação?

Ficamos algum tempo em silêncio. A luz bruxuleante das velas do altar criava uma poça de sombras profundas abaixo dele, na qual os pequeninos movimentos de suas mãos eram registrados. Eu não conseguia dizer se ele estava rezando. Quando enfim ele rompeu o silêncio, foi com um sussurro sibilino.

– Nossas faltas estão no que ocultamos, não no que mostramos.

— Sim — eu disse —, e é por isso que os padres são necessários. Nós vamos até vocês para sermos desmontados. Mesmo não crendo no que vocês creem.

— E em que eu creio, Jan?

— Que Deus existe. E que o que eu disse foi um monte de mentiras.

— Nós amamos a Deus, Jan, por meio do amor de sua ausência. Isso é amá-lo de outro jeito, de um jeito melhor. E o que você me contou foi a verdade. A mentira é o que você não me contou: aquilo que você escondeu por segurança, aquilo que você ama mais do que devia.

— Então você sabe? — eu disse, voltando-me para ele.

Nesse momento, foi como se seu rosto estivesse sendo iluminado por trás. Seus olhos perderam a suavidade, e a parte branca se destacou com um brilho leitoso. Os pontos de barba por fazer nas faces pareciam pequenos punhais apontados contra mim, e os lábios estavam recuados em relação aos dentes, revelando um tumultuado aglomerado de pináculos entre intervalos de sombra. Não era mais o rosto de um santo de madeira, mas uma paisagem primeva, moldada pelo sofrimento e pela monótona e triste mesmice do mundo mortal. Todavia, era também o rosto de alguém capaz de lutar para se defender.

— Existe outra pessoa dentro de você, Jan, uma pessoa que vive na imaginação, que rejeita a realidade porque a nada ela se compara.

— É essa a leitura que você faz da minha vida?

— A sua vida é uma ficção. Você decidiu amar ficções, já que elas não podem lhe fazer mal. Não estou falando só da garota de Divoká Šárka, ainda que seja importante aprender que você a imaginou. Você, aliás, não é a única pessoa que vive assim. Esse é o maior feito deles, dividir nosso país em dois: de um lado, os cínicos que vivem sem moral, e de outro as almas puras que não sabem o preço de nada, e que, portanto, se recolhem no mundo da imaginação para ir atrás de seus belos sonhos.

– E você? – perguntei. – Qual dos dois você é?

Tão de repente quanto tinha sumido, seu antigo rosto voltou, e ele me olhou com aquela suavidade indescritível, afastando a mecha da testa, e acenando com a cabeça como quem acusava o recebimento de uma verdade inegável.

– Eu só sei que Deus se retirou do mundo, e que ele faz com que cada pessoa sinta isso do seu jeito. Ah, eu já tive minha cota de fantasmas. Já persegui amores imaginários assim como você. Mas aprendi a consignar minha vida ao que é ausente e intocável.

– Você fala por enigmas, padre.

– Não, Jan, você é que vive em enigmas. Por muito tempo você quis falar comigo sobre a coisa que realmente importa na sua vida, e você evitou, como se toda mudança devesse vir de fora de você; uma mudança no nosso sistema político, por exemplo, outra invasão, um ataque da ŠtB.

– Então o que é que realmente importa na minha vida?

Era parte do dever sacerdotal de padre Pavel xeretar desse jeito? Imagino que sim. Apesar de toda a sua sofisticação, ele acreditava naquela coisa que chamava de alma – *duše* –, cujo nome em tcheco evoca a desarmante suavidade de suas maneiras. Ele acreditava no outro Jan dentro de mim, aquele que nunca pertenceu ao mundo da luz do dia, e cujo destino eterno era uma de suas preocupações pessoais.

Porém, também isso era ficção, e, ao acreditar nela, padre Pavel se punha ao meu lado, numa saliência precária acima do abismo do nada.

– Permita-me primeiro explicar o que é importante para *eles*. Não é só que você seja obrigado a viver, como diz Václav Havel, dentro da mentira. É também que você precisa criar uma vida em que verdade e falsidade já não sejam distinguíveis, de modo que a única coisa que importa seja sua própria vantagem, a ser buscada da maneira que você puder. Desse jeito, aprendemos a desconfiar uns dos outros, e cada chamado ao amor envolve um chamado à traição. O precioso elemento do qual a própria alma é feita, o elemento de sacrifício, que fez com que uma pessoa desse sua vida por todos nós, esse precioso elemento é removido de todas as nossas relações uns com os outros e lançado na pilha de lixo da história. Quando eu rezo, rezo para aquela pessoa que é o caminho, a verdade e a vida. E neste exato instante sua mãe também está rezando para ele.

Suas palavras eram uma espécie de advertência. Se ele estava se referindo a Betka, eu não sabia. Mas de repente ficou óbvio para mim que eu nunca, nem por um momento, cheguei a cogitar como eu poderia abrir mão de alguma vantagem em benefício de Betka. O sacrifício não tinha vez no que eu pensava a respeito dela, e exatamente por essa razão meu amor por ela crescera em torno de um núcleo de desconfiança. E padre Pavel tinha razão em lembrar-me de mamãe, cuja vida fora de sacrifício contínuo, que nunca desconfiara de ninguém próximo dela, nem mesmo do subgerente da fábrica de papel, que a condenou no tribunal como agente sionista e inimiga do povo tchecoslovaco.

Eu não podia rezar à pessoa que se dizia o caminho, a verdade e a vida – não por orgulho, já que eu me agarrava à borda do abismo, mas porque eu acreditava que Ele era ficção, que seu poder consistia apenas na quantidade de sofrimento indefeso despejado em Seus ombros imaginários, e que por causa deles caiu no vazio. Porém, pedi ao padre Pavel que rezasse por mim e por mamãe, e disse que agora começaria a viver por ela apenas.

– Não só por ela, Jan. Mas por ela no mínimo. Porque você sabe que esta vida de desconfiança cínica vai mudar, talvez não tão cedo, mas mesmo assim repentinamente. Ela vai precisar de você mais do que nunca.

É claro que eu já tinha ouvido aquelas risonhas profecias: estavam sempre nos lábios de Igor, e diversas pessoas de mais idade no seminário de Igor lhes davam crédito. Até Betka parecia agir como se acreditasse que o pesadelo iria acabar, preparando-se para uma carreira num ambiente diferente do que conhecíamos. Porém, eu descartava essas profecias como parte da grande ficção que padre Pavel subscrevia, a ficção de um criador benigno capaz de olhar a humanidade escravizar-se, reduzir-se à condição de antipatia mútua e em geral constituir-se sem amor, indigna de amor, e ainda assim ter planos de nos salvar. Deus, se existia, certamente não era tão tolo.

Capítulo 25

O estranho era que esses pensamentos céticos, que eram minha resposta normal à religião, recuaram para o plano de fundo. Sentado com padre Pavel na igreja em ruínas, com as cadeiras quebradas empilhadas num canto, duas velas em xícaras rachadas no altar bambo, a pintura manchada da santa, e as janelas quebradas e fechadas com tábuas, eu soube que estava num lugar consagrado, que todo pensamento e toda linguagem tinham ali um sentido diferente, assim como a música tem um sentido diferente quando é soprada no silêncio. O Deus de padre Pavel se retirara do mundo, mas como o mar se retira, deixando atrás de si aquelas poças de água clara onde ainda habita o espírito. E qualquer que fosse nossa condição, por mais manchados que estivéssemos por esses cálculos sórdidos por meio dos quais éramos forçados a viver, podíamos nos banhar nessas águas secretas e nos refrescar.

Assim foi que, em minha jornada de Svatá Alžběta até Gottwald, senti um pouco da calma do confessionário: a calma que vem quando a expiação enfim é aceita e iniciada.

Havia alguns meses que eu já evitava o metrô, que fazia parte da vida que eu deixara para trás. Os bondes também me davam repulsa, lotados que estavam com a mesma carga silenciosa. Eu andava para todo lugar, os olhos baixos para o mosaico de pavimentos que debruava os robes esvoaçantes de nossos prédios e os costuravam à rua. Aqueles pavimentos feitos de pequenos cubos de arenito branco e granito azul estavam então em mau estado, pontuados por poças, e em certos pontos pareciam empilhados. Porém, eram um símbolo de nossa cidade e do cuidado despendido ao longo de séculos para dotar aquele lugar de alma. Minha própria alma também fora gasta e pisada, amontoada e esburacada, e precisava ser remontada. Eu seguia seu padrão, muitas vezes inventando-o onde se rompia ou ficava obscurecido, ouvindo o som dos passos nos paralelepípedos. Eu estava ciente de frequentemente ser seguido, esperava o tempo todo ser parado e questionado, e nunca tinha certeza se não seria enfim um alívio ser detido. O que eles esperavam ganhar com minha espúria liberdade? Não tinham as provas de que precisavam para levar a mim e a todos os outros, Betka e padre Pavel, para o porão?

Fui parar na Praça Wenceslas, onde turistas se reuniam em hotéis de luxo, e as jovens prostitutas, algumas tão bonitas e sedutoras que eu mal conseguia desviar os olhos, vagavam entrando e saindo dos bares. Só estrangeiros tinham dinheiro para ficar nesses lugares, e eu olhei pela janela do *Zlatá Husa*, o Hotel Golden Goose, sabendo que nosso visitante americano teria procurado um lugar exatamente como aquele para completar sua experiência – talvez na esperança de uma orgia como a descrita por Philip

Roth num conto sobre a Praga daqueles dias, tal como os americanos a imaginavam.

E sim, ali estava ele, imerso numa conversa perto da janela, ao lado de uma luminária de mesa erguida por uma ninfa d'água nua em bronze. A garota a quem ele se dirigia estava de costas para a rua, mas acenava vigorosamente com a cabeça – portanto, prostituta de alta classe e fluente em inglês que lhe custaria não só dinheiro, mas também o risco de chantagem. Ele era ainda mais burro do que eu pensava, e merecia a armadilha, qualquer que fosse, para a qual estava sendo levado. Claro que era absurdo pensar que Betka, a minha Betka, pudesse estar jogando esse jogo, e a semelhança daquele longo pescoço e do cabelo preso com os da minha amada, minha ex-amada, devo dizer, certamente era acidental. Afastei-me para que ela não se virasse e me visse, observando as janelas como um louco, como o Doppelgänger naquele poema assustador de Heine que Schubert transformara em canção ainda mais assustadora.

A nuvem de paz que me cercava foi embora, e eu me apressei para alcançá-la. Atrás de qual esquina de nossa cidade teria ela desaparecido? Estaria no grande átrio do Museu Nacional? Aguardava ao longo da Avenida do Fevereiro da Vitória, a data do golpe comunista, para reencontrar-se comigo em minha caminhada rumo a Nusle? Estaria na esquina da Bělehradská, pronta para me acompanhar até o vale, cruzando o Botič e a linha de trem e ladeira acima até Gottwald, onde o carro de polícia ainda estava parado, como reparei, no fim de nossa rua? Ao menos me esperaria no pé de nossa escada, com o elevador quebrado e os degraus de concreto mal iluminados, e finalmente me levaria com delicadeza ao solitário cubículo onde mamãe e eu, à nossa maneira, fôramos felizes? Ou teria flutuado antes de mim pelo patamar e por nossa porta quebrada, para dobrar-se entre as páginas da Bíblia de mamãe?

Em vão a procurei. Passei a noite acordado, compondo em minha cabeça uma carta para mamãe. Recordei todas as coisas boas da infância, agradeci-lhe a dedicação, implorei-lhe o perdão de meu erro imbecil. Uma carta como essa jamais poderia ser enviada a Ruzyně, e, quando finalmente caí no sono, foi com a imagem dela espremida numa cela fétida com ladras e estelionatárias, ouvindo-as gritar para seus encarcerados amantes pelo buraco da privada no canto da cela. Fui trabalhar na manhã seguinte decidido a contatar Bob Heilbronn, e a começar uma nova campanha pela libertação de mamãe.

Ao chegar para pegar minha vassoura e minha pá de lixo, encontrei o Sr. Krutský tão agitado quanto eu.

– Veio uma garota aqui e deixou um bilhete para você – disse ele. Os olhos aquosos revolviam sem dirigir-se a mim, e as mãos gordas tremiam contra o tampo de sua velha e surrada escrivaninha.

– Cadê? – perguntei.

– Eles levaram. Quase imediatamente depois que ela saiu, o carro deles veio cantando pneu contra o meio-fio, e dois deles logo saíram, os mesmos que costumavam vir pegar meu relatório. Não estou gostando. Por que não prendem você em vez de ficar jogando esses joguinhos?

Ele se dirigiu à parede cinza da oficina do departamento de limpeza onde estava pendurado um aviso que proibia cuspir, fumar e tomar bebida alcoólica. Ele se sentia confortado pelo aviso, que só proibia coisas reconhecidas e inocentes. Sempre que estava sob pressão, ele fixava os olhos no aviso e reduzia sua fala ao mínimo.

– Como era ela? – perguntei.

– A garota? Bonita, arrumada, magra, bem-vestida, de saia azul. Disse que não podia esperar. Mas tem uma coisa engraçada. Ela disse que o bilhete era para você. Mas não era o seu nome que estava no envelope. Estava escrito "meu erro", como se fosse um pedido de desculpas. Não sei por que você precisa trazer essas coisas íntimas para o trabalho. Isso vai dar encrenca para todos nós, tenho certeza.

– E o que eles disseram quando tiraram o bilhete de você?

– O que é que eles sempre dizem? "Você está de posse de um bilhete que precisamos ler", uma coisa assim. Eles olharam o envelope, e um deles, o gordo com rosto flácido, riu e pôs o envelope no bolso.

– Só isso?

– Eles deram uma xeretada. Olharam os bolsos do seu colete. Me mandaram escrever outro relatório. E depois saíram a toda velocidade.

Deixei cair minha pá e minha vassoura e fui para a rua, ignorando os protestos do Sr. Krutský. Só depois de bater em vão na porta de Betka por vários minutos me dei conta de que estava usando a roupa laranja fosforescente da minha profissão. E quando, ao me afastar, passei pelo sujeito de orelhas de abano que estava no pé da escada, disse alto "limpeza completa", e continuei andando com passos firmes. Mais tarde, escrevi um relatório para o Sr. Krutský enfatizando meu comportamento errático, descrevendo como eu tinha corrido da oficina para a rua e depois voltado, como se isso tudo fosse parte do meu trabalho, e como eu tinha de qualquer modo ficado distraído por vários dias, como se estivesse planejando alguma iniciativa interessante para a qual me faltava iniciativa. Ele ficou muito contente, e como de hábito não reparou nos erros de ortografia que eu sempre incluía como prova de que era ele o autor.

Capítulo 26

Não fiz novas tentativas de contatar Betka. Presumi que tinham preparado uma armadilha, pelo menos para ela e provavelmente para mim também, e isso não poderia ser evitado. Fui para casa em Gottwald, comecei de novo a compor uma carta para mamãe, e depois fui até o *hostinec* para uma caneca de cerveja. O carro de polícia não estava mais na esquina. Agora era verão, e a noite espiava pelas janelas de nosso conjunto habitacional como que reunindo provas. Fui tomado por uma sensação estranha. Sentia que não pertencia àquele lugar, e que tudo o que acontecera nas últimas semanas tinha na verdade acontecido a outra pessoa, em cuja vida eu ganhara um assento na primeira fila, mas cujo destino em última instância não me dizia respeito. Subi lentamente as escadas, parando em cada patamar para dar um gole na caneca, e ouvindo distraidamente os sons das famílias, algumas desfeitas, outras inteiras, cada uma em sua rotina noturna. Muito, pensei, era permitido aos que viviam dentro da mentira. Você podia ter família, ir à igreja, fazer cursos por correspondência e embarcar numa carreira interessante que traria a realização. Era igualmente possível viver sozinho, pulando de amante em amante, vendo futebol e propagandas ridículas de trator na televisão, e de vez em quando se embriagando esplendidamente com os colegas. O espaço dentro da mentira era limitado, mas confortável; fora de seus muros, porém, um vento frio soprava o tempo todo, e o efeito nunca podia ser previsto ou controlado.

Sentei-me com esse pensamento e com minha caneca de cerveja, e voltei à carta para mamãe. Eu tinha começado a escrever sobre o amor de papai pela música, refletindo sobre o modo como nossa impotência nacional encontra caminho nas notas – Suk na Sinfonia Azrael, por exemplo, o *Diário do Desaparecido*, de Janáček, a *Rusalka*, de Dvořak. Escrevi de um jeito que nós dois teríamos achado, apenas alguns meses antes, impensável e até indecoroso. Então a campainha tocou. Pelo olho mágico vi outra vez a garota de Divoká Šárka, o cabelo castanho preso num coque, o longo pescoço branco abaixo, aqueles belos olhos prateados envoltos nas pálpebras de papel de arroz, como diamantes guardados na seda.

Abri a porta e encarei-a. Logo depois ela se virou abruptamente e acenou para que eu a seguisse. Foi só quando saímos das ruas e chegamos ao caminho que dava no vale que ela abriu a boca.

– Eu não queria que eles ouvissem o que eu tenho a dizer – disse ela.

– E *eu* quero? – perguntei, sentindo uma pontinha de prazer na dor que eu causava.

– Sim, porque você quer que as coisas sejam como eram entre nós.

– Diga o que estava no bilhete que você deixou para mim.

– Você não leu?

– Eles chegaram primeiro. Parece que sabiam que era você que o escreveu.

– Entendi – disse ela, parando abruptamente. Então, depois de um momento de silêncio, ela se virou para mim, lançou os braços à minha volta e pressionou o rosto contra o meu, dizendo: – Honzo, *miláčku*, não aguento perder você.

Afastei-me dela sem responder. Atravessamos a ferrovia e o riacho, chegando à Capela da Sagrada Família. Não mencionei o professor Gunther, e ela também não me disse o que tinha escrito no bilhete. Simplesmente repetiu o convite para a *Rusalka*, e manifestou a esperança de que pudéssemos passar a noite juntos depois. Logo estávamos um diante do outro na capela, a luz do sol poente presa nos contornos de seu cabelo, fazendo um halo em seu rosto. Um pensamento enchia minha mente, o de que aquela mulher à minha frente era perigosa.

– Então o que é que você tem a me dizer, Betka?

– Vou viajar por alguns dias. Visitando a família. Quero ficar com você primeiro. Era só isso que eu dizia no bilhete.

– Por que eles estavam interessados no bilhete?

– Era inevitável, por mais que tentássemos. Eles fizeram a conexão, então agora não importa se somos vistos juntos. Por favor, diga sim.

– Talvez quando você voltar da sua visita à família. Amanhã vou ao seminário do Rudolf. Quero ouvir o professor Gunther.

Ela me olhou lívida de raiva.

– Não é possível que você queira ouvir aquele homem sem alma. O que é que ele tem a ver conosco?

– Muito, diria eu. Ao menos com você.

– E por que você pensa isso?

– Por exemplo, você ficou mais tempo para falar com ele na última sexta. E ontem você estava conversando interessadíssima com ele no *Zlatá Husa*.

Ela ficou ligeiramente pálida e afastou os olhos antes de responder.

– Eu tenho meus motivos para encontrar pessoas como ele, Honza.

Houve uma pausa em que dois esquilos se perseguiram mutuamente em torno dos troncos dos bordos, e um trem subitamente estrondou do túnel. Em seguida ela tomou minhas mãos e disse:

– Escute, Honza, não tenho nada contra a verdade. Porém, eu preciso de outra coisa mais útil, isto é, informação. Nosso mundo está mudando rápido. Eu vou terminar, talvez você também, em outro lugar, com oportunidades que seria tolice desprezar. Por que eu não deveria discutir agora essas possibilidades?

– É isso que você estava fazendo? Discutindo seu futuro com um homem sem alma?

– Para dizer a verdade, sim. Claro que ele me deu uma cantada. Os homens influentes são assim. E claro que eu lhe dei um tapa.

Ela soltou a minha mão e deu um passo para trás. Sua cabeça balançou, emoldurada pela guilhotina do presente.

– Então você vem comigo amanhã? – perguntou ela.

Não respondi. Por um longo tempo olhamos em silêncio os olhos um do outro, e lentamente os dela encheram-se de lágrimas.

– Ah, Honza – disse ela, e virando-se rápido subiu os degraus de Nusle e desapareceu. Dei um passo para segui-la, e então me sentei, atormentado, no muro que delimitava a capela. Quando me levantei para ir embora, já estava escuro.

Capítulo 27

Nunca terminei a carta para mamãe. Ela ainda estava ali no baú dos livros de papai, abandonada no meio de uma frase sobre a Šárka, de Fibich, quando, na tarde do dia seguinte, fui ao seminário de Rudolf. A grande regra de Rudolf era que nunca formássemos um grupo na escada, mas nos esforçássemos para retardar nossa chegada de modo que um minuto ou dois se passassem entre cada visita. Eu deveria chegar às cinco para as seis, mas acabei vagando um pouco pelo caminho, e já eram seis horas quando cheguei à Praça Letenská, a quatro minutos do prédio de Rudolf. Para minha surpresa vi padre Pavel bem no caminho. Cumprimentei-o, e ele pegou meu braço com um gesto ansioso.

– Venha comigo – disse ele. – Estou precisando de uma bebida.

– Mas e o seminário?

– Eu estava indo para lá – respondeu ele –, e de repente me perguntei: será que eu quero ouvir aquela matraca sem alma falando do direito de matar os inocentes?

Para mim, aquele não pareceu um resumo justo das opiniões de Gunther. Porém, chamou-me a atenção a expressão "sem alma", e me lembrei do rosto de Betka lívido de raiva quando ela descreveu aquele "homem sem alma". Discuti um pouco com padre Pavel, mas ele estava irredutível. E então me dei conta de que, já que eu tinha decidido ir ao seminário só para contrariar Betka, alguns tragos com padre Pavel seriam um uso melhor do meu tempo, uma mercadoria que, de qualquer modo, era amplamente inútil.

Ele me levou ao lugar de onde eu tinha vindo, atravessando o rio, até o grande Palácio Jugendstil na Praça da República, a Câmara Municipal, construído antes do suicídio da Europa. Ali você se sentava diante de mesas de mármore com entalhes de bronze, abaixo de lustres que pendiam do teto como girassóis invertidos cujo centro irrompia com as sementes maduras das lâmpadas. Ali você estava cercado pelos símbolos de um patriotismo que havia muito perdera contato com a realidade: baixos-relevos de santos e de heróis, e suntuosos afrescos de Preisler, Mucha e Švabinský que mostravam mulheres roliças e flores tumefatas, narrativas de nossa emancipação nacional em tinta e prosa, e o espaço vazio a que essas coisas agora serviam, num país em que era perigoso ficar tempo demais sentado num lugar tão visível, e onde agora estávamos sentados diante de uma garrafa de vinho Traminer.

Padre Pavel saudou a garrafa com alegria de garoto e a tomou da garçonete, enchendo imediatamente nossos copos até a borda. Tínhamos andado rápido, quase sem trocar uma palavra, e agora ele falava sem fôlego, olhando inconsequentemente em todas as direções como se esperasse que outra pessoa viesse nos encontrar.

– Obrigado – disse ele. – Eu estava rezando por uma intervenção como esta. Claro que o professor Gunther é um bom sujeito. Devemos ficar gratos por ele nos visitar, por ele nos falar das maravilhas que nunca podemos conhecer em primeira mão. Porém, essa filosofia dele, que enxerga tudo na vida como negociável, trocável, até a própria vida, que fica encantada com sua proficiência em encontrar soluções – é a filosofia de Mefistófeles.

Ele tomava seu vinho em goles fundos, olhando em volta o tempo todo. O café estava vazio, exceto por uma mesa no canto oposto, onde dois homens de terno escuro tinham acabado de sentar para jogar cartas. Padre Pavel não se encaixava naquele lugar, onde o espírito da Praga burguesa ainda resistia. Seu casaco de algodão verde estava lustroso de gordura, o colarinho aberto preto nas bordas, e sua robusta mão direita agarrava o vinho como se fosse chave de fenda. Ele parecia ansioso para me provar que estávamos fazendo melhor uso de nosso tempo naquele espaço público do que no seminário particular de Rudolf.

– Para Gunther – disse ele –, só podemos ser duas coisas: heroicos dissidentes em luta pela libertação de nosso povo, ou cínicos desgastados mergulhados em orgias e bebedeiras, exatamente como nossos romancistas nos descrevem. Nunca lhe ocorreria que existe uma verdade que percebemos com mais facilidade do que ele.

– E que verdade é essa? – perguntei. Meus pensamentos outra vez se voltaram para Betka. Será que ela foi à ópera no fim das contas? E se foi, estaria acompanhada por Vilém ou algum outro homem cuja existência ela não confessou? O vinho caiu nesses pensamentos e eles pegaram fogo.

— Que existem barreiras sagradas, e que para cruzá-las precisamos negar quem somos.

— Mas e se você não *souber* quem você é?

— Não é esse o seu caso, Jan. Claro que o autoconhecimento demora. Nós nos tornamos quem somos por meio de disputas, de oposição. E por fim entendemos que precisamos entregar tudo, nossa vida inteira, sem ficar com nada. Você não concorda?

Os dois homens no outro canto levantaram e guardaram as cartas. Havia uma luz estranha nos olhos de padre Pavel, uma luz de interrogação que ardia e me penetrava. Era como se ele quisesse me fixar naquele lugar, cercado por meus problemas.

— Mas — eu disse.

Eu não sabia como continuar. Sem serem observados, os dois homens de terno tinham percorrido o espaço inteiro do café e agora estavam bem na nossa frente. Padre Pavel repetiu a pergunta.

— Você não concorda? — perguntou ele, olhando-me fixamente, como que para isolar os intrusos. — Existem barreiras sagradas, e somente aqueles que negam sua própria natureza podem cruzá-las.

As palavras fatais *občanský průkaz* soaram acima de nós. Padre Pavel ignorou-as, enquanto eu pus a mão dentro do casaco, enfim escapando das garras do olhar do padre e buscando o rosto do rapaz alto que pegou o livrinho vermelho que lhe entreguei. O rosto dele estava rígido como um punho cerrado, e os olhos me observavam por detrás de arestas de pele. Seu companheiro era mais baixo, calvo, de aparência bem alimentada e lábios carnudos que se encurvavam num sorriso irônico. Houve silêncio, durante o qual a atenção de padre Pavel não se desviou de mim. Em seguida, o homem alto estendeu o braço na direção dele. Enquanto ainda me olhava fixamente, padre Pavel pegou sua identidade num bolso interno e colocou-a na mão estendida. Nossas ações tinham ar de ritual, como se tivessem sido ensaiadas muito tempo antes para ser executadas segundo instruções inalteráveis. Enquanto éramos levados para a porta daquele templo dedicado aos deuses da Praga antiga, nossos movimentos tornaram-se rígidos e robóticos. Vadeávamos uma substância viscosa que nos obstruía as pernas, e nossos braços balançavam feito remos de cada lado do corpo.

Dois carros sem placa aguardavam do lado de fora. Padre Pavel sorriu e disse: "Deus te abençoe" enquanto era empurrado para dentro de um dos carros e fora do meu campo de visão. Fui levado para o outro carro.

Capítulo 28

Vi-me no banco de trás de um confortável Volga. Ao meu lado sentou-se o mais baixo dos dois homens que tinham interrompido nossa conversa. À minha frente estavam os dois outros, um dirigia, o outro escrevia num caderno. Todos usavam terno e gravata, como se acompanhassem uma autoridade em visita oficial. O carro ia rápido para os subúrbios, com uma luz azul que lançava pela estrada um brilho fantasmagórico. Meu vizinho apresentou-se educadamente como Macháček, e me informou que, ainda que de jeito nenhum estivesse encarregado do meu caso, recebera a incumbência de me proteger momentaneamente de certos perigos, e de talvez aproveitar a oportunidade para transmitir algumas verdades úteis sobre minha situação. Ele falava baixo e rápido, com pronúncia culta, abrindo os lábios num ligeiro sorriso, como se as palavras fossem crianças empolgadas esperando para explodir no ar. A pele úmida e roliça de seu rosto cambaleava um pouco, como se precisasse de uma concha. De vez em quando ele se virava na minha direção e me olhava curiosamente com seus olhos ligeiramente vermelhos, avaliando o impacto de sua fala. Depois ele se ajeitava confortavelmente, retomando o fluxo das palavras. Ao deixarmos os subúrbios de Holešovice, ele começou a falar de livros.

– Uma coisa que me agrada no meu trabalho, Sr. Reichl, é que ele me coloca em contato com livros, especialmente aqueles livros de que o senhor gosta, e que por algum motivo caíram em desgraça no nosso sistema idiota. Quando decidiram abrir um dossiê a seu respeito, tive a sorte de obter um livro que o senhor mesmo escreveu; creio que é o senhor, não é?, esse Soudruh Androš que tem coisas tão duras a dizer sobre os estranhos que nos cercam em nossos trens subterrâneos? Não importa. É um livro interessante. Um livro sobre pessoas que são feitas de livros. E, claro, esse sistema idiota do qual elas, segundo o senhor, são vítimas, ainda que eu na verdade fosse dizer que elas são vítimas do seu jeito livresco de descrevê-las, esse sistema idiota que nasceu ele mesmo entre as capas de um livro. Ninguém hoje lê esse livro: *Das Kapital* é a fundação do nosso currículo, e as fundações permanecem desconhecidas enquanto o prédio continuar de pé. Porém, o demônio nascido entre suas capas saiu, pulou de livro em livro, e finalmente assumiu a forma de ameaça e clamor. O senhor se lembra, evidentemente, já que vem estudando como nos metemos nesta encrenca, que é como o senhor enxerga a situação. Estou falando de *O Que Deve Ser Feito*, de Chernichévski, que levou a outro livro com o mesmo título, escrito por Lênin. Esse foi o momento em que os livros começaram a se vingar. Até esse momento os livros nasciam da realidade, especialmente aqui, nos bosques e campos da Boêmia.

O Sr. Machácek interrompeu sua fala e com um gesto mostrou da janela uma fazenda coletiva indistinta, vagamente esboçada na escuridão como o lado não iluminado da Lua. Recordei a canção do Pink Floyd. Betka tinha comprado por curiosidade o disco de uma garota que vendia discos ocidentais contrabandeados todo sábado de manhã num bosque nos arredores de Praga. Olhei na distância, e recordei o rosto de Betka, todo franzido de nojo, enquanto o som do Pink Floyd irrompia da vitrola debaixo da escrivaninha em Smíchov.

– Naquela época, ninguém era ameaçado por livros: a fábula romântica de Babička, as histórias de Malá Strana, os contos do perspicaz Ignát Hermann, todos os modos como nós tchecos envolvíamos nossa terra natal em palavras reconfortantes; que ajudavam a dar a impressão de que nosso lugar era aqui, como se este país fosse nosso.

"Porém, esquecíamos o fato crucial, Sr. Reichl. Esquecíamos que para nós não existe realidade fora dos livros. Nossa nação foi feita de livros. Passamos a existir com a Editora Kramerius em 1795, projetada para moldar a nova nação como uma nação de leitores. Foi um livro, o dicionário de Jungmann, que salvou nosso idioma do oblívio. Nosso renascimento nacional foi planejado e executado por meio de livros, e quando as pessoas concluíram que precisávamos de uma história, Palacký e Pekař correram para nos prover de livros, e ninguém sabe qual versão prefere, já que nenhuma versão tem alguma realidade além das capas que a contêm. Foi Josef Kajetán Tyl, literato e homem de teatro, que escreveu nosso hino nacional. E só um homem imerso em livros comporia a declaração do direito de existir de uma nação na forma de uma pergunta: *Kde domov můj?* – Onde fica minha pátria? E a resposta é óbvia: nos livros. "Nossos conflitos foram travados nos livros, e nossa contribuição para as guerras do século XX foram os livros que lhes documentam a estupidez. A Tchecoslováquia existe porque livros foram escritos para provar que ela deveria existir, e seu primeiro presidente, nomeado por causa dos livros que escreveu, foi em frente e escreveu mais livros para provar que o país deveria continuar. O tcheco moderno, o homem comum com seu cão, seu pedaço de terra, seu bar, saiu dos livros de Čapek e de Hašek. Enquanto o presidente Masaryk produzia sua filosofia de curso colegial, os poetas comunistas entravam na cena literária com seus livros surrealistas sobre o futuro. O que foi mesmo que disse um deles? "Detenho-me diante de Praga como diante de um violino, e delicadamente tanjo suas cordas, como que para afiná-lo". Nezval, acho que foi ele. Aí está: uma bela imagem, e uma boa explicação do que aqueles primeiros comunistas queriam. Não mudar a realidade, mas simplesmente tangê-la com palavras. E quando enfim as pessoas deixaram claro que não gostavam que as tangessem dessa forma, foi porque havia livros que diziam isso a elas. Nada acontece neste lugar além dos livros, e o livro mais influente jamais escrito aqui nos conta que de qualquer modo nada acontece, exceto a narrativa que nos diz que nada acontece. É assim, me parece, que deveríamos interpretar *O Castelo* de Kafka. Não concorda, Sr. Reichl?"

Gaguejei algumas palavras e dei de ombros, constrangido. Ele retomou a fala como se eu fosse um mero observador, às vezes revirando os olhos na minha direção e uma ou duas vezes, depois de algum paradoxo particularmente acerbo, reclinando-se com um sorriso triunfante, fazendo pose estudada, como um ator.

– Os dissidentes resistiram a nós com livros, e respondemos proibindo esses livros; foi a esse ponto de burrice que chegamos. Começamos até a encomendar livros para destruí-los. E tudo isso culminou naquela "solidão barulhenta demais" descrita por Hrabal, cujo protagonista tem como único deleite na vida tirar da goela de sua prensa hidráulica de papéis velhos os livros cujas finas capas, cujas finas ideias gritam por socorro, e acabam empilhados até o teto em suas prateleiras, sem utilidade nenhuma além de lembrar a uma pessoa impotente que, qualquer que seja o poder, ele não vem dos livros. A sua mãe entendeu isso perfeitamente quando descreveu seu próprio flerte com os livros como a Editora Sem Poder.

"E vale a pena observar, Sr. Reichl, não, por favor, não me interrompa, este ponto é muito importante para o senhor, que o Sr. Hrabal deve seu sucesso a nós. Nós demos a ele um desafio. Vire ativista, dissemos, troque livros inofensivos por ações fúteis, como o Sr. Havel e o Sr. Vaculík, e o senhor vai se tornar uma não pessoa como eles. Fique com seus livros e seus sonhos em sua aldeia na floresta, e será conhecido e amado no mundo inteiro, conhecido precisamente como tcheco, um visitante oriundo da terra dos livros, a terra que veio à luz escrevendo a si própria. Estávamos cientes, claro, de que esses zés-ninguém o pressionavam para assinar o documento deles, a sentença de morte deles contra a palavra escrita. E nós demos a ele a possibilidade de escolher: assine e esse seu grande livro, o livro sobre livros, do qual oitenta mil cópias foram impressas, encadernadas e empilhadas nas gráficas de Plzeň, vai seguir o mesmo caminho dos livros nele descritos: vai ser comprimido e destruído. Não assine e o senhor continuará sendo quem é e aquilo que apreciamos que seja, o profeta de nossa nação, a pessoa que revela a última maneira de deduzir, segundo a premissa de que nós tchecos existimos nos livros, a conclusão de que existimos também na realidade."

Macháček continuou assim por alguns minutos. Em dado momento, ele se permitiu elevar a voz, falando com desprezo dos "kafkólogos do *underground*" que imaginam que nosso sistema de governo não é apenas idiota – com isso todos podemos concordar –, mas de algum modo sinistro, com todos aqueles corredores intermináveis frequentados por participantes sem explicação num drama sem explicação.

– Em Kafka – disse ele com um gesto de desprezo –, o julgamento não pode ser evitado, porque a inocência é prova de uma culpa mais profunda. Aquilo não passa de uma tentativa de um bancário burguês de vida confortável de lidar com a presença mental opressora do pai. E o que resulta não é a verdade, mas literatura. O senhor deveria nos dar mais crédito do que dá, Sr. Reichl. Todos os nossos; e são esforços caros, como o senhor sabe; são pensados para poupar os inocentes, advertir os culpados e, se necessário, corrigir os culpados, ainda que só, como o senhor há de admitir, com as punições mais brandas.

Registro aqui as palavras desse curioso personagem, pois elas tocaram algo em mim, assim como as palavras de padre Pavel haviam me tocado na Igreja de Svatá Alžběta. Na busca de verdade, adentrei um labirinto de ficções. Até o misterioso Outro, o "Eles" coletivo de nossa prisão panóptica, acabou se revelando uma ficção, desempenhando um papel improvisado num drama que nenhum de nós entendia. Quando o carro parou num bosque escuro, a cerca de vinte e cinco quilômetros de Praga, e o rapaz que ficou tomando notas saiu para abrir a porta para mim, o Sr. Macháček estendeu a mão. Hesitei, e então a aceitei, com um estremecimento de repulsa. Ela ficou um instante sobre a minha como um peixe molhado.

– O senhor não terá dificuldades de encontrar o caminho de volta – disse ele. – E considere-se com sorte.

Capítulo 29

Andei a noite inteira. Quando entrei nos subúrbios, começou a chover e, perto do amanhecer, completamente molhado e com os calcanhares arrebentados peguei o primeiro metrô para Holešovice. Eu só pensava no padre Pavel. Achei bem possível que ele soubesse o que aconteceria se me levasse até a Câmara Municipal, que soubesse até que aqueles homens em particular estavam esperando por ele. Mas também era inconcebível que ele, que dera tudo para a causa dissidente, fosse também parte da rede. Concluí então que não era eu, mas ele que estava sendo monitorado, e que eu não passava de uma diversão a ser descartada da maneira mais eficiente possível. Ao manter-me próximo, padre Pavel retardara sua prisão, e também garantira uma testemunha do fato. Se eu ficasse calado, ele poderia ser assassinado em segredo, como muitos padres do *underground* recentemente. Se eu divulgasse a notícia de sua prisão, ele teria de ser julgado. E esse julgamento seria uma *cause célèbre* que envergonharia os tolos que o prenderam. Portanto, resolvi contatar o professor Gunther assim que possível, antes que ele voltasse para Nova York.

Consegui trocar de roupa e descansar um pouco antes de telefonar da estação de metrô de Gottwald para o Sr. Krutský e avisar que estava doente e não iria trabalhar. Ele me disse que "eles" tinham aparecido outra vez, que não gostava disso, e que eu deveria procurar outro emprego. Desliguei sem responder a essa sugestão. E aí peguei o metrô para Vltavská e fui ao apartamento de Rudolf. Ao virar a esquina, vi que o prédio estava isolado por um cordão. Havia dois policiais do lado de fora pedindo documentos aos residentes e visitantes. Do outro lado da rua, policiais levavam arquivos, livros e papéis para o carro de polícia estacionado. Andei depressa, na esperança de não chamar atenção.

Hoje em dia, e sobretudo aqui nos Estados Unidos, as notícias nem se espalham lentamente pelas comunidades nem viajam rápido. Elas não viajam. As ondas no ar estão instantaneamente repletas de cada acontecimento, o agora é uma presença universal, e – ao mesmo tempo que isso leva a uma inegável falta de entendimento, já que o presente só faz sentido em relação ao passado, que é instantaneamente afogado pela torrente de novas informações – o resultado é que não existem notícias. Ficamos cientes de modo instantâneo de cada acontecimento que nos afeta. Naquela época, e especialmente nos países onde a informação era um bem escasso, a ser ocultado por aqueles a quem enriquecia, e confiscado por aqueles a quem ameaçava, ainda existiam notícias, que percorriam lentamente os canais ocultos. Comprei um exemplar do *Rudé Právo* na vaga esperança de encontrar alguma pista do que ocorrera. Mas só encontrei o de sempre: estatísticas felizes sobre a colheita de trigo, notícias de uma delegação comercial da Mongólia, a concessão de um diploma honorário a um comunista francês, um tratado de amizade com a Etiópia.

Fui visitar Igor, que me informou que a polícia fez uma batida no seminário de Rudolf, e todos – incluindo o professor Gunther – foram detidos. Ainda que fossem todos libertados depois das quarenta e oito horas regulamentares, já havia rumores oficiais, segundo Lukáš, de que Gunther era um agente sionista financiado pelas potências imperialistas.

Fui direto para o esconderijo de Betka em Smíchov. Deixei a porta de metal bater com força atrás de mim e por um instante encarei o pátio. No outro canto, duas gralhas de boina discutiam alguma intrincada questão teológica. De algum modo, a presença delas sugeria que o lugar tinha sido isolado da vida. Fui saltando os degraus da escada, determinado a falar com ela, pouco me importando quem ela fosse, ou a raiva que sentiria por eu perturbá-la. Porém, a porta estava escancarada, e o apartamento estava nu, como um palco ao fim de uma série de apresentações, quando todos os cenários são retirados. Fiquei na soleira, praticando minha ginástica de atenção perante o eloquente nada diante de mim. A prateleira que continha a preciosa coleção de *samizdat*: vazia. A escrivaninha: perfeitamente limpa. A natureza-morta de cores berrantes: sumida. Os candelabros e o pequeno ícone russo: desaparecidos. A cama: sem nada. A pasta debaixo da cama e a caixa com o nome Olga: ambas sumidas. Percebi uma presença atrás de mim.

– Está vendo só – disse uma voz grave masculina. – Tudo limpo, no fim das contas. Ela foi rápida demais para mim.

Virei-me e vi o homem de orelhas de abano, que me fitava com seus profundos e redondos olhos negros de pássaro, sem expressão.

– Você deve ser Vilém – eu disse.

Ele não disse nada, simplesmente passou por mim e entrou xingando em voz baixa. A presença dele ali era uma linha traçada por uma história que começou de maneira genial e depois perambulou rumo à obscuridade e à dúvida. O perfil era elegante, apesar das orelhas, o nariz era finamente talhado, e a testa límpida e inteligente. Só o casaco de couro e os tênis, sinais de riqueza e de contatos com o Ocidente, traíam seu ar livresco e boêmio. Ele falava rápido, dirigindo o olhar para os cantos da sala, e seu lábio superior brilhava friamente.

– Se tivesse sido só você, eu teria conseguido lidar. Agora vem esse americano que oferece tudo a ela; *tudo*. Dá para ver no rosto dela quando eles conversam: bolsa de estudos, doutorado, publicações, uma carreira em alguma universidade americana, e, claro, uma certidão de casamento, com a palavra "saída" carimbada com ouro. Houve um momento em que eu teria sido capaz de matar você; ela toda enfeitiçada por um mero garoto, que nem conseguia acreditar na própria sorte de ter uma mulher bonita e inteligente. Mas eu sabia que isso não ia durar. Desculpe-me, mas você simplesmente não é um de nós. Existem dois tipos de pessoa neste mundo: as que estão indo a algum lugar, como eu e Alžběta, e as que não estão indo a lugar nenhum, como você. Se eu insistisse, ela ia acabar voltando para mim.

Eu poderia esperar. Sim, eu monitorava você. Era meu direito. Você teria feito a mesma coisa se fosse eu. Ela era minha, entende? Minha. Era essa a verdade, independentemente do que ela disse. Nós estávamos indo para o topo, nós dois, e era lá que iríamos ficar juntos.

Ele continuou nessa toada por algum tempo, virando-se volta e meia para olhar a parede, como se eu nem estivesse lá, como se quisesse provar que eu não existia.

– Era eu que provia tudo que era normal na vida dela, entende? Eu era a segurança e a cultura, tanto o dinheiro quanto a música. Eu tinha contatos, amigos, sabia manejar o sistema. Nós poderíamos ter construído a nossa casa juntos. Eu estava pronto para deixar esposa, família, tudo. E aí você apareceu. Com que diabos ela descobriu você? Quer dizer, de que miserável canto do nosso mundo você emergiu? Eu não entendo.

As palavras dele eram cheias de veneno, mas seu tom foi ficando hesitante e suplicante, como se ele sub-repticiamente implorasse minha permissão de me insultar e me implorasse também que eu concordasse com a conclusão de que eu não existia de verdade. Ele descreveu o jeito evasivo dela, as mudanças constantes de quente para frio e de volta para o quente, o modo de se abrir para o mundo e fugir, como se me incitasse a discutir esse ponto e lhe garantir que talvez não fosse verdade, ou que o lado bom foi maior do que o mau, e que nós dois deveríamos tentar perdoá-la. Deixei-o continuar e fitei o apartamento desnudado onde não restava nenhum vestígio de Betka. Ela tinha virado uma invenção, um vapor que pairava acima do pântano de suspeita no qual a vida de Vilém estava atolada.

Uma borboleta batia as asas contra a janela, por onde o sol entrava em ângulo. Era uma *babočka*, que meu dicionário traduz como "dama-pintada". Aprendi o nome com Betka naqueles dias em Krchleby, quando ela dava nome a tudo o que via. Essas coisas vivas esvoaçavam em torno dela como seus ávidos pensamentos, cada qual replicando alguma parte da ambição dela, cada qual em posse de sua porção do mundo. Recordei sua competência, o amor pelas palavras, o cuidado em chamar as coisas pelo nome, a presença luminosa em minha vida. Recordei o corpo nu tal como ela o exibira pela primeira vez neste lugar, a luz que brilhava em seu rosto, no pescoço, nos seios. E me veio à mente uma palavrinha tcheca, uma dessas palavras cujas consoantes, aglomeradas como um ramo de flores silvestres, tornam o som mais suave e mais doce do que qualquer vogal. *Srstka* (groselha).

Passei ao lado de Vilém e abri a janela. A dama-pintada voou para o telhado do outro lado do pátio, foi apanhada no vapor que saía do cano do telhado, e esvoaçou morta até o chão.

Forcei passagem pela descarga elétrica que o cercava e fui até a porta.

– Veja – eu disse. Boa parte do que você conta é relevante e verdadeiro. Porém, a batalha não está inteiramente perdida do seu ponto de vista. Aquele americano foi detido. Se ele não for preso, acusado de subversão, vai ser expulso.

Ele se virou para mim, estarrecido.

– Como você sabe disso? – perguntou.

– Vamos apenas dizer que eu estou dando a você essa informação. E eu gostaria de alguma informação em troca.

— Ah, é?

— Onde ela mora.

Vilém emitiu um guincho oco que entendi como uma risada.

— Ela mora aqui, neste lugar, que é meu.

— Mas e quando ela não está aqui, como obviamente não está?

— Você não está entendendo, camarada. Ela proibia perguntas. Eu não deveria saber nada dela, nada do outro cara, se é que ele existe, nada além do que ela decidia revelar. Eu sei de você por causa de alguns erros que ela cometeu nos primeiros dias de paixonite. Por que você acha que eu dei a ela este lugar? Pelo menos eu tenho um endereço dela.

Então o caso de Vilém era pior do que o meu! Fiquei minimamente confortado por saber disso, mas quando me virei para sair, eu disse:

— Se eu descobrir onde ela está, vou deixar um bilhete para você aqui.

Ele me atravessou com o olhar, e então praguejou enquanto eu fechava a porta.

A primeira coisa que pensei foi que ela tinha fugido para a casa em Morávia, que eu deveria procurá-la ali para lhe contar das prisões. Mas depois pensei que, se ela tinha fugido, era porque já sabia o que ia acontecer. Fugira de um desastre, do qual eu fazia parte.

Capítulo 30

Fui direto do apartamento até o hospital infantil em Hradčany. Minha cabeça estava mergulhada em pensamentos que eu não ousava confessar. Queria a verdade, pudesse eu viver nela ou não.

A enfermeira que me deixou entrar na antiga casa na viela estava bem-vestida, com avental azul de borda branca. Ela tinha olhos acinzentados e faces reluzentes, e me deixou atravessar a soleira com uma leve genuflexão que sugeriu uma pessoa em ordens sacras. Atrás dela havia uma tela de vidro fosco e, a distância, som de crianças, uma que gritava, outras que balbuciavam animadas.

Quando você entra numa instituição como essa nos Estados Unidos e uma pessoa se dirige a você, as primeiras palavras são "em que posso servi-lo?". Servir ao estranho, colocar-se logo de início ao lado do estranho, essas são as duas grandes virtudes deste país para onde vim. E elas eram mais ou menos desconhecidas em meu país. A enfermeira recuou ao ver-me, e, quando eu lhe disse que gostaria de perguntar de uma de suas colegas que era minha parente próxima, ela apontou em silêncio para uma porta marcada Ředitelka – Diretora – e silenciosamente retirou-se atrás de um biombo.

A diretora, Sra. Nováková, era uma matrona de aparência severa de uns cinquenta anos, sentada atrás de uma escrivaninha vazia, brincando com um lápis nas páginas de um jornal. Ela estava fazendo palavras cruzadas e deve ter preenchido metade antes de pôr a mão numa gaveta da escrivaninha e tirar uma pasta velha e manchada que continha a lista dos funcionários.

– Você entende que eles vêm e vão –, explicou a Sra. Nováková. – Não é minha função monitorá-los, só arrumar a bagunça quando vão embora.

Reparei numa mulher de aparência maltrapilha, talvez uma secretária, que estava arrumando papéis numa escrivaninha nos fundos do escritório. Suas mãos eram pequenas e anormalmente brancas contra o papel acinzentado, como mãos numa pintura. Uma franja de cabelo semelhante a pelo de rato caía-lhe no meio da testa, e os olhos cinza estavam fincados num rosto plano e redondo de ar institucional, como se concedido a ela por alguma autoridade e se tornado inseparável pelo uso constante. Tive a impressão imediata de que essa mulher, que certamente era muito mais velha que a diretora, representava o verdadeiro espírito do hospital, e que a diretora tinha sido nomeada para esmagar esse espírito, e para garantir que as instruções do Partido fossem seguidas mesmo quando se tratava de crianças moribundas.

A diretora me disse que não havia ninguém com o nome de Palková empregada no hospital ou no *internát* anexo. Quando me virei para sair, vi a secretária baixinha levantar-se em silêncio e esgueirar-se por uma porta nos fundos do escritório. Fiquei um momento no corredor, tentando encontrar paz nos ornatos quebrados do teto rococó, no qual se viam aqui e acolá pinturas de santos assustados. Eu ouvia os gritos das crianças, agora infrequentes, e logo sumidos, servindo para enfatizar à minha volta a imobilidade perturbada da doença. A secretária baixinha de repente apareceu diante de mim. Usava uma cruz de metal pendurada acima do simples vestido cinza que a cobria da cabeça aos pés. Ela tinha o jeito que vim a associar com devoção religiosa: colocando-se bem na sua frente, como o próprio rosto no espelho.

– Você é Jan Reichl – disse ela. Sua voz era suave, sem sotaque, com o mesmo caráter institucional do rosto e da roupa. Mirei-a atônito e em silêncio fiz que sim com a cabeça.

– Antes de ir embora, Alžběta me fez prometer uma coisa.

Continuei a acenar com a cabeça.

– Ela disse que certamente você viria atrás dela, e que eu deveria arrumar um jeito de lhe falar sobre Olga. Preciso pedir que entenda e perdoe, porque ela só queria protegê-lo.

Aquilo soava como uma prece inserida na liturgia – parte do ofício do dia. A informação tinha sido guardada naquele elegante receptáculo, como um bilhete entre as páginas de um livro de orações. Tive a premonição de que eu não gostaria da informação, e tentei adiá-la.

– Como a senhora consegue viver uma vida consagrada? – perguntei. – As ordens não foram fechadas em 1954?

– Nós ursulinas nos mostramos necessárias; ao menos algumas de nós. Não há no comunismo nada que possa trazer conforto a uma criança moribunda.

Ela ergueu os pacíficos olhos cinza para os meus e uma centelha de calorosa humanidade mostrou que agora ela estava saindo do *script*.

– Alžběta Palvoká – disse ela –, vinha aqui todos os dias. Ela só trabalhava aqui como voluntária. Não entendo por que Paní Ředitelka quis esconder isso de você.

Ela ergueu os olhos para mim com ânimo renovado, o nariz e as faces em espasmos ritmados, como que farejando o ar.

– Estou contando – continuou ela –, porque estou muito contente com o que aconteceu. Eu adorava Olga, todas nós a adorávamos. Para nós a ideia de que ela ia morrer era difícil de suportar, e a visão da mãe dela, tão determinada a impedir isso, tão cheia de ternura e convicção; bem, era algo que nos inspirava. Mas é claro que você sabe que a epilepsia intratável foi declarada incurável pelo nosso ministro da saúde. A diretora nos mandou garantir o conforto da criança e colocar nossas energias em outros pacientes. Alžběta não queria saber disso, por causa do hospital infantil de Boston, como talvez você saiba. Como eu desejei que nos associássemos a eles! Mas aí; bem, você conhece o problema. Nenhum dos nossos médicos escreveria uma recomendação, e não existem instalações melhores do que as nossas na Tchecoslováquia. Tudo tinha de ser feito de modo não oficial. Escrevi cartas para Boston com os detalhes do caso de Olga, enquanto Alžběta tentava conseguir permissão para viajar.

Tínhamos saído do hospital e descido a viela, até os degraus. Eu estava estudando a Igreja de Loreta, evocando em minha mente a Praga de Rudolf II, o lugar onde todos os mistérios eram objeto de troca e escambo, e barreira nenhuma limitava o pensamento. Imaginei-me naquela época, acreditando que todos os erros poderiam ser desfeitos por encanto, e todas as perdas transformadas em ganhos por magia. E então meus pensamentos voltaram para o presente. Em minha intoxicação com a verdade, ignorei a verdade que me olhava de frente. Suspirei alto, e a freirinha me olhou consternada.

– Mas, veja – ela exclamou. – Olga vai ser salva. Deram permissão a Alžběta; foi há poucos dias; para levá-la aos Estados Unidos. Nunca um anjinho tocou nosso coração como Olga.

Ela continuou a falar com mais calma sobre seus planos de visitar Boston, sobre o futuro de Olga nos Estados Unidos e o possível retorno, e sobre uma centena de detalhes banais que escaparam à minha atenção, até que, com um "adeus" sufocado, fui tropeçando pela rua rumo à cidade.

Capítulo 31

A todo momento durante as duas semanas que se seguiram lembrei a mim mesmo que eu estava sozinho, que cabia a mim salvar o que eu podia do mundinho que desabara à minha volta, e que recuar para o subterrâneo já não era uma opção. Deixei um bilhete para Vilém explicando o que eu tinha descoberto. Fui trabalhar todos os dias, garantindo ao Sr. Krutský que iria embora assim que encontrasse um emprego mais adequado à minha inutilidade. Pedi a Igor que informasse os dissidentes oficiais da prisão de padre Pavel. Implorei que ele colhesse assinaturas para uma carta endereçada à imprensa ocidental em que eu enfatizava que a prisão absolutamente pública de Martin Gunther como palestrante de um seminário particular servira para desviar a atenção da detenção às escondidas de Pavel Havránek. Como padre não oficial, escrevi, o Sr. Havránek corria o risco de um destino muito pior e muito mais decisivo do que a prisão. Igor me disse que escrever essa carta não serviria para nada além de uma acusação de subversão em colaboração com uma potência estrangeira. Tudo o que podíamos fazer era pedir informação nos canais oficiais do Ministério do Interior, na seção de Segurança Nacional. Assim, escrevi uma carta ao ministro e, para minha surpresa, recebi uma resposta convidando-me para ir ao Ministério do Interior em Letná, onde meu pedido, como explicado, seria tratado pelas autoridades competentes.

As autoridades competentes eram nada menos que os dois policiais encarregados de meu interrogatório anterior. Estavam me esperando no saguão daquele prédio feio, azulejado, levaram-me direto para o elevador, fizeram-me caminhar longamente por corredores, portas e divisórias, e enfim me fizeram sentar na frente deles diante de uma mesa grande e vazia, ao lado de uma janela com vista para o castelo e para o Estádio Esparta. Minha carta foi exibida, balançada na minha cara, e em seguida rasgada em duas.

– Até onde sabemos – disse-me o policial de traços duros –, não existe ninguém chamado Pavel Havránek. E se essa pessoa existe, então a ideia de que possa ser um padre não oficial é digna de gargalhadas.

Ele me disse que eu tinha sorte por ser tratado com tanta cortesia, que ele não ficaria surpreso – ainda que, como policial de patente baixa, não cabia a ele perguntar – se eu fosse um de seus clientes mais privilegiados, que até agora tinha gozado da proteção de alguém lá em cima (e apontou para o teto). Ele deixou claro que minha contínua associação com elementos fora da lei, subversivos, estava prejudicando as chances de minha mãe ser solta antes do fim da pena, e que, se não fosse o constrangimento já causado pela ação idiota da Força Policial do Distrito 7, que prendera um americano junto com os vagabundos que tinham se reunido para ficar babando para ele, eles se sentiriam com muito mais liberdade para também me prender temporariamente.

Absorvi todas essas verdades desagradáveis o melhor que pude, e ruminei-as durante noites insones em Gottwald. Enquanto isso, a Embaixada Americana tinha feito nossas autoridades entender que, quando você prende um professor americano de esquerda, amigo de ex-presidentes e de juízes da Suprema Corte, há um preço diplomático a pagar. Duas semanas depois o professor Gunther foi colocado num avião para Nova York, e os poucos membros de nosso seminário que ainda estavam detidos – entre os quais Rudolf – foram soltos. Foram emitidas advertências, e a solidariedade dos estilhaçados continuou. Reuni essas informações em pedacinhos, por medo de voltar ao seminário de Rudolf, receoso do que estivessem pensando e falando de Betka.

Um dia fiz a viagem até Krchleby, andei até a casa dela por campos que agora reluziam com girassóis, fiquei algum tempo debaixo da imagem da *heilige Jungfrau*, e em seguida peguei a estrada para Nebíčko, o Pequeno Paraíso. No começo da tarde cheguei à Capela de Nossa Senhora das Dores, peguei a chave na casa de pássaros e adentrei o espaço sagrado de nosso casamento. Era um dia quente, e não havia som nenhum dentro da capela além do zumbido das moscas e do arrulho baixinho de um pombo embaixo do telhado. Havia flores novas no altar, e o piso tinha sido varrido recentemente. Sentei-me na cadeira onde ela sentara, na bem cuidada tranquilidade de um lugar onde só o nada acontece. De tantas maneiras ela havia cuidado de mim, e mesmo que eu nunca mais me colocasse no sol de sua presença, mesmo que tudo daqui em diante não passasse de contornos sombrios, ela foi minha. Naturalmente, Vilém achava algo semelhante. Porém, ele estava errado, e eu enumerei as provas disso segundo mil pequeninas premissas. Lembrei-me dos beijos, dos sorrisos irônicos, dos movimentos de bailarina que ela guardava para mim; da voz dela, de sua música, de sua maravilhosa competência em tudo o que tentava; as lições, não apenas sobre livros, mas sobre a vida, a vida que parecia tão minuciosamente proibida, mas que uma pessoa como ela podia agarrar sem permissão, fugindo junto. Ela surgiu brevemente nas fronteiras do meu ser, como um lindo pássaro na janela, e veio até mim com os beijos mais doces antes de partir voando. Eu não podia condená-la, mas seria dela para sempre.

Uma estranha transformação ocorreu na capela. A luz da tarde, filtrada pelas janelas empoeiradas, ressaltou os contornos das pilastras com a sombra, de modo que pareciam estar um passo à frente das paredes, como se me observassem. Os santos pintados na abóbada circular separavam-se e reuniam-se. As feridas deixadas pelos monumentos arrancados pareciam sangrar de novo, como as feridas dos santos cuja efígie outrora esteve ali. A capela lentamente ganhou vida, e moveu-se comigo para aquele limiar entre mundos de que o padre Pavel falara – o lugar onde as coisas mortais derretem e se tornam contrapartidas eternas, e onde o sobrenatural se revela em forma humana. O importante, como disse o padre Pavel, não é nossa crença, mas a graça concedida por Ele. Recusamos seus dons por mesquinharia, porque temos medo do custo. E, sim, o custo é tudo.

Recordando as misteriosas máximas com que padre Pavel ordenava e desafiava o mundo, outra vez refleti sobre o papel dele em nosso drama. Será que ele estava se preparando para o martírio, ou, pelo contrário, gerenciando sua fuga? E meus olhos foram parar numa portinha na qual eu não tinha reparado antes, colocada na parede ao lado do grande altar de pedra. Em volta dela tinha sido pintado um caixilho em *trompe l'oeil*, difícil de discernir contra o gesso em ocre claro da parede. A própria porta era composta de placas planas de madeira, estava em bom estado, e tinha maçaneta de bronze. Na atmosfera que preenchia o simples santuário como incenso, parecia que a porta tinha sido revelada especialmente para o meu benefício, que era a porta entre mundos.

Ao atravessá-la, tive a nítida impressão de estar sendo seguido. Sombras inexplicáveis varreram a parede, e houve som de passos na nave lateral. Ao virar-me, porém, vi só o interior vazio da capela, assombrado pela luz do sol, observando-me assim como Nossa Senhora das Dores, que, segundo padre Pavel, nos observa sempre, aguardando a oportunidade.

A porta dava para uma pequena sacristia. Um armário continha uma antiga sobrepeliz em andrajos, e, escondidos em suas dobras, dois cálices que presumi terem sido usados no sacramento furtivo. Havia uma vassoura num canto, ao lado de uma pia que era limpa com esfregão. Uma janelinha em forma de arco iluminava a mesa vazia, embaixo da qual estava uma cadeira de vime, e ambas davam a impressão de formar uma escrivaninha. Aqueles poucos objetos tinham aparência descartável, prontos para ser renegados e jogados fora a qualquer momento. Ao lado do armário havia outro menor, de metal, que continha miudezas: pratos, peças de roupa, um genuflexório em farrapos, jornais velhos – jogados ali para que não ficassem à vista. Um pedaço de folha de ouro reluzia atrás da pilha de tralhas, e depois de vasculhar um pouco tirei dela uma placa de madeira com arabescos rococós de ouro. Ela trazia uma lista de nomes e datas em letra gótica. Em cima se lia: *Kapelle Unserer Lieben Frau der Schmerzen*, e abaixo *Priester dieser Kirche*. A lista começava com Vater Peter Hindsinger, nomeado para a paróquia em 1845. Trazia mais quinze nomes até 1951, onde havia um espaço vazio. O último nome, escrito em caracteres tchecos, era o de padre Pavel Havránek, que servira a congregação entre 1969 e 1971, e de novo entre 1975 e 1979, quando provavelmente foi preso, e a igreja enfim fechada. Em 1979, Betka estaria com dezenove anos. Padre Pavel foi seu sacerdote, mentor, e certamente seu amante, e pai de sua filha.

 Naquele momento, a vida de Betka abriu-se claramente diante de mim. Vi a menina firme, determinada, abandonada pelos pais num mundo de desconfiança, mas imbuída da mais alta ambição espiritual, querendo aprender, fazer música, ver Deus. Como essa moça não se sentiria atraída pela pessoa mais impotente do lugar, aquela que vivia não segundo o cálculo, mas segundo o sacrifício? Desse modo o amor de Betka fora despertado. E então o desastre da prisão de padre Pavel, o nascimento de Olga, doentinha, a necessidade agora de cuidar de duas pessoas que pagavam o preço da liberdade espiritual que ela tão imprudentemente considerava natural. Lembrei-me de

Betka ternamente embrulhando os pacotes de comida de mamãe, e a vi fazendo o mesmo por padre Pavel. Recordei seu jeito abrupto de retirar-se de todas as situações, de encontrar a porta oculta pela qual só ela poderia passar para o futuro. Imaginei seus passos decisivos para se mudar com Olga para Praga e explorar as avenidas pelas quais salvaria a criança de um amor que não podia ser confessado abertamente. Imaginei em cada detalhe o flerte com Vilém, que ela usou o máximo que pôde, e o contrato com a ŠtB, os únicos que podiam conceder a coisa infinitamente preciosa de que Olga necessitava.

    E sim, eu era parte desse contrato, alguém que deveria ser observado pelo simples motivo de que era um mistério – um mistério para si e para eles, mas não mais um mistério para ela, depois que ela o trouxe para a luz do dia, para ver como ele piscava. E então, como eu era inútil, como não havia nada a ganhar comigo, como eu era uma pobre criatura que vivia numa solidão indiferente, mas com a mesma ambição de saber que a tinha colocado na rota de seus desastres, eu apareci diante dela como um objeto de amor – aquele amor precioso, nascido dos mais elevados anseios, para o qual também é preciso pagar o preço mais elevado. Ela era um ser livre, que aceitava o custo daquilo que sentia mais verdadeiramente; portanto, decidiu me proteger. Sobre Olga ela não podia falar: revelar essa parte de sua vida teria destruído tudo entre nós. O quarto em Smíchov era um templo removido do mundo, um lugar de onde todos os cálculos aos quais ela fora forçada por sua necessidade secreta tinham sido excluídos. Estávamos juntos ali na única forma de união que ela permitiria, a união que não tinha contato com o mundo das concessões diárias. Até aquele último instante, do lado de fora da Capela da Sagrada Família, quando ela me olhou nos olhos como que imbuída da esperança de que eu conseguisse ler a história ali, assim como eu lia agora na placa dourada de madeira que eu segurava diante de mim com as mãos trêmulas, ela quis salvar a mim e a Olga. E quando, na minha raiva, eu a rejeitei, ela mandou padre Pavel interceptar-me. E talvez, em algum recesso de sua consciência que tudo abrangia, ela obscuramente anteviu que eu seria colocado nas mãos do policial Macháček, e rebaixado por aquela alavanca oficial das alturas do nosso amor impossível para o mundo da sobrevivência cotidiana.

Tudo isso passou num instante por minha mente, e pela primeira vez entendi plenamente o que eu tinha perdido. Andei pela estrada que tomamos no dia de nosso casamento. Deitei-me ao lado do rio onde fizemos amor. Fiz o sinal da cruz diante do ícone da *heilige Jungfrau* acima da porta, e outra vez no Calvário ao lado da bifurcação próxima, onde Hans Müller e Honza Molnar tinham sido mortos. E andei no crepúsculo floresta adentro, deitando-me abaixo de uma frondosa faia avermelhada, cansado, miserável e faminto. Acordei tremendo de manhãzinha, a roupa encharcada de orvalho. Era meio-dia quando cheguei a Praga, tarde demais para trabalhar. Fui direto para Ruzyně, já que mamãe tivera permissão para receber visita exatamente naquela tarde. E ali, encarando-a do outro lado das barras de ferro, pedi-lhe perdão por tudo que fiz para negligenciá-la. Ela sorriu com ar triste, pois expressões diretas de emoção a envergonhavam. Nas duas últimas semanas, ela estava feliz pela presença em sua cela de Helena Gotthartová, esposa de Rudolf, que lhe contou tudo. O guarda a interrompeu nesse momento, mas não tive dificuldade para entender o que "tudo" significava. Passamos a falar das banalidades que ocupam as pessoas quando observadas e censuradas, e, assim que me levantei para sair, ela disse:

– A propósito, tive notícias de Ivana. Ela vai se casar com um policial em Brandýs. Ela manda um beijo, e diz que a cerimônia será íntima, só os dois e algumas testemunhas. Ela espera que nós dois entendamos por que é melhor que você fique longe.

Capítulo 32

Um mês depois, mamãe saiu da prisão e foi para casa. Agora sabíamos que as coisas estavam mudando. Fazia dois anos do reinado de Gorbachev como sexto Secretário do Partido Comunista Soviético, e o desastre diplomático de Martin Gunther fez com que a polícia nos vigiasse com mais delicadeza. Rudolf tinha vontade de emigrar, Karel queria sair da casa da caldeira, e Igor queria ser papa ou presidente, eu nunca entendia qual dos dois. Arrumei um emprego novo num *antikvariát*, usando todas as coisas que eu tinha aprendido com Betka, e estudando como esquecê-la. Por algum tempo quase achei que fosse possível. Houve uma ou duas namoradas do tipo incomodada-pop de tendência ocidental. Uma delas até sugeriu procurar a orgia descrita, ou inventada, por Philip Roth. Recusei, é claro. Porém, só depois reconheci para mim mesmo que foi Betka quem me impediu – Betka, que eu trairia com qualquer garota com quem eu deitasse. Somente uma pessoa chegou perto de tomar o lugar dela em meus sentimentos, e essa pessoa, Markéta, ficou tão envergonhada quando saí chorando de uma apresentação de canções folclóricas com arranjos de Janáček que rompeu o relacionamento.

Mamãe arrumou trabalho como tradutora, e em nossas noites começamos a remontar a Editora Sem Poder. O manuscrito de *Rumores* tinha sido confiscado durante a prisão dela. Eu queria recomeçar como escritor, usando as coisas que tinham acontecido durante o breve tempo em que vivi na verdade. Eu precisava daquelas histórias como prova de que eu era eu. Mas a última cópia datilografada de *Rumores* tinha desaparecido com Betka, e apresentei esse fato a mim mesmo como a única boa razão para lamentar sua partida. Não falei sobre Betka com mamãe, e mamãe não falou de seu tempo na prisão. Em vez disso, refizemos nosso lar de um jeito novo, sabendo que cada qual tinha se aproximado do outro, e o que quer que tivesse acontecido durante nossos oito meses separados foi para o bem de ambos. Quando, um ano depois, fomos presos e acusados de manter uma empresa ilegal, pudemos rir das acusações. Vilém Sládek, com quem passei a manter ótimas relações, e a cujos concertos de música barroca eu ia com frequência, criou uma confusão por nossa causa, contatando o sucessor de Bob Heilbronn na Embaixada Americana, e ameaçando fazer uma petição que envergonharia o governo não apenas perante a imprensa ocidental, mas também perante nossos senhores na União Soviética. As acusações foram retiradas em uma semana, e fomos libertados incondicionalmente.

Porém, um curioso detalhe veio à tona durante meu interrogatório, e vou registrá-lo aqui porque ele lança um pouco mais de luz em minhas descobertas. Perguntei a Igor se ele sabia o que tinha acontecido ao padre Pavel Havránek.

Não houve notícia de julgamento, padre Pavel abandonou o trabalho na oficina, e a Igreja de Santa Isabel foi vedada definitivamente com telas de metal. Igor fez a cara de santidade distraída com a qual punha de lado meras realidades, e mudou de assunto. Algum tempo depois comecei a achar que o que quer que Betka tinha feito para conseguir fugir, o padre Pavel também tinha. Foi com essa ideia na cabeça que enfrentei o segundo dia do meu interrogatório, na sala que eu já conhecia em Bartolomějská, com os policiais que já eram também meus conhecidos. Observei que a decisão de mamãe de criar uma editora de *samizdat* tinha sido só dela, e que eu não tinha participado do processo de produção. Em resposta, eles reproduziram uma gravação de uma longa conversa na qual eu descrevia minhas relações com mamãe, e tudo que sua tentativa de liberdade significara para mim. Era a conversa que eu tivera com o padre Pavel na Igreja de Svatá Alžběta. Será que o padre Pavel teve algum papel em garantir que essa confissão fosse registrada para seu uso futuro? Eu não podia acreditar; mas não acreditar era para mim mais uma decisão do que uma convicção.

Algum tempo depois, quando caiu o Muro de Berlim e nosso Partido Comunista decidiu negociar uma transferência de poder, eu por acaso passei pela janela que uma mão trêmula e velha um dia encheu com memorandos em louvor de nossa escravidão. Ela já não era o Centro de Agitação e agora abrigava o braço local do Fórum Cívico. As empoeiradas relíquias na janela tinham sido trocadas pelos símbolos do futuro emergente: pôsteres de John Lennon e de Michael Jackson, um ícone da beata Agnes da Boêmia, e carinhas sorridentes em amarelo e laranja dizendo *Ahoj*, como se estivéssemos passando, como talvez dissesse Karel, do *kitsch* com dentes ao *kitsch* desdentado.

Fiquei um momento na soleira da porta. Ali, atrás de uma escrivaninha com uma pilha de panfletos, e usando um paletó marrom de veludo cotelê, estava sentado o padre Pavel, falando para um pequeno grupo de jovens sobre a necessidade de um novo tipo de política, de "antipolítica", que nos permitiria não ser mais escravos, nem súditos, mas cidadãos, gozando de nossa liberdade e de nossos direitos. O discurso poderia ter sido redigido pelo professor Gunther, tão repleto estava de clichês, e tão distante do misticismo que em mim despertara o débil espírito de discipulado.

Ele parecia cansado. A testa estava sulcada, o cabelo recuado, de modo que a mecha que constantemente caía já não convocava a mão para afastá-la. Um olho tinha caído mais baixo do que outro, e ficava ligeiramente de lado, como que enciumado do companheiro que mirava calmamente do soquete acima do nariz. As bochechas estavam mais cheias, mais flácidas, descosturadas daqueles finos ligamentos que pareciam emoldurar os cantos de sua boca como os rebordos de um capacete, e os lábios de algum modo estavam mais sensuais, como se tivessem adquirido o hábito de luxos pelos quais não podiam pagar, e sempre ansiavam por alguma nova sensação.

Ele olhou na minha direção, e mirou atrás de mim a rua de onde eu mal havia saído. Virei-me rápido e fui andando. Era aniversário de mamãe, e eu estava carregando uma torta e uma garrafa de Becherovka, com a qual pretendíamos celebrar. Na rua ocorreu-me que o homem que eu tinha visto não era padre Pavel, e que essa última imagem de um mundo desaparecido era mais uma ficção, nascida da minha carência.

Capítulo 33

Certamente o policial Macháček adorou o fato de nosso novo presidente dever sua posição aos livros que escreveu – alguns enquanto estava na cadeia por causa das outras coisas que escrevera. Agora, porém, era a vez da realidade, e contra a realidade os livros nada podiam. Praga acordava de seu sono forçado e se tornava uma cidade moderna. Lanchonetes de *fast-food*, lojas de pornografia, agentes de viagem e cadeias de lojas multinacionais surgiam para estimular a ânsia de novas experiências, ao mesmo tempo que garantiam que a experiência nunca mais seria verdadeiramente nova; bandos de turistas gorjeantes começavam a acomodar-se e a arremeter de novo como estorninhos em migração; nas ruas, para-choques de automóveis caros grudavam um no outro, envenenando as vielas estreitas; as igrejas, outrora ilhas de tranquilidade num mar de medo, tornaram-se engarrafadas vias públicas onde soavam vozes estrangeiras; no estuque opaco de capelas negligenciadas, e ao longo das paredes ornadas – aquelas frágeis membranas entre mundos onde os fantasmas da antiga cidade vinham nos espiar

– as pichações agora se alastravam. Os escravos tinham sido libertados, e transformados em imbecis. A música *pop* soava em todos os bares, preenchendo as esquinas onde, não muito tempo antes, cochichávamos sobre Kafka e Rilke, Mahler e Schoenberg, Musil e Roth, e sobre *O Mundo de Ontem*, de que Stefan Zweig lamentara com tanta pungência.

Havia reuniões de comitês locais, partidos políticos, programas culturais, muitas vezes financiados por organizações ocidentais ansiosas por reivindicar o crédito por seu papel em nos salvar. Às vezes eu participava, intrigado com os risonhos visitantes que nos falavam de seus planos desmiolados que não lhes custariam nada. O exuberante Bob Heilbronn sempre naquelas reuniões, reivindicando o crédito por um conhecimento que jamais adquirira, guiado salão adentro por seu aperto de mão como um cego por sua bengala. Numa das reuniões, enquanto caminhava em direção a um dissidente oficial, ele esbarrou em mim. Com um rápido pedido de desculpas, e sem levantar os olhos, ele tirou um cartão de visitas do bolso e pressionou-o em minha mão. Dizia: "Dr. Robert Heilbronn, Presidente, Heilbronn & Svoboda, Consultor Político". O endereço era o daquela porta de garagem no Újezd, atrás da qual tínhamos construído nossa casa dos sonhos.

Topei também com Karel. Ele tinha sido elogiado por seus ensaios *samizdat*, agora publicados por uma editora de literatura, e nomeado para um cargo de ensino e pesquisa na Academia. Seu escritório dava para o Teatro dos Estados no Ovocný trh, onde numa manhã fui visitá-lo. Seus *"objets d'art et de vertue"* vieram com ele da sala da caldeira abaixo do hospital, e ele recriou meticulosamente a vida dissidente como um velho soldado que exibe seus troféus em seu quarto solitário. Ele me levou para dentro cerimonioso como de hábito, agradecendo por eu me lembrar dele e pedindo desculpas pela inevitável decisão que ele um dia tomara de me excluir de sua vida. Ele parecia ter tão poucas visitas nesse novo local de trabalho quanto no antigo, e discerni certa tristeza, agora que seus gracejos perderam o caráter provocativo. Ele se vestia com menos cuidado também, sem lenço ou gravata, e com um paletó curto que mal lhe tocava as coxas.

Havia papéis em sua escrivaninha de madeira de bordo, abaixo da lâmpada erguida por um *poodle* de porcelana rosa. Ainda pesquisava, ele disse, o abuso da linguagem. Encontrou tanto a examinar no jargão da democracia e dos direitos humanos que já tinha trabalho para mais uma década. Enquanto dizia isso, porém, seu rosto assumia um aspecto diferente, mais resoluto; os olhos fixavam-se no teatro onde, duzentos anos antes, Mozart regeu *Don Giovanni* na estreia. Reparei que a página no topo da pilha em sua escrivaninha estava coberta de figuras. Ele baixou o olhar quando passamos, e depois de um instante de hesitação cobriu-a com um livro. Um ano depois fiquei sabendo que Karel ganhara uma fortuna em nossa nova bolsa de valores investindo numa academia particular de artes nos arredores de Praga, e estava dando aulas de performance teatral a um grupo selecionado de alunos. Suas aulas, como eu soube, eram dedicadas ao sofrimento – o sofrimento necessário para que um personagem surja de um corpo que não lhe pertence. Seus alunos tinham de aprender técnica vocal, tanto quanto os famosos atores de antigamente, como Eduard Vojan e Zdeněk Štepánek; fazer acrobacia circense; ficar deitados imóveis no escuro enquanto a plateia passava por cima deles, ou escorregar da cortina até o palco. Tinham, acima de tudo, de ter um propósito mais elevado do que fazer fortuna em comerciais de TV, e esse propósito era válido, como Karel os convencia, mesmo que nunca mais houvesse um teatro no qual tal propósito pudesse ser buscado.

Quando enfim visitei Rudolf, foi com certa hesitação, já que eu não voltara ao seminário desde a partida de Betka. Era uma quarta-feira de maio, seis meses depois das mudanças, quando toquei a campainha depois do *oběd*. Ele me conduziu para a sala de estar. Usava o mesmo casaco azul de sarja, lustroso por causa do uso, que cobrira seu corpo magro na época em que ele se sentava e com a mão esquerda pressionava as têmporas e com a direita virava as páginas de um livro diante de seus discípulos reunidos. Os olhos miravam-me do outro lado da escrivaninha com o mesmo olhar absorto saído do mesmo lugar no centro de seu crânio. De sua face de aço e lábios sem sorriso não foram enunciadas nem perguntas nem amenidades. Ele ainda travava uma batalha contra o inimigo. Porém, o inimigo já não estava do outro lado da janela. Estava ali dentro da sala.

Rudolf denunciava as academias estrangeiras que ignoravam seus pedidos de bolsa, as editoras que recusavam seus artigos, as pessoas que tinham se beneficiado de seu ensino e que não faziam nenhuma tentativa de recompensá-lo. Ele denunciava o novo presidente, que tinha traído sua vocação, o novo processo democrático, no qual apenas trapaceiros e embusteiros tinham influência, as carreiras envolvidas na desonestidade e no oportunismo que se abriam por toda parte as quais ele desdenhava. Começou a interrogar-me sobre meu futuro, dando o bote em cada ambição vagamente esboçada, indiscretamente arrancando o que nela havia de incógnito, dando-lhe o devido nome com rispidez no instante em que ela se insinuava durante a conversa. Logo eu também seria denunciado por querer ser um autor publicado numa época em que só ex-presos e divulgadores tinham chance de sucesso. Meu vago desejo de tentar a sorte nos Estados Unidos foi castigado como intenção de descartar meu país na hora da necessidade; e minha esperança de estabelecer mamãe como tradutora profissional foi descartada como reação retardada a uma culpa justificada. Eu olhava as ondas sombrias de amargor que se erguiam uma atrás da outra em seu rosto. E sentia que observava um anjo caído do Inferno, lançando-se perpetuamente para o caos, e perpetuamente tentando repousar em alguma saliência escura mais embaixo. Como fugi de sua presença, não sei. Porém, recordo seu olhar no instante em que ele me fechou a porta: olhar de desdém metafísico, como se eu tivesse perdido o direito de existir.

Foi assim com todas as tentativas que fiz, durante aquela época de transição, de revisitar o mundo da bela ousadia. Aquele mundo era meu e de Betka. Era o mundo de todas as pessoas que tiveram algum papel em nosso drama. E ele tinha desaparecido. Praga desde então virou uma réplica – uma versão à la Disneylândia, um cenário de *Os Mestres Cantores de Nuremberg*. O mercado global tirou do centro seus residentes mais antigos e estabelecidos, e colocou os pobres em guetos. Os que podem bancar mudam para os subúrbios, ou então se retiram para doces casas de campo na região dos Sudetos. Os mais pobres de Žižkov, onde médicos e condutores de bonde viviam lado a lado, onde pessoas de todos os ofícios iam rezar no santuário proibido de Santa Isabel, foram abandonados pelos vizinhos mais abastados, e assistem indefesos à ocupação de suas escadarias outrora silenciosas pela máfia ucraniana, pelos imigrantes ilegais dos Bálcãs e pelos contrabandistas internacionais que ali resolvem velhas disputas com armas. Os hipermercados e *shopping centers* descem da estratosfera para os campos em torno da cidade, enquanto as lojinhas que atendiam os marginais tímidos e frugais que frequentavam os seminários não oficiais (muitos dos quais, como Igor, passaram algum tempo correndo de um prédio estatal para outro em carros com motorista) vão fechando. Aqueles belos prédios que lutavam contra si mesmos, que ficavam entre dois mundos, agora são arrastados para o mercado, elevando o topo retesado como nobres cavalos acima de uma matilha de lobos. É o que eu, pelo menos, enxergo quando volto no verão para visitar mamãe no pequeno apartamento perto da estação de metrô cujo nome outrora homenageava Gottwald, e onde às vezes recebemos a visita de Ivana, triste, sem filhos e agora separada de seu marido em desgraça. Eu me lembro daquelas vielas, daqueles palácios, daquelas escadarias cheias de ecos e das quitinetes nas mansardas, quando eram mantidos em confiança para aquela outra *pólis*, a cidade dupla do padre Pavel, sempre pairando entre o real e o transcendental, entre o transitório e o eterno, celebrando o casamento do tempo com a eternidade num bolo de noiva de estuque.

Porém, faltava escrever um livro. Foi durante aquela época de transição que o primeiro grande estudo de nossa cultura não oficial apareceu sob o selo de uma New York University – a mesma universidade da qual Martin Gunther era professor de Direitos Humanos. Segundo o texto da contracapa, a autora, Alžběta Palková, emigrou da Tchecoslováquia durante os últimos anos do comunismo, trazendo consigo material valioso, prosa inglesa vigorosa, e mente cética e cultivada. O texto da professora Palková foi amplamente elogiado por seu relato realista do heroísmo, assim como do autoengano daqueles que, por seu amor pelos livros, foram obrigados a viver nas catacumbas. O texto passou a ser obrigatório para alunos americanos de relações internacionais, e, no devido tempo, consegui uma cópia na biblioteca da Embaixada americana, da qual tinha me tornado membro. O livro trazia uma dedicatória: "Para Pavel e para nossa amada Olga". Um capítulo sobre *samizdat* destacava *Rumores*, de Soudruh Androš. Tratava-se, dizia a autora, de um grande exemplo de "realismo fenomenológico". Ela elogiava o jovem autor, que comparava de passagem com Samuel Beckett por seu modo de combinar fria objetividade com sofrimento introspectivo, e numa nota de rodapé revelava que seu verdadeiro nome era Jan Reichl, que ela esperava logo ver publicado com seu próprio nome.

Foi graças a essa referência que recebi um convite para dar aula no Departamento de Relações Internacionais da Wheaton College, em Washington. Isso foi há quinze anos, quando todas as universidades americanas queriam um sobrevivente domesticado daqueles anos em que viraram as costas para nós. Garantiram-me que, com algumas publicações acadêmicas, eu logo seria um professor com estabilidade. Depois de um ou dois anos, quando a empolgação passou, e o mundo descobriu que os antigos intelectuais do *underground* eram apenas pessoas comuns com necessidades, ciúmes, rivalidades e apetites como o resto das pessoas, minha futura presença na Wheaton College começou a parecer cada vez menos relevante. As publicações acadêmicas não vieram. Retirei-me para a solidão, não para a solidão barulhenta de Hrabal, mas para o tipo de solidão que existe na cidade americana, onde todo mundo é afável porque ninguém acredita muito na vida interior oculta atrás do exterior fulgurante. Cada vez mais lamentei a perda da última cópia de *Rumores*, e me agarrei à crença de que ela me teria dado a confiança de começar de novo, de transcrever meu "realismo fenomenológico" numa prosa inglesa vendável. Talvez o livro até me arrumasse uma companheira, como já fizera.

Porém, algumas semanas atrás recebi uma carta do professor Richard Lopes, chefe do departamento, e foi essa carta que pôs fim ao meu drama. Sua assinatura floreada, que parecia o desenho num bolo de noiva, ocupava um quarto de página, que ele sempre reservava para esse fim. "Caro Jan", dizia, "fiquei decepcionado por você não ter ido ontem à palestra da professora Alžběta Palková, nossa distinta visitante. Como você sabe, ela é uma grande especialista no movimento dissidente tcheco, e falou de maneira brilhante e crítica sobre a influência da música *pop* ocidental na cultura de protesto. A posição do departamento teria sido fortalecida se você tivesse estado lá para nos representar. Há algum tempo reparo que você tem cada vez menos interesse na cultura alternativa tcheca, embora tenha sido para ensinar essa matéria que o contratamos. Assim, creio que devemos discutir o futuro de nossas relações, e eu ficaria grato se você telefonasse para Fiona e marcasse uma hora para vir ao meu escritório amanhã. A professora Palková, aliás, envia seus cumprimentos, e deixou um pacote para você".

O professor Lopes chegou às alturas acadêmicas nos anos 1970 como especialista em assuntos soviéticos. Em épocas passadas, o orgulhoso dono de um visto que seus colegas mais honestos jamais poderiam obter, Lopes estava em alta. Ninguém estava em posição de recusar seus relatos em primeira mão ou de lançar dúvidas sobre seu teor favorável. Mas ele prudentemente descobriu em si um horror ao sistema soviético no instante mesmo em que este perdeu o poder de lhe conceder favores. Tornou-se um campeão da cultura dissidente e logo se colocou numa posição em que era impossível demiti-lo, ainda que não houvesse nada de novo que pudesse ensinar. Eu tinha sido recrutado como um adjunto vital para sua nova carreira.

Mas então, pensei, que utilidade uma esperta faculdade americana poderia ter para um sardônico intelectual tcheco cuja única obra publicada, da qual não existem mais cópias, saíra em edição *samizdat* na época em que qualquer um poderia dizer-se escritor, poeta, artista, compositor, e passar-se por marginal? O livro de Betka agora nos amaldiçoava com seus minguados elogios. Em retrospecto, olhando pelo microscópio provido por ela, era óbvio que éramos farsantes. Tínhamos aproveitado nossa situação para fugir ao juízo crítico, para nos apresentar como gênios num momento em que ninguém podia negar isso publicamente. Poucos daqueles livros, que mamãe copiava com tanto esforço toda noite, valiam o papel em que eram datilografados – mesmo que o papel fosse propriedade socialista e portanto sem valor de qualquer jeito. O realismo brutal de Betka tinha o gosto da verdade.

Porém, o que é que eu tinha feito por meus alunos americanos, com seus sorrisos brilhantes de dentifrício e seus *high fives*, tão ansiosos para entender nosso país, tão desejosos de fazer caber esse recém-chegado ranzinza no quadro das "relações internacionais", um departamento que extraía 120 mil dólares de cada um deles, em troca de ensiná-los a ler noticiários? Como eu poderia explicar a esses jovens que houve uma época em que os livros eram tão importantes quanto a própria vida, quando tocávamos aqueles preciosos volumes, que era um crime possuir e um crime maior ainda produzir, com a reverência que se tem pelas coisas sacras? Como explicar que uma frase, tirada do mundo de eventos mortais, e moldada permanentemente na página, pode penetrar o coração como uma flecha, pode ter a importância de um olhar amoroso ou de um voto de casamento?

Olho em retrospecto a solidariedade dos estilhaçados e reconheço que ela de fato era, como tinha dito o policial Macháček, uma invenção literária, uma transformação maravilhosa da vida cotidiana no cadinho da palavra escrita. E, nesse cadinho, erguendo-se dele como incenso, estava o amor intoxicante que transformara minha vida, associando-me para sempre à pessoa que me amara no mundo de imaginação que compartilhávamos e que, como eu, estava presa num mundo real de desconfiança. Volto os olhos para aquele momento, sabendo que nele vivi mais plenamente, mais perfeitamente e mais espiritualmente do que jamais viverei outra vez, e que nossa história foi escrita no mais puro tcheco de contos de fadas. E quando nossa língua foi usada de maneira mais pura do que nos contos de fadas? Até os turistas que inundam nossa cidade, onde as lindas fachadas duplas agora escondem suas visões do transcendente atrás de anúncios de carros, *jeans* e maquiagem, até esses turistas sabem que estão no país das fadas. E se um ou dois deles leram aqueles livros que colocaram em movimento a minha história – os livros semiproibidos escritos por pessoas para as quais uma normalidade fora da literatura era uma impossibilidade tão absurda quanto um anjo na rua, então será a erudição, não a vida, que os levará para essa armadilha. Nós, tendo em nossas mãos a página de Kafka em que estava escrito "longe, bem longe vai o curso da história do mundo, a história do mundo da sua alma", fomos chamados por essas palavras para a outra vida", a vida interior que eu buscava naqueles rostos do *underground*, e que me levaram a uma casa em Divoká Šarka. Será que aquela casa existiu fora do mundo da minha imaginação, e foi o rosto de Betka que me levou ali? Como eu saberia? Talvez o padre Pavel tivesse razão, talvez eu imaginei essa parte da história. Porém, que diferença fazia, no fim das contas?

Era isso que eu diria agora a Betka. E eu a levaria de volta ao dia do nosso casamento, quando duas almas se postaram nuas uma diante da outra, e a luz do mundo brilhou nelas daquele lugar em que elas não conseguiam acreditar.

Bem, eu já sabia, antes de visitar o doutor Lopes em seu escritório, que ele tinha razão em se livrar de mim. O único detalhezinho que eu queria acrescentar era que ele teria mais razão ainda em se livrar de si próprio. Ele me recebeu com aquela notável afabilidade americana, que pode ser ligada e desligada à vontade, que é o lubrificante dos negócios. Afinal, os americanos têm um jeito, que nós, da Europa Central, jamais conseguimos simular, de respeitar as pessoas como fins, e assim reduzi-las a meios. A sociedade que me cerca, e da qual eu nunca poderei fazer parte, está construída sobre esta única premissa: tudo acontece por acordo. E é claro que o doutor Lopes é um esquerdista, porque só esquerdistas conseguem chegar ao topo da pirâmide acadêmica nos Estados Unidos. Isso não significa que ele subscreva alguma filosofia esquerdista. Ele não subscreve filosofia nenhuma. Uma grande estátua da liberdade ergue-se no porto aberto de sua mente, conduzindo cada ideia que possa chegar à ruidosa caverna de seu corpo, onde desaparece sem deixar vestígios. Em toda conversa real, é o corpo do doutor Lopes que assume o comando – um corpo que flutuou por vontade própria para o topo, e que agora se dirige a mim com sorrisos, apertos de mão, e palavras polidas e vazias, para me dizer que era hora de seguir adiante, que com meus talentos e minha formação eu seria ótimo para qualquer departamento de estudos eslavos, mas que, no campo das relações internacionais, as testemunhas do fim do comunismo não eram mais necessárias.

Na hora em que saí, ele jogou um pacote na minha mão, dizendo-me que a professora Palková esperou poder entregá-lo em minhas mãos. Saí com uma brusca mesura e só abri o pacote quando embarquei na Linha Vermelha para Friendship Heights. Eu gosto do metrô de Washington. Gosto da voz feminina elegante que manda você dar um passo para trás e assim deixar sair os usuários, e ir para o centro do vagão ao embarcar. Gosto da mistura de raças, dos rostos com iPods plugados nos ouvidos, ou fixos nessas novas engenhocas que parecem espelhos nas quais se pode tocar a melodia do eu com um dedo. Gosto do fato de que todos parecem possuir um objetivo inquestionado, e que ninguém, sentado ou de pé naquela cápsula ribombante, poderia imaginar, na pessoa à frente, a vida secreta e a abertura ao amor que eu impunha às minhas vítimas naqueles dias belos e terríveis em minha terra natal. Também gosto do fato de que em tantos lugares – Friendship Heights é um deles – o metrô é bem fundo, ao contrário do metrô raso de Praga, que na maior parte corre logo abaixo da vida da rua, como que para espioná-la e pegar seus segredos.

Mas então, enquanto eu revirava o pacote, ergui os olhos para a garota à minha frente, que baixou o livro que estava lendo e me olhou com imóveis olhos acinzentados. Rasguei o papel endereçado a Jan Reichl. Dentro havia outro papel, que Betka endereçava em tcheco a "meu erro". Olhei-o um momento antes de retirá-lo. Nas minhas mãos estava a única cópia que restava de *Rumores*, de Soudruh Androš. Com a mesma sensação de necessidade que nos impelira do lugar do nosso casamento para nosso destino, meus olhos foram atraídos para todas aquelas correções quase invisíveis, aquelas linhazinhas e marquinhas que pretenderam guiar a verdadeira e futura publicação, mas que Betka evidentemente não tinha notado. A cópia que eu tinha nas mãos era aquela que eu deixara no ônibus em Divoká Šarka. Uma vez ela tentou devolvê-la a mim. Se eu a tivesse aceitado, nada desta história teria acontecido. Recordo as palavras dela ao recolocar o livro em minha bolsa: "Aqui está você, de volta ao meu sonho". E agora, vinte anos depois, entendi o que ela quis dizer.

das arbitrariedades da ditadura de Nicolae Ceaușescu e *também* da imposição de um padrão único de consumo. Você ainda se recorda da tensão entre os termos *face* e *mask*? Pois bem: ao terminar o romance, procure *The Face of God*.* Afinal, o convite de Roger Scruton é irrecusável: avivar uma longa tradição de pensamento, escrita e leitura.

---

* Roger Scruton, *O Rosto de Deus*. Tradução de Pedro Sette-Câmara. São Paulo, É Realizações Editora, 2015.

Posfácio

Em busca do rosto perdido: a ficção de Roger Scruton

*João Cezar de Castro Rocha**

De volta para o futuro?

A primeira reação do leitor à publicação deste romance é previsível: "Mas o Roger Scruton *também* escreve?". O emprego do advérbio, em aparência tão natural que já não percebemos sua presença maliciosa, implica a *longue durée* de uma história da especialização dos discursos. *Notes from Underground* permite ao filósofo Roger Scruton atar as pontas de uma tradição que infelizmente começou a ser olvidada na passagem do século XVIII ao XIX.

O tema é vasto e bem poderia inspirar um ensaio de fôlego.** De imediato, contudo, devo me ocupar do romance de Roger Scruton. Duas ou três palavras, acerca do tema, nada mais, e somente para encarecer a relevância de *Notes from Underground*.

---

* Professor Titular de Literatura Comparada da Universidade do Estado do Rio de Janeiro (UERJ).
** De fato, inicio um livro dedicado ao tema: *Inominada – Uma Reflexão sobre a Literatura e seus Descontentes*.

A pergunta do leitor com este romance nas mãos – "Mas ele *também* escreve?" – abre duas frentes que convergem na negligência de uma prática particularmente rica, e, se não vejo mal, Scruton pretende avivar o exercício. De um lado, o advérbio, impertinente em sua irrupção abrupta na frase, apenas reitera o lugar-comum: escritor é o autor de obras de ficção; todos os demais são antes técnicos de ofícios vários e sua prosa nem sempre é exatamente convidativa. De outro, e por isso mesmo, o público dos textos do historiador, do sociólogo e do filósofo – para elencar do mais concreto ao mais abstrato – é formado por leitores igualmente especializados.

O curioso – divertido até, se nos permitimos um olhar bem-humorado – é que o cisma não resiste a um exame ainda que superficial da tradição. E, para driblar o pecado do historiador, que, nas palavras do Brás Cubas machadiano, consiste em viajar "à origem dos séculos",[*] limitemos o retrovisor ao século XVIII.

Montesquieu, o sisudo arquiteto da estrutura de divisão harmônica dos três poderes, tal como delineado em *O Espírito das Leis* (1748), e cujos fundamentos seguem em vigência, *também não foi o autor das* Cartas Persas (1721), com sua perspectiva de antropologia literária *avant la lettre*? Rousseau não teorizou as bases da organização política no *Contrato Social* (1762) ao mesmo tempo que ideava a pedagogia severa e mesmo sombria do Século das Luzes nos romances *Júlia ou A Nova Heloísa* (1761) e *Emílio ou Da Educação* (1762)? Diderot

---

[*] Machado de Assis. *Memórias Póstumas de Brás Cubas*. Rio de Janeiro, Nova Aguilar, 1986, p. 520.

– o mais eclético de seus pares e talvez a imagem acabada do polímata esclarecido – sentia-se à vontade escrevendo, por exemplo, alguns verbetes de metalurgia, entre muitos outros assuntos, da *Encyclopédie*. De igual modo, iniciou em 1759, em seus *Salons*, o gênero da crítica de arte como a entendemos hoje, assim como se apropriou das experimentações de Laurence Sterne no romance antropofágico *Jacques, o Fatalista, e seu Amo* (1796), além de desenvolver o gênero em outros títulos como *A Religiosa* (1796) e *O Sobrinho de Rameau* (1805). Voltaire ajudou a conceber a moderna filosofia da história com o *Ensaio sobre os Costumes* (1759), redigiu, por assim dizer, um longo manifesto na forma de um *Dicionário Filosófico* (1764) e ainda criou gêneros literários com os *Contos Filosóficos* – e nem sequer assinalei a força de criação de personagens em *Cândido ou O Otimismo* (1759). E como esquecer sua versão do olhar satírico-antropológico de Montesquieu nas *Cartas Inglesas* (1734)?

Essa tradição de livre trânsito entre formas discursivas foi abalada pela emergência da universidade moderna a partir da reestruturação da Universidade de Berlim, em 1810, realizada com base nos planos esboçados por Wilhelm von Humboldt.[*] O êxito do projeto dependeu de uma hábil alquimia, capaz de transformar o modelo da aula magistral, reminiscente da pedagogia do medievo, no método oitocentista, que associou transmissão de conteúdo canônico

---

[*] Wilhelm von Humboldt, "Sobre a organização interna e externa das instituições científicas superiores em Berlim". In: João Cezar de Castro Rocha & Johannes Kretschmer (orgs.), *Um Mundo sem Universidades?* Rio de Janeiro, EDUERJ, 1997.

com a produção de conhecimento, isto é, Wilhelm von Humboldt inventou o binômio ensino e pesquisa; binômio que superou o desafio representado pela difusão cotidiana do objeto livro, fenômeno que somente ocorreu plenamente no século XVIII. O texto impresso, agora barato e acessível, ameaçou a figura do mestre-biblioteca-ambulante, até mesmo porque as bibliotecas se tornaram sempre mais disponíveis para um número crescente de estudantes. Nesse cenário delicado, a introdução da pesquisa na universidade desempenhou papel estratégico, pois seu conteúdo, por definição, e como um autêntico *work in progress, ainda não se encontra*va em livro algum! O modelo humboldtiano ofereceu uma resposta inspirada para a introdução de uma poderosa tecnologia de comunicação no dia a dia do sistema de ensino, pois a força dessa tecnologia havia transtornado a ecologia então dominante dos saberes.*

Nesse ambiente de inovações, as diferenças entre os discursos tornaram-se a regra do método e a escrita acadêmica afirmou-se pela dicção, se não francamente hermética, certamente distante do público mais geral. É sintomático que um dos primeiros filósofos a viver exclusivamente como professor universitário, Immanuel Kant, tenha sido o autor de uma prosa célebre pela sua dificuldade. Mas sempre alguma esperança resta: a única vez em que o filósofo não seguiu o horário de sua pontualíssima

---

* O eventual leitor do que escrevo já antecipa o que aqui vai: a equação de Humboldt merece um livro próprio, que já esbocei em algumas publicações e que pretendo retomar em breve. Em relação ao universo digital, não fomos capazes de encontrar uma solução à la Wilhelm von Humboldt.

caminhada cotidiana foi durante a leitura de *Emílio*: absorto na leitura, perdeu a noção do tempo.*

No século seguinte, C. P. Snow surpreendeu o cisma no interior não de discursos, mas de disciplinas universitárias. Refiro-me, claro, ao ensaio *The Two Cultures* e as controvérsias geradas pela noção.**

Paremos por aqui, pois as desventuras e as reflexões de Jan Reichl nos aguardam. Ademais, você me acompanha: Roger Scruton é um dos nomes contemporâneos mais importantes na retomada da tradição deixada de lado pela especialização universitária.

Rostos e máscaras: desencontros

Na primeira cena do primeiro ato de *Otelo*, Iago assume o traço mais inquietante de sua personalidade: *I am not what I am*.*** Nesse caso, a ausência estratégica de um rosto próprio converte o alferes num laboratório de máscaras, a serem adotadas de acordo com a situação social correspondente. O tema, aliás, subjaz à cena shakespeariana, numa radicalização da tópica do teatro do mundo.

---

* Ernst Cassirer. *Kant's Life and Thought*. Tradução de James Haden. New Haven e London, Yale University Press, 1981, p. 86.

** C. P. Snow, *The Two Cultures and the Scientific Revolution* (1959). O crítico literário F. R. Leavis reagiu violentamente à palestra em seu texto "Two Cultures? The Significance of C. P. Snow".

*** William Shakespeare, *Othello*. Norman Sanders (org.). Cambridge, Cambridge University Press, 2003, p. 68. Na tradução de Lawrence Flores Pereira: "Eu não sou o que sou". *Otelo*. São Paulo, Penguin Companhia, 2017, p. 137.

Roger Scruton retoma a tópica, adicionando, porém, um elemento que singulariza sua reflexão. Isto é, às máscaras (*masks*), que no fundo não podemos (e nem devemos!) eliminar completamente do convívio social, opõem-se rostos (*faces*); pelo menos, a possibilidade de buscar uma integridade que saiba resistir às inevitáveis pressões externas. E se elas existem em qualquer sociedade, o que dizer de uma circunstância histórica marcada pela distopia das experiências do comunismo soviético e seus satélites? Nas palavras do narrador de *Notes from Underground*:

> Our people had collectively solved their shared problem, which was how to keep the mask in place, *while showing that it is only a mask*. People collaborated in the great deception, so as not to be deceived.[*]

Passagem exemplar! Esclarece, de um lado, os paradoxos involuntários, gerados por todo regime de força. Mais ou menos como as imagens paralisantes em sua atividade permanente de aplausos infinitos nas coreografadas assembleias gerais de partidos únicos ou de manifestações uníssonas de massa: como ninguém deseja ser o primeiro a interromper a aclamação do grande líder, os aplausos se

---

[*] Roger Scruton, *Notes from Underground*. New York, Beaufort Books, 2014, p. 15, grifo meu. Nas próximas citações, indicarei apenas o número da página. Ver, neste livro, p. 25: "Nosso povo tinha resolvido coletivamente seu problema compartilhado, que era como manter a máscara no lugar enquanto mostrava que era só uma máscara. As pessoas colaboravam no grande engano para não ser enganadas".

metamorfoseiam em cárcere sem memória, numa leitura perversa do famoso discurso final de Próspero:

> But release my bands
> With the help of your good hands.*

De outro lado, e pelo avesso, numa sociedade como a Tchecoslováquia da juventude de Jan Reichl, são imobilizadores os signos de adulação de um regime que se imiscui em todas as esferas do cotidiano – e, por isso mesmo, um sistema propriamente totalitário. As máscaras, aqui, se confundem com a pele dos rostos assustados. No entanto, não se esqueça da astúcia dessa mímesis constrangida: máscaras bem ajustadas, contudo, *while showing that it is only a mask*! Espaço mínimo de liberdade, por certo, mas ainda assim uma promessa a ser cultivada com diligência.

A metáfora que estrutura o romance amplia esse mínimo território, tanto multiplicando os níveis da palavra *underground* quanto esclarecendo o alcance da distopia totalitária. O narrador encontra-se no metrô de Praga:

> Nobody exchanged greetings or apologies; no *face* smiled or departed in the slightest particular form from the *mask* that everyone adopted, as the instinctive sign of a blameless in-

---

* William Shakespeare, *The Tempest*. David Lindley (org.). Cambridge, Cambridge University Press, 2002, p. 218. Na tradução de Carlos Alberto Nunes: "mas dos encantos malsãos / livrai-me com vossas mãos". *A Tempestade*. In: *Comédias. Teatro Completo*. Rio de Janeiro, Agir, 2008, p. 58.

ner emptiness, from which no forbidden thought could ever emerge. (p. 10-11, grifos meus)*

O jovem Reichl descobriu no metrô um meio, por assim dizer, literal de iludir a vigilância onipresente do sistema, e em horários de pouco fluxo se dedicava a romances proibidos ou lia os rostos aparentemente opacos de eventuais passageiros nos vagões ociosos. No entanto, mesmo fisicamente *underground*, os olhos e os ouvidos da StB, a temida polícia secreta do regime tcheco, *Státní bezpečnost*, permaneciam alertas. Ou talvez tivessem sido internalizados a tal ponto que não mais eram indispensáveis – numa perfeição panóptica que faria inveja a Jeremy Bentham.

Atenção: a passagem reúne os dois termos que sublinham a força da concepção do romance: a oposição, sutilmente apresentada, entre *face* e *mask* sugere a possibilidade de um espaço alheio à imposição onipresente do regime.

Aqui, a palavra *underground* ganha novo sentido, sem descartar a acepção corrente.

Vamos lá.

Não deixa de ser sintomática a referência aos gostos estéticos de Betka, Alžběta Palková, paixão de Reichl, personagem que equivale a um rito de passagem na vida do narrador do romance; Betka oferece uma espécie de passaporte para um mundo novo em meio às ruínas do comunismo local. Eis sua caracterização:

---

* Ver, neste livro, p. 20: "Ninguém se cumprimentava, nem pedia licença; nenhum rosto sorria ou se afastava minimamente da máscara adotada por todos, que era o sinal instintivo de um vazio interior sem culpa, do qual nenhum pensamento proibido jamais poderia sair".

She had been a teenager during the years of normalization, and had watched with a sympathetic detachment as her contemporaries joined the underground, singing and playing in the style of Frank Zappa and Paul McCartney [...]. But rock music had no appeal for her, and when, with the trial in 1976 of the Plastic People of the Universe, the regime issued its warning to the youth, Betka's life remained unaffected. (p. 106-107)*

Underground, em primeiro lugar, como contracultura, ou seja, subcultura tipicamente urbana. Claro, num ambiente asfixiante, politicamente fechado, sair às ruas como um legítimo representante do movimento exigia coragem e transmitia uma mensagem inequívoca de transgressão. A peça de Tom Stoppard, *Rock'n'Roll* (2006), lida exatamente com o potencial libertador da cultura pop, vivida como oposição diária e muitas vezes privada ao regime comunista. O protagonista, que também se chama Jan, é um estudante de doutorado em Cambridge que retornou ao país logo após a invasão soviética e a supressão da Primavera de Praga, e encontrou na música pop internacional uma forma quase secreta de protesto.

Em todo caso, a reserva de Betka supunha outra dimensão possível para uma ação *undergound*, cujo caráter político seria mais tradicionalmente exercido.

---

* Ver, neste livro, p. 141-42: "Ela era adolescente durante a época da normalização, e observava com distanciamento simpático seus contemporâneos juntando-se ao *underground*, cantando e tocando ao estilo de Frank Zappa ou de Paul McCartney [...]. Contudo, o rock não tinha apelo para ela, e quando o Plastic People of the Universe foi julgado em 1976 e o regime mandou sua advertência para a juventude, a vida de Betka permaneceu inalterada".

Na verdade, a ação começou na casa de Jan Reichl, pois sua mãe, em homenagem à memória do pai, que morreu na prisão pelo "crime" de ter organizado um clube do livro, tornou-se uma corajosa editora, subversiva aos olhos do regime, responsável pela difusão de uma "samizdat library" (p. 1).* *Samizdat* designa uma prática iniciada na União Soviética e adotada em outros países sob seu comando. A fim de driblar a censura, as pessoas copiavam livros inteiros, e mesmo se apenas podiam produzir poucas cópias, elas circulavam secretamente – como se fossem versões encadernadas dos homens e das mulheres-livro de *Fahrenheit 451*, de Ray Bradbury. Um dos livros editados foi o do próprio filho. Na recordação do narrador:

> As the author of *Rumors*, I was Soudruh Androš, Comrade Underground, and it was how I thought of myself, almost forgetting at times that *I was also Jan Reichl*. (p. 4, grifo meu)**

O nome da editora foi escolhido a dedo: "Edice Bez Moci – The Powerless Press, after an by Václav Havel essay, 'The Power of Powerless'" (p. 21)***. A confiança no poder das ideias, na força da literatura como experiência vital, sustentou o elã desse modo de ser *underground*. Ao ler os diários de Kafka, por exemplo, Reichl vislumbrou sua realidade,

---

* Ver, neste livro, p. 7: "biblioteca de *samizdat*".

** Ver, neste livro, p. 11: "Como o autor de *Rumores*, eu era Soudruh Androš, e era assim que eu me via, às vezes quase esquecendo que eu era também Jan Reichl".

*** Ver, neste livro, p. 33: "*Edice Bez Moci* – a Editora sem Poder, por causa de um ensaio de Václav Havel, 'O Poder dos sem Poder'".

ou seja, as palavras do escritor favoreciam um entendimento de outro modo impossível: "Such phrases were the proof of my inner reality, and they could never be taken away" (p. 11).* O título do romance, em sua evocação de Dostoiévski, abre o círculo das inúmeras alusões estéticas que fornecem o compasso de *Notes from Underground*. O encontro de pessoas com a mesma perspectiva transformou o sentido do termo *underground*, agora carregado de engajamento intelectual, político e existencial.

É o caso dos seminários clandestinos, cuja organização pretendia manter viva a tradição anterior ao regime comunista, além de buscar inteirar-se das novidades literárias e filosóficas. Na lembrança do narrador, as reuniões no apartamento de Rudolf se confundem com o ensaio do futuro presidente Havel:

> I saw that Rudolf's standing in his world was as high as any to be achieved in the official life outside. Here was authority, visible, tangible, the power of powerless in a wiry torso. (p. 57-58)**

---

* Ver, neste livro, p. 21: "Essas frases eram a prova da minha realidade interior, e nunca poderiam ser levadas embora". Vale anotar a comovente similaridade com a situação existencial tão bem descrita no ensaio de Azar Nafisi, *Reading* Lolita *in Tehran – A Memoir in Books*. New York, Random House, 2008.

** Ver, neste livro, p. 80: "Vi que a posição de Rudolf em seu mundo era tão alta quanto aquela que se podia obter na vida oficial do lado de fora. Ali estava a autoridade, visível, tangível, o poder dos sem poder num tronco hirsuto".

Por fim, inclusive nesse nível, *underground* permanece uma palavra polissêmica: o dissidente, digamos, "ordinário" dificilmente escapava da severidade extrema do regime – o caso do pai de Reichl. Já o oposicionista reconhecido no Ocidente adquiria uma proteção mais objetiva do que apenas simbólica, tal como a eficiente Betka ensinou ao surpreso jovem: "You have to be mentioned on the BBC and Radio Free Europe. [...] And then you raise the cost of destroying you, to the point where they might not attempting it" (p. 37).* Betka criou um mecanismo próprio de autoproteção, como você descobrirá na última página.

Coda

Dois dedos de prosa à guisa de conclusão.

A crítica intransigente, e justa, aos abusos e absurdos das ditaduras do Leste Europeu, que o autor conheceu muito bem, não significa abraçar sem mais a ordem capitalista, que padroniza e reifica o dia a dia por meio do consumo, como o regime comunista reificava e padronizava por meio da ideologia. É óbvio que as diferenças devem ser ressaltadas, em especial no tocante às liberdades civis. Contudo, Scruton não baixa a guarda e *também* aponta os limites de uma circunstância que limita a noção de cultura à escala do consumo. Nesse sentido, seu olhar se aproxima da percepção do escritor romeno Matéi Visniec, um crítico contundente

---

* Ver, neste livro, p. 52-53: "Você precisa [...] [s]er mencionado pela BBC e pela Radio Free Europe. [...] Aí destruir você vai custar tão caro que eles talvez nem tentem".